얼간이 에멜리야의
마법 명령어

세계설화를 읽다 7

얼간이 에멜리야의 마법 명령어

기상천외 신통방통
세상의 모든 괴짜 이야기

신동흔 지음

Ⓗ

머리말

설화, 서사와 스토리텔링의 원형

설화는 먼 옛날부터 전해온 신화와 전설, 민담 등을 아울러서 일컫는 말입니다. 옛이야기라고도 하지요. 설화는 자유롭고 즐거우면서도 담긴 뜻이 깊은 이야기입니다. 그 속에는 기쁨, 슬픔, 사랑, 미움, 두려움, 욕망 같은 자연적 감정은 물론이고 현실을 타개하려는 의지와 미지의 세계에 대한 동경, 신비롭고 환상적인 체험 등 다채로운 서사가 담겨 있습니다.

설화는 모든 문학적 이야기의 원형입니다. 오늘날 다양한 매체를 통해 수많은 이야기가 다양하게 펼쳐지는데, 뿌리를 찾아 올라가면 신화나 전설, 민담 등과 만나게 됩니다. 소재나 줄거리 같은 외적 측면보다 화소(motif)와 구조, 세계관 같은 내적 요소가 더 중요합니다. 요즘 유행하는 판타지 스토리텔링만 하더라도 그 화소와 서사 구조는 설화와 닮아 있는 것들이 많습니다.

설화는 폭이 매우 넓습니다. 무척 현실적인 이야기도 있고, 초월적이며 환상적인 이야기도 있습니다. 사람들의 모든 경험과 상상력이 그 속에 녹아들어 있지요. 그것은 세월의 간극을 넘어서 오늘날의 우리에게도 재미와 감동, 깨우침을 전해줍니다. 웹툰과 웹소설, 드라마와 영화, 애니메이션 등 현대 스토리텔링에서 설화적 요소가 갈수록 확대되는 것은 우연이 아닙니다. 수천 년간 살아서 이어져 온 설화는 앞으로도 오래도록 재미있고 가치 있는 이야기로 우리와 함께할 것입니다.

설화, 청소년을 위한 인생의 나침반

'세계설화를 읽다' 시리즈는 세계 곳곳의 보석 같은 설화를 찾아내고 잘 갈무리해서 양질의 독서물을 제공하고, 나아가 이야기 문화를 되살리려는 의도에서 기획되었습니다. 설화는 오래된 이야기이지만 낡은 이야기가 아닙니다. 설화는 파격적이고 역동적이며 진취적입니다. 그래서 신세대 청소년들과 딱 어울리지요. 넓혀서 말하면, 젊은 사고와 행동력을 가진 모든 사람들과 어울립니다.

오랜 세월 동안 입에서 입으로 이어져 온 설화는 '인생 교과서'라 할 만합니다. 자신을 돌아보게 하는 이야기, 인간관계를 새롭게 하는 이야기, 시련을 극복하고 거듭나는 이야기, 참다운 용기를 불어넣는 이야기, 불의한 세상과 맞서 정의를 구현하는 이야기……. 그 내용을 따라가다 보면 재미와 감동, 그리고 교훈이 저절로 몸에 스며듭니다. 그리고 상상력과 창의성, 논리적 판단력과 문제 해결 능력이 쑥쑥 자라납니다.

설화는 인생의 나침반인 동시에 마음을 위한 최고의 양식입니다. 그림 형제는 옛이야기를 두고 인류의 삶을 촉촉이 적시는 영원한 샘물과 같다고 했고, '영원히 타당한 형식'이라고도 했지요. 조금도 과장이 아닙니다. 책에 실린 여러 이야기를 만나다 보면 다들 고개를 끄덕일 것입니다. 설화는 아이들만의 것이 아니라 우리 모두의 것이라는 사실을 잊지 마세요.

설화, 이야기판을 되살리는 힘

설화는 생생한 구술 언어로 만날 때 참맛을 느낄 수 있습니다. 하지만 구술성을 오롯이 살려낸 대중용 이야기책은 많지 않습니다. 청소년과 일반인을 위한 세계 설화 모음집은 좀체 찾아볼 수 없어요. 설화가 사람들로부터 소외된 상황인데, 그보다는 사람들이 설화로부터 소외됐다고 말하고 싶습니다.

이 책에서는 세계 설화의 정수를 한데 모아서 젊고 역동적인 스토리텔링의 향연을 펼치고자 했습니다. 국내외 각종 설화 자료집을 미번역 자료까지 두루 살피면서 최고의 이야기를 정성껏 가려 뽑은 뒤, 이를 12명의 개성 넘치는 스토리텔러 목소리로 생생하게 살려냈습니다. 세대 공감 스토리텔링의 텍스트적 구현입니다. 그 중심에 Z세대 청소년을 두었습니다.

12명의 스토리텔러는 이야기 화자인 동시에 청중이며, 각 이야기가 끝난 뒤 소감을 나누는 해설자 구실도 합니다. 이야기의 재미와 가치를 되새기는 특별한 자리입니다. 그 이야기 향연은 독자들이 표현의 주체가 될 때 비로소 완성됩니다. 'Storytelling Time' 부분에 제시한 여러 스토리텔링 활동이 그것입니다. 이는 상상력과 창의성, 논리력, 표현력을 키우는 최고의 활동이 될 것입니다.

'세계설화를 읽다' 시리즈가 'K-스토리텔링'의 새로운 시발점이 되기를 기대합니다. 이 책의 이야기들은 열매인 동시에 씨앗입니다. 그 씨앗이 여기저기서 차락차락 싹을 틔워 수많은 푸른 숲을 이루어내기를 꿈꿉니다. 그럼으로써 우리 사는 세상이 더 맑아지고 풍성해지고 아름다워지기를 소망합니다.

나의 서사적 여정에 변함없이 따뜻한 동반자가 되어주고 있는 가족과 제자와 동료들, 그리고 세상의 모든 설화 화자와 수집자, 편집자, 번역자들께 감사드립니다. 옛이야기를 좋아하는 모든 독자님들, 마음껏 즐겨주세요. 그리고 스토리텔러가 되어주세요.

신동흔

이야기꾼 프로필

연이 (여/14세/옛이야기를 사랑하는 중학생)

똑똑하고 부지런하며 맡은 일을 야무지게 잘 해내는 모범생. 다정하고 활달하며 주변 사람을 두루 잘 챙길 뿐 아니라 늘 긍정적이고 밝고 씩씩하다. 이름 때문에 <연이와 버들도령> 속 연이의 환생이라는 말을 듣는다. 작가를 꿈꾸는 문학소녀로 모든 종류의 이야기를 좋아하며, 설화에 담긴 뜻을 풀이하는 일에도 관심이 많다.

퉁이 (남/16세/운동과 게임과 이야기를 좋아하는 고등학생)

낯설고 신기한 것에 관심이 많은 행동파. 시골 출신의 전학생으로, 투박하고 무뚝뚝해 보이지만 의외로 세심하며 동생들을 잘 챙긴다. 책이나 문학에 관심이 없었으나 옛이야기의 매력에 빠져들어 설화 마니아가 되었다. <내 복에 사는 나, 감은장아기> 속의 '막내마퉁이'가 마음에 들어서 퉁이를 부캐로 삼았다. 영웅담과 모험담을 특히 좋아한다.

엄지 (?/11세/비밀이 많은 Z세대 이야기꾼)

나이에 비해 체구가 작은 편이며, '엄지'를 부캐로 삼았다. 엄지동자인지 엄지공주인지는 비밀이다. 다른 이야기꾼들도 엄지가 여자인지 남자인지 알지 못한다. 자타 공인 어린 철학자로 생각이 깊으며, 누구에게도 꿀리지 않는 당당한 성격이다. 언젠가 걸어서 전 세계를 여행하겠다는 계획을 가지고 있다.

이반 (남/24세/사회 진출을 준비 중인 대학생)

일찌감치 군대를 다녀온 복학생. 딴생각하다 엉뚱한 실수를 할 때가 많아서 친구들에게 바보 취급당하기 일쑤다.
설화의 매력에 빠져 스토리텔링의 세계에 발을 들였으며, 그와 관련된 특별한 진로를 탐색 중이다.
얼간이로 취급되다 남다른 활약으로 세상을 놀라게 하는 반전의 주인공 '이반'이 마음에 들어서 부캐로 삼았다.

세라 (여/30세/지성과 미모를 갖춘 엘리트 직장인)

자유롭고 독립적인 삶을 추구한다.
다양한 취미를 즐기다가 옛이야기에 반해서 스토리텔링을 영순위 취미로 삼게 됐다.
전설적인 이야기꾼 셰에라자드의 화신을 자처하고 있다.
소수자와 약자의 삶에 관심이 많으며, 정의 구현이 이루어지는 이야기를 선호한다.
설화를 논리적이고 창의적으로 해석하는 데에도 관심이 많다.

달이 (해맑고 귀여운 종달새 소녀)

동화 속에서 날아 나와 사람들과 더불어 사는 존재다.
세상을 자유롭게 날아다니며 보고 들은 이야기들을 들려준다.
초등학교 1학년 여자아이 정도의 지적 수준과 감성을 지니고 있다.
구김 없이 귀여운 여동생 스타일이다.
새나 동물이 등장하는 짧고 재미있는 이야기를 주로 한다.

동이 (못 말리는 꾸러기 당나귀 이야기꾼)

달이와 마찬가지로 동화 속에서 튀어나온 존재로,
슈렉 친구인 동키의 사촌 형뻘 된다.
말투나 행동은 영락없이 아저씨다.
남녀노소 모두와 격의 없이 어울리는 장점을 가지고 있다.
재미있는 우화나 소화를 재기발랄하게 이야기한다.

꾸 아재 (남/40세/늘 행복한 귀염둥이 삼촌)

젊은 생각과 감각, 라이프 스타일을 갖춘 신세대 아저씨.
얼리어답터로서 드론과 AI를 전문가 수준으로 다룬다.
미래 트렌드의 중심에 설화가 있다는 믿음 속에
옛이야기를 한껏 즐기고 있다.
확고한 인생철학과 이야기관을 지니고 있으며,
이야기를 재미있게 잘해서 인기가 많다.

로테 이모 (여/48세/아이들을 키우며 옛이야기에 관심을 갖게 된 주부)

자녀 교육에 관심이 많은 전형적인 40대 여성.
설화 구연에 탁월한 능력을 갖추고 있다.
독일과 스페인, 튀르키예 등에서 오래 지내며
많은 이야기를 접했기에 주로 유럽 지역의 민담을 이야기한다.
'로테'라는 이름은 독일의 유명한 이야기 아주머니인
'도로테아 피만'에서 따왔다.

뭉이쌤 (남/57세/30년 넘게 구전설화를 수집하고 연구해 온 옛이야기 박사)

깡촌에서 도깨비불을 보며 자랐다. 신화와 전설, 민담에 넓은 식견과 관심을 가지고 있다. 이야기판에서 인도자 구실을 하는 가운데 설화의 의미 해석을 주도한다. '뭉이'는 여의주를 여러 개 물고 있는 이무기에서 따온 부캐다. 옛이야기라는 하나의 여의주에 집중해서 승천을 이뤄낸다는 계획을 가지고 있다.

노고할망 (여/??/살아 있는 신화로 통하는 여신)

고조선 이전부터 살아온, 세상 모든 할머니를 대변하는 이야기꾼. 젊은 할머니 같은 외모인데, 더 늙지는 않을 것 같은 느낌이다. 세상사 깊은 이치를 담고 있는 신화들을 주로 이야기한다. 옆에서 가만히 미소를 짓는 것만으로도 안정감을 전해주는, 모두의 큰어머니 같은 존재다.

약손할배 (남/83세/편안하고 푸근한 옆집 할아버지)

어려서부터 옛이야기를 즐겨 듣고 말하며 살아온 정통 이야기꾼. 독서가 취미로, 어른들에게 들은 한국 설화 외에 책으로 접한 다른 나라 이야기들도 많이 알고 있다. 생각이 유연하고 개방적이어서 젊은이들을 잘 이해하고 포용한다. 먼저 나서서 말하기보다 다른 사람들의 이야기를 경청하는 스타일이다.

차례

stage 03

세계 각국 트릭스터 대전

*

집중 탐구! 이야기의 비밀 코드

민담형 캐릭터 트릭스터의 이해

이 책의 주제는 '괴짜'입니다.

남과 다르게 생각하고 움직여 뜻밖의 일들을

쭉쭉 이뤄내는 사람들의 이야기를 모았습니다.

얼간이나 이상한 사람으로 여겨지고

사기꾼 취급을 당하기도 하지만,

늘 자기만의 방식으로 살아가며

통념이나 편견과 부딪쳐 세상을 뒤집는

창조적 변혁자들이지요.

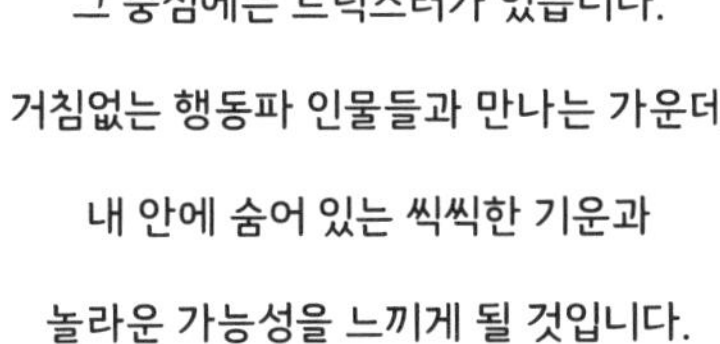

그 중심에는 트릭스터가 있습니다.

거침없는 행동파 인물들과 만나는 가운데

내 안에 숨어 있는 씩씩한 기운과

놀라운 가능성을 느끼게 될 것입니다.

3

stage 01

얼간이? 아니 천재!

이반

이반입니다. 새로운 이야기판의 시작으로, 러시아의 괴짜 이야기를 해볼게요. 러시아의 바보로는 이반이 아주 유명한데, 이번에 소개할 인물은 에멜리야입니다. '얼간이 에멜리야'로 불리던 친구죠. 그런데 이 얼간이가 마치 만화 같은 일들을 척척 이뤄냅니다. 제가 또 공대생이잖아요? 에밀리야한테서 어린 공학자 같은 느낌을 받게 되더라구요. 그럼 시작하겠습니다!

얼간이 에멜리야

✳

러시아 민담

옛날에 러시아의 한 마을에 세 형제가 살았습니다. 형들은 무척 똑똑했는데, 막내 에멜리야는 행동이 굼뜨고 어리숙했어요. 늘 엉뚱한 공상에 빠지곤 했지요. 그래서 다들 얘를 얼간이로 취급했습니다. 공식 호칭이 '얼간이 에멜리야'예요. 정작 본인은 그러든 말든 신경도 쓰지 않았지만요. 이렇게 보니 얼간이가 맞긴 하네요.

에멜리야는 추운 걸 아주아주 싫어했어요. 바깥에는 통 나가지 않고 벽난로 옆 구석진 데서 늘 뭉그적거렸습니다. 그 좁고 어두운 공간에는 괴상한 물건이 가득했어요. 옆에서 보기에는 잡동사니 쓰레기지요. 근데 누가 손을 대면 아주 생난리를 치는 거예요.

어느 날 형들이 길을 떠나면서 에멜리야에게 말했습니다.

"얼간아. 공연히 엉뚱한 짓 하지 말고 형수님들이 시키는 일들 꼬박꼬박 잘해야 해. 안 그러면 빨간 장화랑 빨간 외투는 영원히 없는 거다."

에멜리야는 눈만 꿈뻑꿈뻑. 한다는 건지 만다는 건지 알 수가 없어요. 형들이 나가고 나니까 형수들이 닦달을 시작했습니다.

"이봐요, 얼간이 도련님? 호수에 가서 물 한 통 길어 와요."

"당장요. 굶기 싫으면."

그러자 에멜리야는 벽난로 구석에서 기어 나와서 옷을 껴입기 시작했어요. 그런데 이것저것 뭘 그렇게 많이 챙기는가 몰라요. 물통만 번쩍 들고 가면 될 텐데 말이죠. 형수들이 답답해서,

"어유, 물 한번 길러 가는데 날 새겠네!"

그러든 말든 신경도 안 써요. 바쁠 일 뭐 있냐는 식이죠. 어떻든 에멜리야는 호수에 도착했습니다. 그럼 물을 길어야 하잖아요? 근데 얘가 물통을 호수 속에 처박아놓고서 건질 생각을 안 하는 거예요. 하염없이 바라보기만 했죠. 몸을 잔뜩 웅크리고서요.

"어, 춥다!"

그렇게 시간이 얼마나 흘렀을까, 커다란 창꼬치 한 마리가 유유히 헤엄쳐 왔습니다. 러시아 말로는 슈카예요. 창꼬치가 무심코 물통 속으로 쏙 들어가자 에멜리야는 통을 척 들어 올렸어요.

"나의 마법이 통했군. 반갑다, 슈카!"

커다란 물고기가 통 속에서 눈을 껌뻑껌뻑. 에밀리야가 창꼬치를 손으로 집어 들고서,

"멋지군! 어떻게 요리해 줄까? 찜? 구이? 튀김? 네 생각은?"

그러자 창꼬치가 에멜리야를 말끄러미 쳐다보면서,

"저에게 자유를 주세요. 제가 큰 행운을 드릴게요."

"무얼 줄 건데? 평범한 건 사양이야."

"세상 누구도 몰랐던 마법의 말을 선물할게요. '친애하는 슈카의 이름으로 명하나니—'이렇게 외치고서 원하는 일을 말하는 거예요. 그러면 그 일이 마법처럼 실현될 겁니다."

"오호, 마법의 명령어란 말이지? 그거 괜찮군. 그럼 한번 시험해 볼까?"

에멜리야가 물이 가득 든 통을 바라보면서,

"친애하는 슈카의 이름으로 명하나니— 물통아, 알아서 너 있을 곳으로 가라."

그러자 물통이 저절로 척척 움직이기 시작했어요. 물통은 눈길 위를 쭉쭉 미끄러져서 에멜리야의 집이 있는 방향으로 사라져 갔습니다.

"이거 괜찮은데! 좋아, 약속대로 살려주지. 친애하는 슈카의 이름으로 명하나니— 너는 물속으로 돌아가 자유롭게 헤엄치면서 마음껏 능력을 발휘하도록 하라!"

그러자 창꼬치가 물속으로 퐁당 사라졌고, 에멜리야는 기쁜 마음으로 집으로 돌아왔어요. 문을 두드리니까 형수가 나오더니,

"이제 오는 거야? 근데 왜 빈 몸? 물통은 어디 있죠?"

"물통은 먼저 제자리로 보냈어요. 부엌에 가보세요."

형수가 부엌에 가보니까 진짜로 물통이 제자리에 놓여 있는 거예요. 맑은 물을 가득 담고서 말이죠. 형수들이 서로 얼굴을 바라보면서 에엥? 에멜리야는 "어, 춥다." 하면서 벽난로 옆으로 쏙.

근데 그게 아무래도 이상하잖아요? 형수들은 다시 에멜리야에게 새로운 일을 시켰습니다.

"얼간이 도련님, 산에 가서 땔나무 장작 해 올 수 있죠? 썰매 꺼내놨어요."

에멜리야는 다시 옷을 주섬주섬 걸치더니 밖으로 나갔습니다. 형수들이 창문으로 얼굴을 빼꼼. 근데 이 얼간이 도련님이 썰매에 말도 매지 않고서 그냥 올라앉더니 뭐라 뭐라 말하는 거예요. 그러자 썰매가 저절로 솨사삭 씽! 형수들이 놀라서 어안이 벙벙.

에멜리야의 썰매는 쭉쭉 달려서 읍내로 향했어요. 썰매가 마을 안으로 들어서니까,

"어어, 저거 뭐지?"

다들 눈이 둥그레졌습니다. 썰매가 말도 안 맨 채 쌩쌩 달리니 그럴 수밖에요. 사람들이 쫓아오면서,

"얼간아, 그거 뭐야?"

"괴물이다, 괴물! 붙잡아!"

하지만 최첨단 자율주행 썰매를 붙잡을 사람은 없었습니다. 알아서 속도를 높였다가 줄였다가 완전 자동이에요. 썰매는 유유히 읍내를 빠져나가서 산으로 향했습니다. 산에 도착하니까 에멜리야가 썰매에서 내리지도 않고서,

"친애하는 슈카의 이름으로 명하나니— 도끼들아, 나무를 장작으로 만들어서 썰매에 실으렴."

그러자 즉시 도끼 두 개가 움직이기 시작했어요. 큰 나무들을

쿵쿵 쓰러뜨린 다음 뚝딱뚝딱 잘라서 쩌적쩌적 패니까 최상급 장작이죠. 썰매에 척척 쌓는 일까지 전자동이에요. 에멜리야는 신경도 안 쓰고 낮잠만 쿨쿨. 얘가 한참 만에 일어나더니 제자리에 와 있는 도끼를 보면서,

"친애하는 슈카의 이름으로 명하나니— 도끼들아, 튼튼한 막대기 하나 만들어줘."

그러자 도끼들이 다시 내려서 커다란 나무를 쓰러뜨리더니 착착착착 깎아대기 시작했어요. 곧 막대기가 완성됐는데 나무 심으로 만든 거라서 쇠보다도 단단해요. 도끼들은 다시 성큼성큼 걸어와서 제자리에 척. 막대기도 통통통 튀어와서 안전한 자리에 착. 명령을 받은 썰매가 읍내를 향해서 쌩!

읍내에는 많은 사람들이 몽둥이를 하나씩 들고서 에멜리야를 기다리고 있었어요. 썰매가 다가오자 사람들은 떼거지로 달려들어서 썰매를 포위했습니다. 그러자,

"친애하는 슈카의 이름으로 명하나니— 막대기야, 이자들 좀 손봐줘."

에멜리야의 말이 떨어지기 무섭게 막대기의 활극이 시작됐어요. 사람들이 든 몽둥이를 타다다다다닥 쳐내고서 툭툭툭툭툭 때리니까 맞은 사람들이 비명을 지르며 픽픽픽픽픽. 에멜리야는 유유히 썰매를 달려서 집으로 향했습니다.

힘도 못 쓰고 봉변을 당한 사람들은 씩씩대면서 왕에게 몰려갔어요. 그들은 얼간이가 해괴망측한 술법으로 혼란을 일으키고 있

으니 불러서 벌을 줘야 한다고 목소리를 높였습니다.

"빨간 외투와 셔츠와 장갑을 준다고 하면 얼간이가 제 발로 올 겁니다."

곧 에멜리야 집에 왕의 소환장이 도착했어요. 에멜리야는 귀찮았지만 빨간 옷 세트를 포기할 수 없었지요. 에멜리야가 벽난로 위로 기어 올라가서 눕더니,

"친애하는 슈카의 이름으로 명하나니— 벽난로야, 나를 궁궐로 데려다주렴."

그러자 벽난로가 벽에서 척 떨어져 나오더니 문을 밀치고 뛰쳐나가서 눈 쌓인 벌판을 휘리릭 쌩쌩 달리기 시작했습니다. 장작이 벌겋게 불타는 채로 말이죠.

"이거 괜찮네. 따뜻해."

얼간이가 그렇게 벽난로를 타고 궁궐로 들어가니까 다들 난리가 났죠. 왕의 눈이 휘둥그레.

"달리는 벽난로? 이게, 이게 뭐야? 엉?"

에멜리야가 기지개를 쫙 펴더니,

"부르셨나요? 빨간 외투는 어디 있죠? 그거 받으러 왔어요. 셔츠하고 장갑도요."

벽난로에 앉아서 이렇게 말하니까 왕이 기가 막혀서 얼굴이 벌게졌습니다. 그때 왕 옆에 있던 공주가 에멜리야에게 말했어요.

"멋지군! 불타는 벽난로를 타고 달리는 사람, 그대는 누구?"

"이 몸? 슈카의 소유자 에멜리야."

서로 딱 마주친 눈에서 불꽃이 파바박. 왕이 하도 어이가 없어서 일시적 실어증 상태예요. 그걸 아는지 모르는지 딸은 멈추지 않았죠.

"아빠, 내가 꿈꾸던 사람을 드디어 만났어요. 이분하고 당장 결혼할래."

그러자 왕이 얼굴이 아주 시뻘게져서,

"오냐. 내가 너희 둘을 영원히 함께하게끔 해주지."

왕은 둘을 결혼시킨 뒤 커다란 통에 집어넣으라고 명령했습니다. 그리고 뚜껑을 단단히 밀봉한 뒤 통을 바다에 던지게 했지요. 얼간이도 얼간이지만 딸이 하는 짓이 마음에 안 들었던 거예요.

에멜리야와 공주는 커다란 통 속에 든 채로 물결이 일렁이는 바다를 이리 둥실 저리 둥실 하염없이 떠다녔습니다.

"이거 괜찮은걸. 아늑해. 옆에 아름다운 공주님까지!"

"사랑과 모험을 동시에! 내가 꿈꾸던 바로 그 신혼여행이에요."

둘이서 아주 희희낙락이에요. 하지만 그렇게 내내 떠다닐 수는 없잖아요? 사랑을 나누기에 충분한 시간이 지난 뒤 공주가 말했어요.

"내 사랑! 이제 해안으로 가요."

그러자 에멜리야가 눈을 찡긋하고서,

"친애하는 슈카의 이름으로 명하나니— 신혼여행 모함아, 우리를 육지로 데려가 다오."

통이 술술 흘러가서 땅에 닿으니까 공주가 나서서,

"친애하는 슈카의 이름으로 명하나니— 사랑스런 모함아, 문을 열어주렴."

문이 척 열리니까 에멜리아가 신부를 에스코트해서 땅으로 턱 내려서더니,

"오오, 경치 좋다. 이곳에 우리의 새 보금자리를 만들어볼까요?"

"좋아요. 친애하는 슈카와 함께!"

둘은 전망 좋은 터를 골라서 마법의 명령어를 쓰기 시작했어요. 얼마 지나지 않아서 멋진 궁궐이 우뚝 솟아났습니다. 구석구석 벽난로에 장작이 빨갛게 불타고 옷장이란 옷장에는 빨간 외투와 빨간 셔츠, 빨간 장갑이 가득했지요. 빨간 모자와 빨간 양말도요.

갑자기 화려한 궁궐이 생겨났다는 소식은 곧 왕에게 전해졌습니다. 왕이 사람을 보내서 주인이 누군가 알아보게 했더니 자기가 바다에 던진 딸과 사위이지 뭐예요. 왕은 두 사람을 불러서 용서해 주고 화해를 청했습니다. 사실은 용서하고 말고 할 일도 아니지요. 에멜리아에게는 쇠보다 단단한 마법의 막대기가 있잖아요.

두 사람이 왕에게 갈 때 불타는 자율주행 벽난로를 타고 이동한 건 널리 알려진 비밀이랍니다. 한 쌍의 빨간 벽난로였다고 해요. 공주도 에멜리아 못지않게 빨간색을 좋아했다나 봐요.

이야기에 대한 이야기

연이 통이 엄지 이반 세라 뀨 아재 뭉이쌤

통이 자율주행 벽난로 최고다! 진짜 괴짜네.

이반 응. 내 생각에는 얘가 굉장한 천재야.

연이 어떤 점에서?

이반 발상이 남다르잖아? 물통이 저절로 움직이는 것도 그렇고, 벽난로를 타고 이동하는 것도 그렇고. 남들은 생각도 못 할 일을 상상했기 때문에 그걸 실현할 수 있었던 것 아닐까?

연이 상상력의 힘?

뀨 아재 창조적 발상이라고도 하지.

이반 맞아요. 저는 에멜리야한테서 스티브 잡스나 일론 머스크 같은 사람이 보였어요.

세라 인정! 따뜻한 방구석에서 그냥 빈둥댄 게 아니라 뭔가를 계속 상상하고 계획했던 거야. 예컨대 창꼬치가 알아서 물통 속에 들어오게 하는 방법.

엄지 제 생각에는 그 창꼬치가 단순한 물고기가 아닌 것 같아요.

통이 당연하지! 내가 보기에 창꼬치 슈카는 마법의 명령어 그 자체야.

연이 스마트폰 명령어 같은 건가?

뀨 아재 OK Google!

세라 챗GPT!

연이 에멜리야가 그걸 찾아낸 과정이 궁금해요. 대체 어떻게 한 거지? 쌤은 아실까요?

뭉이쌤 글쎄. 그건 각자 상상하기 나름 아닐까? 빈 부분을 마음껏 상상할 수 있다는 점도 이야기의 또 다른 재미지. 그런 과정에서 상상력 능력자가 되는 것이고.

퉁이 챗GPT에 한번 물어볼까 봐요.

뭉이쌤 흐음. 답을 주긴 주겠지만 진짜 답은 스스로 찾아내야 하는 거 아니겠어? 에멜리야처럼.

세라 정보나 기술의 소비자가 아니라 생산자가 되라는 말씀이네요.

이반 누나, 그 말 멋지다!

퉁이 바로 실천하겠습니다요. 이야기의 소비자에서 생산자로.

퉁이

에멜리아 이야기를 들으면서 생각난 사람이 있어요. 어릴 때 전래동화 책에서 만났던 아이입니다. 얼마 전에 학교에서 <허생전>을 배웠거든요. 그런데 갑자기 그 아이가 떠올랐어요. 둘 다 괴짜라서 그랬던가 봐요. 가만히 있을 수 없잖아요? 제가 그 설화를 찾아봤어요. 보니까 이야기 결말이 두 가지더라고요. 둘 다 재미있었어요.

세상에서 제일 큰 참깨나무

✳

한국 민담

옛날에 한 시골 마을에 홀어머니와 함께 사는 아들이 있었습니다. 이 아들은 아주아주 게을렀어요. 아랫목에서 밥 먹고 윗목에서 똥 누는 게 하루 종일 하는 일의 전부였습니다. 언제 바깥에 나갔었는지 자기도 기억 못 할 정도니 말 다 했죠. 어느 날 엄마가 보다 못해 소리쳤습니다.

"이 녀석아! 언제까지 방구석만 뒹굴 거야? 이제 농사철인데 뭐라도 좀 해봐. 응?"

그러니까 아들이 늘어지게 기지개를 켜더니,

"농사가 뭐 별거라고? 참깨 한 말만 갖다줘요."

그 말을 들으니 얘가 웬일인가 싶어요. 엄마가 참깨 한 말을 구해다 주면서,

"귀한 거니까 조심해서 잘 심어야 해."

아들이 듣는 둥 마는 둥 삽과 괭이를 메고 밭으로 가니까 엄마 마음에 영 미덥지가 않아요. 그래서 슬쩍 밭으로 가봤더니, 이게

웬일이에요? 아들이 밭 한가운데에 커다란 구덩이를 파고서는 참깨 한 말을 통째로 들이붓지 뭐예요. 엄마가 달려들면서,

"아이구 야야! 이게 뭔 일이냐? 응?"

그러든 말든 아들은 똥오줌 진한 거름을 구덩이에 한가득 쏟아붓고서 흙을 덮었습니다.

"됐다. 끝! 가요 엄마."

엄마가 그만 기가 막히죠. 아까운 참깨만 다 날린 거지 뭐예요. 정이 뚝 떨어져서 그 뒤로 아예 밭에 가볼 생각도 안 했대요. 아들은 그대로 방구석에서만 뒹굴뒹굴. 그런데 몇 달이 지났을 때 얘가 엄마를 찾더니,

"엄마, 잘 드는 도끼 하나만 구해다 줘요."

"도끼는 뭐 하게? 나무라도 해 오려고?"

"아, 참깨를 수확해야죠."

"참깨? 참깨가 어디 있다고? 그리고 참깨를 터는 데 웬 도끼?"

"아이, 가보면 알아요."

얘가 도끼를 둘러메고 앞장서니까 엄마가 무슨 일인가 싶어서 따라가요. 그런데 이게 웬일이에요? 밭 한가운데 전에 없던 커다란 나무가 덩그러니. 딱 봐도 수백 년 된 느티나무보다 더 커요. 엄마가 깜짝 놀라서,

"아니, 저게 뭐야?"

"뭐긴 뭐겠어요, 참깨지."

엄마가 다가가서 보니까 그게 진짜로 참깨나무지 뭐예요. 수천

수만 가지가지에 열매가 가득가득.

"이게 대체 어찌 된 일이래?"

"싹 잔뜩 난 거 다 뽑아버리고 괜찮은 애 하나만 키웠어요. 자기가 알아서 컸지만. 선택과 집중이라고 아시려나?"

알 듯 말 듯한 소리를 하더니 도끼를 쳐들고서 참깨나무 둥치를 쾅쾅! 참깨나무 가지가 들썩들썩! 참깨 열매가 주룩 주루룩! 얼마 뒤 참깨나무가 쿵 넘어지면서 열매들이 촬촬촬촬. 엄마와 아들이 열매를 다 모아놓고 보니까 그게 온 고을 참깨를 합친 것보다 더 많더라는 거예요. 그걸로 기름을 짜니까 사람 키만 한 동이에 참기름이 한가득.

"우와, 대박이야. 이거 내다 팔면 몇 년은 먹고살겠어!"

"아이, 팔기는 왜 팔아요? 먹어야죠. 아니, 먹여야죠."

먹인다니 그건 또 무슨 말인가 싶죠. 그때만 해도 엄마는 꿈에도 몰랐답니다. 그 귀한 참기름을 미물 짐승이 먹게 될 거라는 사실을요. 어떤 동물이었을까요? 여기서 이야기가 두 가지로 나뉘어요.

먼저 첫 번째 버전. 그 동물은 바로 쥐였습니다. 쫄쫄 굶고 있던 쥐가 미끄러져서 참기름 동이에 풍덩. 그런데 아들이 꺼낼 생각을 안 하는 거예요. 그냥 거기서 살게 두는 거죠. 얘가 동이 안에서 만날 참기름만 먹는데 두어 달 지나니까 잔뜩 살이 쪄서 크기가 족제비만 해졌어요. 이름하여 참기름 쥐. 그냥 참기름 자체예요.

아들은 쥐를 들고 시장으로 갔습니다. 고소한 냄새가 쫙 풍기니까 사람들이 잔뜩 몰려들었죠. 하지만 가격을 듣고서는 다들 고개를 절레절레 흔들어요. 쥐 한 마리에 소 세 마리 가격이니 그럴 수밖에요. 다들 미친 사람 취급이지요.

하지만 한 사람은 달랐어요. 쥐를 이리 살펴보고 저리 눌러보더니 군말 없이 값을 치르고 쥐를 사 갔답니다. 그 쥐를 하루 종일 물동이에 담가놓으니까 동이에 있는 물이 참기름으로 바뀌었지요. 고농축 참기름 쥐의 마력이에요. 그렇게 매일 기름을 한 동이씩 생산하니까 몇 달 만에 투자금 회수가 끝났답니다. 그다음부터는 다 순수익이죠 뭐.

우리의 주인공이 그냥 놀고 있을 리 없죠. 또 다른 애를 하나씩 기름 동이에 던져 넣는 거예요. 참기름 개구리, 참기름 두꺼비, 참기름 족제비……. 두어 달마다 살아 있는 참기름 화수분이 새로 생겨났지요. 사람들이 그걸 사 가려고 예약 전쟁에 피가 터질 지경이었답니다. 참기름 쥐를 산 사람이 부자가 됐다는 소문이 쫙 퍼졌거든요. 당연히 가격도 몇 배로 올랐죠.

하여간 이 아들이 가만히 방구석을 뒹구는데도 모든 게 알아서 척척 돌아가요. 가끔 한 번씩 건지기만 하면 말이죠. 나중에는 그 일도 엄마가 맡았지요. 둘은 그렇게 큰 부자가 돼서 오래오래 잘 살았답니다.

이제 두 번째 버전입니다. 큰 동이에 한가득 참기름을 채운 아들은 장에 나가서 강아지를 하나 사 왔어요. 아주 작고 날씬한 강아지였죠. 그 강아지를 동이에 빠뜨렸을까요? 아니에요. 그냥 참기름을 먹여서 잘 키웠습니다. 삼시세끼 참기름만 먹여서요. 엄마 보기에 도무지 이해가 안 되죠.

"그 귀한 걸 왜 아깝게 강아지에게 먹이니?"

"투자죠. 얘가 어떤 일을 할지 기대하셔도 좋아요."

하여튼 계속 참기름만 먹이는데 강아지가 또 체질이 맞았나 봐요. 주는 대로 촉촉 빨아먹는데 대여섯 달 만에 기름이 바닥날 정도였답니다. 그런데 강아지가 크기는 처음 그대로예요. 영양가가 다 피부와 향기로 갔나봐요. 최고로 매끄러운 몸이 밤낮으로 반짝반짝. 기막히게 고소한 냄새가 사방으로 폴폴폴폴. 십 리 밖에서도 군침이 저절로 흐를 정도니 말 다 했죠.

"어흠, 이제 슬슬 움직여 볼까?"

아들은 장에 나가서 길고 튼튼한 줄을 사 왔어요. 한쪽 끝으로 강아지 목줄을 만들어 채우더니 해 질 무렵이 되자 강아지를 앞세우고 산으로 들어갔답니다. 그게 호랑이 산이에요. 무서운 호랑이 수백 마리가 드글드글드글. 호랑이들이 코를 벌름거리면서,

"오오오, 이 참을 수 없을 정도로 고소한 향기는 뭐지?"

보니까 웬 조그만 강아지가 반짝반짝 폴폴폴폴. 제일 동작 빠른 호랑이가 휼쩍 나서서 기름강아지를 한입에 꿀꺽! 이 강아지가 어찌나 매끄러운지 호랑이 배 속을 쭈욱 관통해서 똥구멍으로 쏘옥! 다른 호랑이가 꿀꺽하니까 다시 배 속을 쭈욱, 똥구멍으로 쏘옥. 꿀꺽 쭈욱 쏘옥, 꿀꺽 쭈욱 쏘옥. 꿀꺽 쏙 꿀꺽 쏙 꿀꺽 쏙, 쏙쏙쏙 쏙 쏘옥! 날이 밝은 뒤 보니까 수백 마리 호랑이가 줄줄이 꿰여서

흐늘흐늘.

아들은 그렇게 호랑이를 단숨에 싹쓸이한 뒤 가죽을 내다 팔고 산을 차지하고서 오래오래 행복하게 잘 살았답니다.

이야기에 대한 이야기

연이 통이 엄지 이반 세라 뀨 아재 뭉이쌤 노고할망

엄지 이거 나도 전래동화 책에서 본 적 있는 이야기야.

통이 그럴 거야. 그런데 결말이 두 가지라는 것도 알았니?

엄지 아니. 호랑이를 줄줄이 꿴 내용만 알았어. 참기름 쥐, 참기름 개구리를 내다 파는 이야기도 재미있네.

통이 그렇지? 원래는 거기 쥐만 있었는데 내가 개구리, 두꺼비, 족제비를 상상해 추가했어. 이야기 생산에 동참하려고!

뭉이쌤 그래. 그럴싸한 상상이야. 쥐 한 마리를 내다 파는 걸로 만족하지 않았겠지.

연이 맞아요. 뭔가 사업을 계속 이어나갔을 것 같아요.

통이 내 생각에 얘는 천재 경영자야. 참깨 싹을 하나만 남겨서 제대로 키우는 거, 말 그대로 선택과 집중. 이야기를 다시 찾아 음미하면서 감동 먹었다는!

세라 강아지를 이용해서 호랑이를 잡는 건 언제 봐도 재미있어. 기름 강아지는 세상에 없는 자기만의 아이디어 같은 것이겠지?

이반 새로운 플랫폼일 수도 있어요. 시장을 잡아먹는.

뀨 아재 호랑이는 시장을 지배하던 자본가.

통이 네. 기업체나 구식 플랫폼일 수도 있고요. 그걸 얘가 다 먹은 거죠.

뭉이쌤 그래서 그 아이가 산을 차지했다고 표현한 거로구나. 그럴듯해.

연이 오오, 퉁이 오빠 천잰데?

퉁이 너 모르는구나. 내가 특별한 강아지를 키우고 있거든. 참기름으로? 아니, 옛이야기로! 크크.

노고할망 옛이야기를 먹고 자란 강아지, 괜찮구나. 호랑이 대신 데리고 다닐까 봐.

퉁이 할망님, 아이디어를 보호해 주셔야죠. 지식재산권 있습니다.

세라 하하, 그 말은 맞네. 할망님은 다른 걸 키우셔야겠어요.

노고할망 그렇다면 나는 고양이. 신화를 먹여서.

뭉이쌤 조금 전에 퉁이가 선택과 집중을 말했잖아요? 설화도 될성부른 거 하나를 제대로 키워서 잘 살리는 게 좋은 전략일 수 있어요. 자기만의 특별한 레퍼토리가 있을 때 좋은 이야기꾼이 되는 법이죠.

뀨 아재 자기만의 이야기 방법도 괜찮죠.

연이 아재처럼 말이죠? 그런 의미에서 이야기 하나 해주세요. 뀨 스타일로요.

뀨 아재 오케이. 내가 중동에서 게으른 친구를 한 명 데려와 보지.

꾸 아재

한때 페르시아 왕국으로 이름을 날렸던 나라, 어디? 이란! 내가 이란에서 업어온 이야기를 하나 해볼게. 주인공은 뭐하는 사람? 게으름뱅이! 이 친구가 무슨 일을 어떻게 하는지 한번 들어봐. 앞뒤가 안 맞는다거나 황당무계하다고 시비 걸기 없기. 오오, 그랬구나, 이런 리액션 환영.

게으름뱅이 아흐마드

*

이란 민담

옛날 이란의 한 마을에 아흐마드란 사람이 살았는데, 남다른 특기가 하나 있어. 바로 게으름 피우기! 이런저런 핑계를 척척 갖다 붙이면서 빈둥빈둥 뒹구는데 그것도 능력이라면 능력이지.

문제는 이 친구가 결혼해서 아내가 있었다는 사실이야. 어쩌다 이런 남자에게 걸렸는지 참 운도 없지. 근데 이 여자도 만만치가 않아. 이리 달래고 저리 을러도 꼼짝을 안 하니까 남자를 번쩍 들어서 몇십 리 바깥으로 턱! 살면 살고 죽으면 죽으라는 식이지.

아흐마드 이 친구가 눈치는 빠르거든. 한번 쭉 둘러보니까 분위기가 요상한 거라. 뜯어 먹다 버린 당나귀 시체가 잔뜩 쌓여 있고 막대기랑 몽둥이 같은 게 널부러져 있고, 기타 등등.

'히야, 여기가 마귀 소굴이군. 걔들이 당나귀랑 사람 고기를 좋아한댔어. 뭐, 할 수 없지. 어디 가기도 귀찮고 그냥 되는 대로 한바탕해 보는 수밖에.'

그러더니 몽둥이를 하나 끌어당겨서 거기 끄적끄적 글을 쓰는 거야.

천 명을 때려죽이고, 이천 명을 불구로 만들고, 삼천 명을 세상 밖으로 쫓아내다.

쓰기를 마치고서 기지개를 쫙! 그게 아주 오랜만에 해본 노동이거든. 이제 쉬어야지. 아흐마드는 몽둥이를 내려놓는 둥 마는 둥 네 활개를 쫙 펴고 누웠어. 옆에는 누구? 머리 없는 당나귀하고 다리 없는 당나귀. 이 친구가 눕자마자 드르렁 쿨쿨.

얼마 뒤에 커다란 그림자가 쑤욱 다가왔는데, 누구? 당연히 마귀지. 웬 놈이 누워 있나 하고서 다가가 보니까 사람이지 뭐야. 마귀가 군침을 흘리면서 몸에 턱 올라타려는 순간 몽둥이가 눈에 들어온 거라. 보니까 글귀가 무시무시하거든.

'뭐야 이거? 마귀 천 명을 죽였다는 거야? 일부러 여길 찾아온 건가?'

마귀는 황급히 자기네 무리가 있는 데로 달려가서 대장에게 적의 출현을 알렸어. 들어보니까 그게 아주 수상하지. 대장이 무리를 이끌고 와서 보니까 웬 사내가 당나귀 시체 사이에 누워서 태평하게 드르렁드르렁. 몸을 휙 뒤척이면서 머리 없는 당나귀 몸에 다리를 척!

"야, 이거 보통 사람 아니다. 함부로 건드리면 안 돼."

조용히 둘러앉아서 용사가 깰 때까지 지키고 있는 거라. 한참

만에 아흐마드가 눈을 뜨더니,

"너희들 뭐야? 왜 그러고 있는데?"

그러자 마귀들이 서로 눈을 쳐다보면서 고개를 끄덕끄덕. 대장이 공손한 목소리로,

"보아하니 대단한 용사님이신데 필요한 건 없으신지요?"

"응, 배가 좀 고프네. 목욕도 해야겠어."

그러자 마귀들이 아흐마드를 숙소로 모셔 가서 밥도 주고 목욕도 시켜주고 다 해주는 거야. 아흐마드는 실컷 먹고 사우나도 즐기고 한 이틀 느긋하게 잤지 뭐. 그러고 일어나니까 대장이 다가오더니,

"용사님께 부탁이 있습니다. 우리가 곧 검은 마귀들과 전쟁을 벌입니다. 도와주십시오."

마귀들도 종파가 있던가 봐. 얘들은 하얀 마귀야. 검은 마귀와는 상극에 철천지원수. 아흐마드가 파리나 모기는 천 마리쯤 죽였을지 몰라도 싸움에는 영 허당이거든. 근데 순순히 고개를 끄덕이는 거라.

"그러지 뭐. 내가 앞장설 테니까 두 다리는 말에 묶고 팔은 그대로 둬."

그래서 그 상태로 전쟁이 시작된 거야. 사실 아흐마드가 말을 처음 타는 거거든. 말에서 떨어질까 봐 다리를 묶어두라고 한 거야. 근데 말이 생각보다 훨씬 빠른 거라. 다그닥다그닥 휘리릭! 몸이 무섭게 흔들리는데 아무 거라도 잡아야지. 아흐마드는 엉겁결

에 나뭇가지를 꽉 붙잡았어. 근데 그게 하필 썩은 나무라서 말 달리는 속도에 뿌리가 쑥. 그 상태로 달리니까 얘가 나무를 통째로 들고서 흔들어대는 형국이지. 그렇게 검은 마귀 진영으로 돌진하니까 마귀들 쓰러지는 소리가 우두두두두. 얘들이 겁에 질려서 싸워볼 생각도 못 하고 다들 백 리 밖으로 줄행랑이야. 완벽한 승리지 뭐.

아흐마드가 그렇게 적을 물리치고 돌아오는데 사실은 겁에 잔뜩 질렸었지 뭐냐. 보니까 아랫도리가 축축. 자기도 모르게 오줌을 지린 거야. 근데 몸을 한번 척 추스르더니,

"오랜만에 힘을 썼더니 땀이 다 나네. 아래까지 젖었어. 자, 목욕물!"

곧바로 대령이지 뭐. 아흐마드가 따뜻한 목욕물 속에 몸을 담그고 척 눕더니,

"히야, 좋구나. 천국이 따로 없어."

그때 하얀 마귀 대장이 은근히 수뇌부를 모아놓고서,

"저 남자 아주 위험한 존재다. 잠들었을 때 공격해서 아주 박살을 내버려야 해."

아흐마드가 귀가 밝거든. 그 말을 다 들었지 뭐야. 한밤중이 되자 아흐마드는 나무 그루터기를 침대에 눕혀놓고서 자기는 슬쩍 한구석에 숨었어. 그때 마귀들 여럿이 커다란 바윗덩이를 들고 와서 침대에 쾅! 그래놓고는 잽싸게 줄행랑이야. 얘들이 많이 무서웠나 봐. 하하.

그때 아흐마드가 바깥으로 척 걸어 나가서 마귀 무리에 다가가더니,

"이봐! 너희들이 돌멩이를 던진 거야? 덕분에 뻐근하던 허리가 풀렸군. 자, 한번 제대로 붙어보자구."

두 팔을 확 쳐드니까 마귀들이 새하얗게 질리지 뭐. 하얀 마귀가 더 하얀 마귀가 돼서 깨개갱, 후다다다다다닥.

거기 마귀 소굴에 감옥도 있고 창고도 있었거든. 감옥에는 마귀가 붙잡아 온 사람이 잔뜩이고 창고에는 보물이 가득이야. 아흐마드는 감옥 문을 열어서 사람들을 꺼내주고 창고에 있는 보물을 깨끗이 다 챙겼어. 그러고서 고향으로 돌아오는데 제 발로 걸을 리 없지. 사람들이 교대로 손가마를 태워서 집까지 편안히 모셔다 드렸다는 거 아니겠어? 집에 도착하니까 아내가 흘끗 돌아보더니,

"왔어?"

"응. 목욕물!"

그렇게 따뜻한 물에 한참이나 몸을 담그고 나와서는 전날 못 잔 잠까지 더해서 푹 자더래. 이레쯤 잤다던가. 끝!

이야기에 대한 이야기

연이 통이 엄지 이반 세라 뀨 아재 뭉이쌤

통이 오오, 그랬구나!

연이 뀨 스타일 최고예요. 진짜로 재미있어요.

뀨 아재 감사! 내 부캐를 아흐마드로 할까 봐. 인생의 행복은 꿀잠 아니겠어? 하하.

세라 아흐마드가 나름 천재 같아요. 다 계획이 있었던 거잖아요?

엄지 근데 우연 아니었나요? 나무를 뽑아서 휘두른 것도 그렇고.

연이 제 생각에도요. 천 명 죽이고 어쩌고 했다는 것도 다 꾸며낸 말이잖아요?

통이 그거 파리나 모기 같은 걸 죽였다는 말 아닐까?

연이 파리나 모기를 죽이는 건 몰라도 불구로 만드는 건 이상하잖아?

뀨 아재 하하. 그렇게 따지지 않기라고 말했을 텐데.

연이 앗, 죄송! 그래도 궁금하기는 해요.

뭉이쌤 내 상상에는 그게 아흐마드가 상상 속에서 한 일 아닐까 싶어. 누워 있으면서 상상으로 수천 명 마귀를 죽이고 쫓아내는 상황을 그려봤으리라는 거지.

이반 오오. 그래서 마귀 소굴에서도 태연했던 걸까요?

세라 미리 상상으로 시뮬레이션이 돼 있었다는 거네요. 그렇게 풀이하니까 여러 가지가 다 이해돼요.

퉁이 아호마드도 상상력 능력자였구나.

엄지 그 사람이 뒤에 또 어떤 일을 했을지 궁금해요.

뀨 아재 하하. 꿀잠 아니겠어?

엄지 자면서도 뭔가 상상은 했을 테니까요.

퉁이 오, 날카로운데!

뭉이쌤 아호마드가 어떤 일을 했을지 각자 잘 상상해 보려무나. 캐릭터를 살려서.

연이 네. 저는 아내의 캐릭터도 멋지게 살려보겠어요.

엄지 그럼 제가 이어서 여자가 주인공인 이야기를 하나 해볼게요.

엄지

제가 들려드릴 이야기는 독일 민담이에요. 《그림 형제 민담집》에서 본 이야기랍니다. 주인공은 여자 요리사예요. 그런데 하는 행동이 좀 괴상해요. 이야기가 재미있기는 한데 이해하기는 쉽지 않았어요. 작품의 원제목이 '영리한 그레텔'이거든요. 그레텔이 머리를 잘 굴리기는 하는데 지혜롭다고 봐야 할지는 잘 모르겠어요. 함께 생각해 주세요.

괴짜 요리사 그레텔

*

독일 민담

옛날에 어느 부잣집에서 요리사로 일하는 그레텔이라는 처녀가 있었어요. 그레텔은 차림새에 관심이 많았답니다. 빨간 굽이 있는 예쁜 구두를 특히 좋아했어요. 그걸 신고 바깥으로 나가서 이쪽저쪽으로 매무새를 살피며,

"그레텔, 너는 정말 예쁜 사람이야. 멋져!"

활짝 웃으며 춤추듯이 빙 돌았답니다. 집으로 돌아오면 좋은 기분을 이어가려고 와인을 한 잔 마셨어요. 그러면 식욕이 돋는가 봐요. 자기가 해놓은 음식 가운데 제일 맛난 걸 골라서 한 입 한 입 음미했답니다. 만족스럽게 배가 찰 때까지요.

"아무렴. 음식을 제대로 즐길 줄 알아야 요리사지! 아아, 좋다!"

그러던 어느 날, 주인이 그레텔에게 말했어요.

"그레텔, 오늘 저녁에 손님이 오실 거니까 암탉 두 마리를 맛있게 요리해서 내오렴."

"네! 걱정 마세요, 주인님."

그레텔은 손님이 도착할 시간에 맞춰서 착착 요리를 준비했어요. 메뉴는 직화구이 통닭이었죠. 닭을 통째로 꼬챙이에 꽂아 빙빙 돌리면서 화덕에 굽는 거예요. 곧 닭들이 노릇노릇 익기 시작했지요. 그런데 시간이 다 돼도 손님은 소식이 없었답니다.

"주인님, 통닭구이 다 돼가는데 손님은 아직인가요? 늦어지면 맛이 떨어져요. 따뜻할 때 먹어야 해요."

"그러게. 이 친구가 왜 안 온담? 내가 나가서 데려오도록 하지."

그러고서 주인이 나갔는데 감감무소식이에요. 완성된 통닭이 식어가는데 말이죠.

"아이, 불 앞에 오래 있었더니 목이 마르네. 딱 한잔만 해야겠다."

그레텔은 와인을 따라 천천히 들이켰어요. 맛을 제대로 음미하면서요. 손님은 여전히 소식이 없었어요. 그레텔이 한 잔을 더 마셨을 때까지도요. 그레텔은 식어가는 통닭을 다시 불에 올리고 버터를 발랐답니다. 통닭이 다시 고소하게 살아나기 시작했죠. 하지만 여전히 두 사람은 소식이 없었어요.

"아, 뭐야! 지금이 맛있는 땐데. 이 시간을 그대로 넘기는 건 죄라고."

보니까 통닭의 한쪽 날개가 타기 직전이에요. 그레텔은 참지 못하고 닭 날개를 툭 잘라서 입으로 가져갔어요. 오물오물 냠냠.

"타기 직전의 닭고기 맛, 최고야. 잠깐! 저쪽 날개도 타려고 하잖아? 안 돼!"

그레텔은 다른 쪽 날개도 뚝 떼서 맛나게 먹었어요. 다음은? 또 한 마리 통닭의 날개죠. 이어서 다리. 그리고 가슴살. 차곡차곡 먹다 보니 통닭 두 마리가 다 그레텔의 배 속으로 사라지고 말았답니다. 와인 한 병과 함께 말이죠.

"유후, 최고의 맛이었어! 역시 난 최고의 요리사라니까. 하하."

막 그러고 있는데 주인이 들어오더니,

"그레텔, 손님이 곧 들어올 거다. 빨리 닭요리를 내오도록."

식탁에 준비는 다 갖춰진 상태예요. 통닭만 올라가면 돼요. 문제는 통닭이 없다는 거죠. 그런데도 그레텔은 태연했어요.

"네, 주인님. 곧 갑니다."

주인은 만족해서 닭고기를 자를 칼을 갈기 시작했어요. 그레텔이 얼른 현관으로 가니까 손님이 막 들어서고 있었답니다. 그레텔이 그에게 다가가서 귀에 입을 대고 속삭였어요.

"쉿! 소리 내지 말고 어서 여길 떠나세요. 몹쓸 꼴을 당하지 않으려면요. 초대는 속임수예요. 주인님은 지금 손님의 두 귀를 자를 생각밖에 없답니다. 칼 가는 소리, 들리시죠?"

손님이 들어보니까 진짜 칼 가는 소리지 뭐예요. 그는 놀라서 급히 계단을 내려갔어요. 그레텔은 곧바로 주인에게 달려가서 외쳤습니다.

"주인님, 무슨 일이죠? 제가 통닭을 식탁으로 옮기는데 저분이 그대로 낚아채서 도망갔어요."

"뭐라고? 두 마리 다?"

"네!"

그러자 주인은 칼을 든 채로 현관을 나서서 손님을 쫓아가기 시작했어요. 커다랗게 소리치면서요.

"이봐, 하나만! 하나만!"

손님이 돌아보니까 주인이 칼을 들고 쫓아오지 뭐예요.

"안 돼!"

손님은 두 귀를 감싸 쥐고 자기가 낼 수 있는 최고 속도로 달렸답니다. 주인이 육상 선수라고 해도 그를 못 잡았을 거예요.

이야기에 대한 이야기

연이

통이

엄지

이반

세라

뀨 아재

뭉이쌤

노고할망

통이 엥? 끝이야? 대체 뭐가 어떻게 된 거지?

연이 그러게. 그레텔이 통닭을 훔쳐 먹고 두 사람을 속인 거네. 이게 왜 영리한 거지?

엄지 나도 그게 좀. 뭔가 있는 것 같은데 잘 모르겠어.

뀨 아재 하하. 음식은 맛있을 때 먹어야 하는 법이지.

세라 요리사의 자존심 같은 거였을까요? 하여튼 괴짜는 괴짜네요.

노고할망 그레텔이 추격전을 보면서 즐겼을지도 몰라. 아마 손님을 응원했겠지?

연이 저는 여전히 이해가 안 돼요. 두 사람을 원수처럼 만든 상황인데.

통이 통닭은 입에도 못 대고 말이지. 많이 기대했을 텐데.

뀨 아재 좋은 음식 앞에 예의를 못 갖췄으니 혼날 만하지.

이반 그레텔이 일부러 골탕을 먹이기라도 했다는 말씀인가요?

뀨 아재 글쎄. 그보다는 그냥 현재를 즐긴 것 아닐까?

세라 알 듯 말 듯 쉽지 않네요. 뒷수습을 어떻게 하려고…….

뭉이쌤 뒤에 통닭을 더 맛있게 요리해 가지고 시간에 맞춰 대접하면서 두 사람을 화해시키지 않았을까요? "요리는 맛있을 때 먹어야 하는 법이거든요." 이러면서.

통이 오오, 그 방법이 통했다면 이야기꽃이 한창 피어났겠어요.

이반 그때 네가 말야, 내가 말야, 어쩌구 하면서?

꾸 아재 음식은 즐거운 이야기와 함께할 때 더 맛있는 법이지.

엄지 그런 상상은 못 했어요. 이야기가 새롭게 다가오는 것 같아요. 그레텔이 스토리 메이커였구나.

연이 엄마가 음식을 차려놓고 부를 때 늑장 부린 적이 많았어요. 앞으로는 곧바로 달려가겠어요.

노고할망 하하. 그게 예의지. 요리에 대한 예의, 그리고 사람에 대한 예의.

퉁이 이제 보니 여기 계신 어른들 다 괴짜 같아요.

노고할망 하하. 이 괴짜 할망이 이야기 하나 해볼까? 괴짜 할멈 이야기로?

일동 우와!

노고할망

지금 내가 들려주려는 건 멀리 아랍에서 전해온 이야기야. 어느 나라인지는 묻지 말거라. 나도 그건 모르거든. 옛날의 아랍은 지금과 다르니까 그냥 그러려니 하렴. 아마도 주인공 할멈이 하는 행동이 좀 심하다 싶을 거야. 그것도 대충 그러려니 하면 돼. 실제의 일이 아니고 어디까지나 이야기니까 말이지.

미망인 할머니의 생계 대책

✴

아랍 민담

옛날에 한 노부부가 어린 딸과 함께 살았어. 그러니까 개가 늦둥이지. 남편은 꽤 능력 있는 군인이었단다. 세 사람이 먹고살기에 어려움이 없었지. 근데 어느 날 남편이 갑자기 세상을 떠났지 뭐냐. 수입이 딱 끊기니까 할멈이 막막하지. 당장 살림도 살림이지만, 어린 딸의 앞날이 걱정이야.

'이제 뭘로 먹고살지? 남편의 봉급을 계속 타내야 해. 근데 어떻게? 내가 만날 수 있는 건 고작 말단 관리나 하급 귀족인데 그들로는 안 돼. 그렇다면…… 방법은 하나뿐이군. 술탄과 담판을 짓는 거야. 그나저나 술탄을 어떻게 만난담?'

잠시 고민하던 미망인 할멈은 주먹을 불끈 쥐었단다.

"옛말에 주목받으려면 남들 안 하는 짓을 하라 했어. 사고를 제대로 쳐보는 거야!"

이 할멈이 평생 점잖고 진실하게 살았거든. 눈빛과 행동에 신용이 쫙 배어 있지. 그런 노인네가 미친 짓을 하자고 마음먹으니 이게 더 무서운 거야. 할멈은 곧장 행동에 들어갔어. 옷을 깨끗이 차려입고 몸단장을 곱게 한 뒤 귀족의 저택을 찾아가서 공손히 인사를 드리고는,

"집 안에 좋은 기도처가 있다고 들었습니다. 하루만 빌려주실 수 있을까요?"

행동거지가 딱 봐도 믿음이 가거든. 그 집에서는 선뜻 기도처를 빌려줬어. 할멈이 거기서 예배를 올리는데 그야말로 지극정성이지. 그 집 부인이 젊고 예쁜 사람인데 할멈 기도하는 모습에 감동할 정도야. 그렇게 기도를 잘 마치고서 나가는데 할멈 몸에서 금화가 톡 떨어지지 뭐냐. 부인이 금화를 주워서 건네주려 하니까 할멈이 하는 말이,

"기도가 통해서 금화가 생겨났군요. 부인 것이니 간직하도록 하세요."

그러자 부인이 더 감동하지. 할멈의 손을 꼭 잡더니,

"할머니, 저를 좀 도와주세요. 제가 결혼한 지 몇 년짼데 아이가 없답니다."

"그러시군요. 어쩐지 근심이 있어 보였어요. 제 집으로 오실 수 있겠어요? 필요한 도구들이 집에 있거든요."

그러니까 부인이 좋아라 하지. 할멈은 곧 부인을 모시러 온다고 하고 그 집을 떠났어. 그러고서 찾아간 곳이 어디냐면 미리 봐뒀던 옷 가게야. 잘생긴 청년이 운영하는 가게. 할멈이 세련된 옷을 하나 골라 내밀면서,

"이게 어울리겠어요. 내 딸이 아주 예쁘고 우아하거든. 그런 처녀 또 없을걸."

그러더니 이 할멈이 청년을 은근히 바라보면서,

"총각 맞죠? 내가 관상을 좀 보는데, 복이 많은 상이야. 딸하고 잘 어울리겠어. 한번 만나볼래요?"

청년이 마다할 이유가 없지. 그러지 않아도 결혼 상대를 찾는 중이었거든. 할멈이 딸을 미리 살짝 보여주겠다고 하니까 마음이 들떠서 옷값도 안 받고 그냥 선물로 줬지 뭐냐.

옷가게에서 나온 할멈은 도시 가장자리에 있는 저택을 찾아갔어. 임대로 나온 집인데, 요즘 말로 풀옵션이야. 사람만 들어가면 되는 곳. 그 집을 빌려놓고 귀족 집으로 가니까 부인이 반갑게 맞이하지. 할멈이 부인을 데리고 나서면서 말했어.

"우리가 붙어서 가면 사람들이 이상하게 볼지 몰라요. 내가 먼저 갈 테니 뒤에서 조용히 따라오세요."

그러고 앞장서는데 어디로 향하는고 하면 조금 전에 빌려놓은 저택이지. 근데 가는 길에 한 곳에 들른 거야. 바로 청년이 운영하는 옷 가게. 안으로 들어가더니,

"딸을 데려왔다우. 내 뒤를 몰래 따라오게 했어요. 살펴보고 마음에 들면 뒤를 살짝 따라와요."

청년이 살펴보니까 정말 할멈 뒤를 따르는 여자가 있거든. 그 여자가 귀부인이잖아? 아름답고 우아하고 기품이 가득한 게 더 말할 것도 없지 뭐. 청년이 완전히 반해서 뒤를 졸졸. 그렇게 저택

에 할멈이 들어가고, 부인이 들어가고, 이어서 청년이 들어가는 거야. 할멈은 적당히 시차를 둬서 두 사람이 마주치지 않게 했어. 그 집에 욕실이 두 개 있는데 각각 목욕을 하고 방으로 들어오도록 한 거야.

여자가 씻는 데 시간이 더 걸리잖아? 목욕을 마치고 수건만 두른 채로 할멈이 알려준 방으로 들어갔더니 이게 무슨 일이야? 아래에 수건만 걸친 남자가 떡하니 앉아 있네. 청년은 그게 할멈이 마련한 이벤트인 줄 알고 웃으면서 척 다가오지. 여자가 얼마나 기겁했겠니.

하여튼 이 할멈이 장난이 지나쳐. 그렇게라도 아이를 갖게 하려고 그랬나? 하하. 이건 농담이고, 두 사람이 얘기를 나눠보니까 완전히 속았지 뭐야.

"잠깐! 내 옷!"

옷이 있을 리 없지. 두 사람 옷이랑 지갑이랑 장신구까지 싹 걷어갔더래. 쫓아가기는 고사하고 몸에 걸칠 만한 걸 구하느라고 한참 고생했지 뭐. 그 뒤의 일은 상상에 맡길게.

이 할멈이 한 건 해보니까 재밌거든. 곧바로 또 다른 작전을 시작하는 거야. 이방인처럼 꾸미고 염료 가게를 찾아 들어가더니,

"아이고 배고파라. 가게 문 연 데가 여기뿐이네. 주인 양반, 내가 먼 곳에서 왔는데 이곳 지리를 하나도 몰라서 먹을 걸 못 사고 있다우. 돈을 줄 테니 먹을 것 좀 사다 줄 수 있겠수? 나하고 어린 딸이 먹을 걸로."

그러면서 돈을 내미는데 여러 끼 먹을 만한 금액이거든. 보니까 돈만 많고 세상 물정은 모르는 노인네야. 주인이 은근히 고개를 끄덕이더니,

"내가 먹을 걸 사 오지요. 그 사이에 잠깐 가게를 봐주세요."

거기 있는 염료통들이야 노인이 가져갈 만한 물건이 아니니 신경 쓸 게 없지. 이 할멈이 미친 짓을 하리라고는 상상도 못 해. 그래서 할멈이 어떤 짓을 했을까? 밖에 당나귀를 대여하는 사람을 손짓해서 부르더니,

"이봐요 젊은이, 여기 그릇이 다 낡고 염료가 상해서 싹 고칠 생각이라우. 좀 도와줄 수 있겠수? 이걸 다 부수면 돼. 아들이 오기 전에 내가 좀 도와주려는 거예요."

그러자 당나귀 주인이 신이 났지. 깨부수는 건 재미있는 일이니까 말야. 와장창 쿵탕 빠지직! 사람들이 다 몰려들어서 구경하는 판이야. 그 틈에 할멈은 태연히 당나귀를 끌고서 떠났지 뭐냐.

염료 가게 주인이 돌아온 뒤의 일은 길게 말할 것도 없지. 한바탕 시비가 붙고 멱살잡이까지 그런 난리가 없어. 당나귀 주인이 곤경을 치르고서 나와 보니까 이게 또 당나귀가 없네. 울그락불그락 씩씩. 물어 물어서 할멈을 쫓아가는데 어렵지 않게 잡았어. 그런데 자기 당나귀가 안 보이는 거야.

"미친 할망구야! 내 당나귀 어딨어?"

"아 당나귀? 내가 잠깐 어디 맡겨놨는데 데리고 올게."

할멈이 근처에 있는 대장간으로 들어가더니 더없이 심각한 표

정을 지으면서,

"대장장이 양반, 나 좀 도와주시오. 내 아들이 어금니가 썩어서 통증이 심하다 보니 정신이 혼미해졌다우. 이빨을 뽑아야 나을 텐데 한사코 못 하게 야단하지 뭐유. 내 힘으로는 도저히 어쩔 수 없다우. 여기 좋은 집게 많잖아? 내 아들 썩은 이빨 좀 쑥 뽑아줘요. 내가 선금으로 사례비를 주리다."

할멈이 금화를 썩 내미니까 이 사람이 마다할 이유가 없지. 대장장이가 본래 힘이 좋거든. 집게를 들고 나가서 그 사람 어금니 몇 개를 단숨에 쑥! 실제로 썩은 이빨들이 있었나 봐. 당나귀 주인이 길길이 뛰면서 난리지만 소용없지 뭐. 치통 때문에 미쳐버린 사람으로 알고 있으니 말야.

하여튼 이런 식이야. 이게 다가 아니었단다. 할멈이 홍길동처럼 동에 번쩍 서에 번쩍 하면서 계속 사고를 쳐대는데 온 나라가 들썩일 정도였지 뭐냐. 소식이 술탄에게 들어갈 수밖에. 미친 짓을 벌이는 범인이 멀쩡한 할머니라니 기가 막히지. 술탄은 날랜 병사들을 시켜서 할멈을 붙잡게 했어. 이제 잡히는 건 시간 문제지 뭐. 사실 할멈은 딱히 도망갈 생각도 없었어. 원래 술탄을 만나는 게 목적이었으니까 말이지.

할멈은 제 발로 궁궐을 찾아 들어갔어. 어떻게? 고상한 예언자 모양으로 꾸미고서. 자기를 술탄에게 데려다주면 범죄자 노파가 있는 곳을 알려준다니까 사람들이 또 그 말을 믿는 거야. 하여튼 연기력이 좋았나 봐. 그래서 이 할멈은 드디어 술탄과 만나게 됐

어. 할멈이 걸쳤던 외투를 쓱 벗더니,

"술탄님, 제가 바로 당신께서 찾으시는 미친 늙은이입니다."

그러면서 그간 저지른 일들을 실토하는데 영락없지 뭐야. 술탄이 화가 나서 엄벌을 내리려고 하니까 할멈이 준비해 간 말을 쫙 펼쳐놓았단다.

"벌을 내리시기 전에 제 말씀을 한 번만 들어주십시오. 제 남편은 군인으로 한평생 나라를 위해 봉사했습니다. 하지만 갑자기 세상을 떠나고 난 뒤 온 가족의 생계가 막혔어요. 이 늙은이와 어린 딸이 무엇을 할 수 있겠습니까. 나라를 위해 일한 공직자의 유족은 나라에서 책임져야 하지 않겠어요? 이런 뜻을 술탄께 알리려고 일부러 사고를 쳐서 세상을 시끄럽게 했습니다."

그러자 술탄이 하는 말이,

"그렇더라도 엉뚱한 사람을 괴롭힐 일이 아니지 않느냐?"

"그간 사람들에게 빼앗은 물건들은 잘 보관하고 있습니다. 염료가게는 수리가 필요했고 당나귀 주인은 썩은 이를 뽑아야 했어요. 술탄께서 수리비를 보태주시고 금이빨 시술을 도와주세요. 귀족 부인에게 의사를 보내서 아기를 가질 수 있게 하시고요. 그러면 온 세상이 술탄의 덕을 칭송할 것입니다."

술탄이 듣고 보니까 그 말이 그럴듯하지 뭐야.

"오냐. 알았다. 할멈 가족이 평생 먹고살 수 있도록 급여를 계속 지급하도록 하지. 그러나 더 이상 사고를 치는 건 금지야."

"물론입니다. 평생의 사고를 몰아서 쳤으니 이제 원도 한도 없습니다."

할멈이 공손히 절을 하고서 물러나니까 술탄이 시종들에게 이렇게 말했다는 거야.

"아깝도다. 저 할멈이 남자로 태어났으면 대장군이 됐을 텐데 말야."

근데 그거 아니? 군인을 비롯한 공직자가 은퇴하거나 죽은 뒤에 연금을 지급하는 제도가 그때부터 생겨났다는 거야. 믿거나 말거나.

이야기에 대한 이야기

연이

통이

엄지

이반

세라

뀨 아재

뭉이쌤

노고할망

세라 호호. 한참 웃었어요. 할망님이 이런 이야기를 하실 줄 몰랐어요.

노고할망 내가 왜? 나도 왕년에 사고깨나 쳤다우. 하하.

연이 할머니가 한 일이 급여를 받기 위해서만은 아닌 것 같아요. 세상에 자신의 존재를 알리는 듯한 느낌.

뭉이쌤 오오, 연이가 제대로 봤구나. "이게 나야!" 하는 걸 온몸으로 내보였다고 할 만하지.

세라 이런 괴짜께서 그동안 끼를 어떻게 감추고 살았나 몰라요.

이반 할머니는 점잖다거나 점잖아야 한다는 생각을 깨뜨리는 이야기였어요.

뀨 아재 눌러서 쌓아두면 병이 되는 법!

엄지 우리 할머니께도 감춰둔 끼가 있는지 관심을 가져봐야겠어요.

통이 나도! 엄마가 종종 좀이 쑤셔하는 모습을 보거든.

노고할망 여행이라도 보내드리렴. 아니면 콘서트 같은 데도 좋고. 응원봉 챙겨드리고.

연이 노고할망님 응원봉 흔드는 모습, 상상만 해도 재미있어요.

뭉이쌤 흠, 우리 언제 다 함께 콘서트 가볼까? 하하.

세라 요즘은 집회에서도 응원봉이 대세잖아요? 진짜로 한번 해요.

통이 동이 달이와 로테 이모님 약손할배님까지 한 팀으로 가면 현장이 뒤집어질 듯!

뀨 아재 드론은 내가 챙기겠음.

연이 촬영도 중요하죠. 제대로 사고를 치고 기록을 멋지게 남기는 거예요. 멋진 이야기가 되게끔요.

세라 이제 내가 이야기 하나 해볼게. 아줌마 이야기로. 전에 로테 이모님이 해주신 건데 안 계신 틈을 타서 살짝.

이반 하하. 이런 거 세라 누나 방식 아닌데, 사고 치기인가요?

세라 빙고! 내 안에도 괴짜의 맥박이 뛰고 있다는 말씀.

세라

멀리 북아메리카 지역에서 전해온 이야기야. 오자크 인디언들의 설화라고 하는데 아주 오래된 이야기는 아닌 것 같아. 사람들 이름이 신식이거든. 인디언을 원시인처럼 생각하면 그것도 편견이겠지. 어쩌면 이야기는 오래된 것인데 사람들 이름이 뒤에 바뀐 걸 수도 있겠다. 옛이야기가 원래 움직이면서 변하는 거잖니?

케이트 아줌마의 트림 가루

✴

북미 인디언 민담

옛날 한 마을에 농사를 지으며 사는 잭이라는 아이가 있었어. 얘가 결혼하기에는 이른 나이인데 애인이 생겼지 뭐니. 이름은 미니야. 아직 어린 친구들인데, 완전히 불붙었나 봐. 한시라도 떨어져선 못 살 정도로 말이지. 그런데 둘이 결혼하겠다고 나서니까 미니의 부모님이 펄쩍 뛰면서,

"어린 것들이 무슨 결혼이야? 더구나 그런 촌뜨기하고! 몸에서 소똥 냄새가 진동하는 거 모르니? 게다가 완전 가난뱅이잖아. 절대 안 돼!"

하지만 미니는 포기할 생각이 없었어. 무슨 일이 있어도 잭과 결혼하겠다는 거야.

"미니야, 그냥 우리 멀리 도망쳐서 살면 어떨까?"

"아냐. 부모님 허락을 당당히 받아내고 살림 밑천도 받아내겠어. 한두 해 살 것도 아닌데 제대로 된 농장 하나쯤은 있어야지. 너도 방법을 좀 찾아봐."

그러자 잭이 무언가를 곰곰이 생각하더니,

"미니, 케이트 아줌마라고 들어봤어? 허니산에서 혼자 사는데 거기 신기한 물건이 많대. 다들 마녀라고 하지만 상관없어. 내가 찾아가 볼래."

미니가 박수를 짝짝짝. 잭은 곧바로 케이트 아줌마를 찾아갔어. 아줌마가 사정을 듣더니,

"그런 것쯤은 일도 아니지. 하지만 공짜는 사절!"

손바닥을 턱 내밀지 뭐니. 잭은 주머니를 톡톡 털어 은화 두 개를 꺼내서 손에 올려놨어. 아줌마는 냉큼 돈을 챙기고는 선반 구석에서 작은 후추통 같은 걸 꺼내 왔단다.

"이게 뭔지 아니? 바로 내가 개발한 마법의 아이템이지. 이름하여 트림 가루. 옷에 조금만 묻혀도 효과 백 프로!"

방해자가 미니의 부모님이잖아? 특히 아버지. 아이템 사용은 미니의 몫이야. 얘가 또 이런 걸 잘하거든. 아버지가 걸어둔 바지 안에 가루를 촉촉촉촉. 다음 날 아버지가 바지를 입고 나니까 곧바로 효과 발동이야.

"어커커 꺼억! 쿠릉 쿠릉 쿠르릉."

아빠가 트림을 하는데 천둥소리 저리 가라야. 이웃집에서 놀라서 뛰쳐나올 정도니 말 다 했지 뭐. 근데 이게 멈추질 않는 거야.

"어커커커커. 꺼어 꺼어어억! 쿠릉쿠릉쿠릉쿠릉 쿠르릉!"

사람들을 만나러 나가야 하는데 이런 난리가 없지 뭐니. 아버지가 침대에 누우면서,

"미니야, 홀턴 선생님 모셔 와라. 진료를 받아야겠어. 쿠릉쿠릉 쿠르릉!"

그래서 홀턴 선생님이 도착했는데 아무리 봐도 이유를 모르겠는 거야. 환자는 연신 꺼어어어 쿠릉쿠릉. 결국 홀턴은 두 손 두 발 다 들고 포기했단다. 다른 의사를 불러봤지만 마찬가지야. 쿠릉쿠릉 쿠르릉. 어떤 의사는 정신적 문제 같다면서 입원을 권하지 뭐니. 하루아침에 정신병원 환자가 될 판국이야.

그때 미니가 썩 나서면서,

"아빠, 잭이 이런 일에 전문이래요. 벌써 여러 명을 고쳤다던데 한번 맡겨봐요."

잭이라는 말에 아버지가 일어나면서 쿠릉쿠릉 쿠르릉! 근데 찬밥 더운밥 가릴 때가 아니잖아? 아버지는 잭을 불러오게 했어. 잭이 미니 아버지를 이리저리 살펴보더니,

"중증이군요. 쉽지 않겠어요."

"이봐, 이걸 고쳐주기만 하면 원하는 걸 다 해주겠네. 쿠릉쿠릉 꺼어억!"

그러자 미니가 나서면서,

"아빠! 우리 결혼시켜 주고 큰 농장 마련해 줄 수 있어요?"

"그래그래. 고쳐주기만 한다면. 꺼어억, 꺼어억! 아구 죽겠다."

그러자 잭은 몸을 여기저기 만지면서 치료하는 척하다가 트림 가루를 묻힌 바지를 쏙 벗겼어. 미니가 받아서 벽난로에 휙. 잭이 예비 장인 다리를 깨끗이 씻기더니,

"됐습니다! 이제 괜찮으실 거예요."

아닌 게 아니라 지독하던 트림이 쏙 들어갔지 뭐니. 일부러 해 보려고 해도 안 나와.

"어이고 살았다! 촌뜨기 바보인 줄 알았더니 네가 의사보다 훨 낫구나."

이때 잭이 씩씩하게 척 나서서,

"아버님, 따님을 평생 행복하게 해주겠습니다!"

미니가 장단을 딱 맞춰서,

"아빠, 잭과 함께 오래오래 행복하게 잘 살겠어요!"

그렇게 부부가 된 잭과 미니는 실제로 농장을 잘 경영하면서 오래오래 행복하게 살았대. 미니가 케이트 아줌마와 절친이 됐다는 건 비밀 아닌 비밀!

이야기에 대한 이야기

연이

통이

엄지

이반

세라

뀨 아재

뭉이쌤

노고할망

연이 트림 가루라니 상상도 못 한 물건이에요. 케이트 아줌마 정말 괴짜다.

통이 그러게. 그 집에 뭐가 또 있을지 궁금해. 방귀 스프레이도 있으려나?

세라 그 정도는 기본 아닐까?

이반 트림 가루는 대체 어떻게 만들었을까요?

뀨 아재 자기 트림을 모아 모아서 농축한 뒤 분말화한 듯.

노고할망 케이트가 트림깨나 해댔지. 방귀도.

세라 하하하. 쌤, 거기 혹시 심리적 상징이나 사회적 의미 같은 것도 담겨 있을까요?

뭉이쌤 글쎄요. 커다랗게 트림을 하는 게 거만한 모습을 연상시키잖아요? 가진 사람들의 거만함을 폭로하고 제거하는 과정으로 볼 수도 있겠어요.

세라 재미있는 해석이네요.

엄지 케이트 아줌마가 잘난 척하는 사람을 골탕 먹이는 능력자였던 걸까요?

통이 그 말 멋지다!

연이 미니가 신분을 안 가리는 사람이잖아? 케이트 아줌마하고 죽이 잘 맞았겠어.

세라 둘이 친해졌다는 건 내가 집어넣은 내용인데 그게 이렇게 연결되네.

이반 이야기의 마법이지요.

통이 케이트 아줌마에게는 마법의 트림 가루. 우리에게는 마법의 이야기 가루!

연이 하하. 이번에는 제가 이야기보따리를 열어서 가루를 뿌려볼게요.

연이

태국에서 전해온 이야기예요. 한국에 유학 온 태국인 언니가 들려준 이야기랍니다. 주인공이 여자아이라서 마음에 더 깊이 남았어요. 이름이 깨오인데 괴짜라기보다는 말괄량이 스타일이에요. 저하고는 많이 다른데, 부러운 마음이 들었어요. 저도 제멋대로 하고 싶은 때가 있거든요. 가끔씩요.

말괄량이 깨오

✷

태국 민담

옛날 태국의 한 시골 마을에 사는 부부가 부처님께 구슬을 받는 꿈을 꾸고 딸을 낳았어요. 그런데 딸은 얼굴이 구슬 같기는커녕 말 같았답니다. 부부는 아이 이름을 깨오라고 지었어요. 태국 말로는 깨오가 구슬이에요. 근데 아이들은 얘를 깨오남이라고 불렀답니다. '남'은 말을 뜻해요. 그러니까 깨오남은 '깨오, 말 같은 애.' 이렇게 놀리는 말이죠.

깨오는 성격도 완전 말 같았어요. 천방지축 쉬지 않고 움직이는데 조금도 지치지 않았답니다. 고삐 풀린 망아지라는 말이 딱이에요. 뭐든 눈에 들어오는 게 있으면 손에 넣고 걸리적거리는 건 치워버리는 야생마 말괄량이 소녀, 그게 깨오였답니다.

그러던 어느 날이었어요. 나라의 꽃미남 왕자가 연 놀이를 나왔다가 갑자기 돌풍이 부는 바람에 연을 놓쳐버렸답니다. 연이 하늘 높이 펄러덩펄러덩. 그게 세상에 둘도 없는 멋진 연이거든요. 왕자의 1호 보물이에요. 왕자가 말을 타고서 연을 쫓아오는데 연이 그만 높은 나무 꼭대기에 턱 걸렸지 뭐예요. 왕자가 발을 동동.

그때 누가 나무를 사사삭 타고 올라가기 시작했어요. 어찌나 빠르지 원숭이 저리 가라예요. 금세 나무 꼭대기까지 올라가더니 연을 들고서 밑으로 사사사삭. 왕자가 보니까 자기 또래의 여자아이지 뭐예요. 근데 얼굴이 꼭 말 같아요.

"이야, 생긴 건 망아진데 대단하네. 내 연 내려줘서 고마워."

"무슨 소리? 이건 내 연이야. 내가 내리는 거 못 봤니?"

왕자가 씨익 웃으면서,

"너 모르는구나. 나 이 나라 왕자야. 빨리 줘. 안 그러면 혼난다."

"왕자가 뭐 어때서? 관심 없음! 나를 왕궁으로 초대해서 결혼한다면 몰라도."

그러면서 그냥 연을 가지고 돌아서는 거예요. 왕자가 마음이 다급해져서,

"좋아 좋아. 내가 왕궁으로 부르지. 약속! 이제 됐지?"

그러자 깨오는 연을 왕자에게 돌려줬어요. 새끼손가락을 걸고 엄지로 도장까지 찍고서요. 근데 왕자는 그게 다 빈말이었어요. 연을 가지고 왕궁으로 돌아가면 그만이라고 생각한 거죠.

왕자는 왕궁으로 돌아간 뒤 그 일을 까맣게 잊어버렸어요. 그런데 어느 날 왕궁에 깨오의 부모가 찾아온 거예요. 몇 날 며칠을 궁 앞에 엎드려 있으니까 왕이 할 수 없이 안으로 불러들였죠. 부부는 왕자가 딸에게 한 약속을 어긴 일을 왕에게 고했어요.

"우리 딸은 아무도 못 말린답니다. 임금님께서 궁궐로 한번 불러

주세요."

왕이 얘기를 들어보니까 한심하기도 하고 화도 나는 거예요. 왕은 무시하려다가 생각을 바꿔서,

"좋다. 사람을 보내서 너희 잘난 딸을 청해 오도록 하지."

왕이 얘를 불러와서 본때를 보여주겠다고 생각한 거예요. 권력의 매운맛을요. 그래서 병사들이 깨오를 데리러 갔는데, 얘가 꿈쩍도 안 해요.

"금 가마 아니면 안 가요. 금 가마를 대령해서 다시 오세요."

그 말을 들으니까 왕이 화는 둘째 치고 호기심이 생겼답니다. 어떻게 생긴 애인지 보고 싶은 거예요. 왕은 금 가마를 보내서 깨오를 왕궁으로 데려왔답니다. 그러니까 고이 모셔 온 거죠. 그런데 왕이 깨오를 보니까 기가 막혔어요. 생김새가 꼭 말이니까요. 얘가 하는 말은 더 기가 막혔답니다.

"왕자님과 결혼하기로 약속한 깨오입니다."

옆에 있던 왕자가 그 말을 듣고는 펄쩍 뛰면서 난리죠. 왕이 아들을 진정시키고서,

"좋다. 내가 시키는 일을 해내면 결혼시켜 주지. 간단하다. 수메르산을 왕궁 앞으로 가져오면 돼. 못 하면 어떻게 된다? 목을 내놓는 거지."

그렇게 말하면 놀라서 도망갈 줄 안 거예요. 깨오가 누군지 모르고 말이죠.

"좋아요. 수메르산을 가져오겠어요."

그러고서 깨오는 혼자 왕궁을 나섰답니다. 왕은 얘가 도망간 거라고 생각했죠. 그런데 시간이 흘러서 잊을 만할 때 갑자기 왕궁 밖이 소란스러워졌어요. 산 하나가 엄청난 소리를 내면서 다가오고 있었거든요. 깨오가 정말로 수메르산을 끌고 온 거예요. 산 아랫부분을 튼튼한 쇠줄로 빙 둘러 묶고는 듣도 보도 못한 이상한 기계에 올라타고서 앞으로 쭈욱 쭉. 그게 어떻게 가능하냐면, 답은 간단해요. 얘는 깨오거든요.

그런데 깨오가 산을 끌고 왕궁에 도착했을 때 왕자는 거기 없었어요. 깨오와 결혼하기가 너무 싫어서 이웃 나라로 도망쳐 버린 거예요. 하지만 그건 좋은 방법이 아니었답니다. 가는 길에 무서운 괴물 거인에게 사로잡혔지 뭐예요. 거인이 보기에도 왕자가 꽃미남이었나 봐요. 거인은 왕자를 죽이는 대신 자기 딸과 결혼시키기로 했답니다. 늑대를 피하려다 호랑이를 만난 셈이죠.

그렇게 강제 결혼식이 거행되기 직전, 구세주가 턱 나타났어요. 깨오가 기계에 올라타고 찾아온 거예요. 거인이 수백 명이라도 얘를 당할 수가 없었죠. 깨오는 거인을 단숨에 물리치고 왕자를 구했답니다.

"내 사랑, 고생 많았죠? 이젠 괜찮아요."

이때 왕자가 깨오를 바라보는데, 이게 무슨 조화인지 몰라요. 자기 앞에 있는 서 있는 야생마 소녀가 세상에 둘도 없이 아름다워 보였답니다. 비로소 마음의 눈을 뜬 거죠. 깨오가 두 팔을 활짝. 왕자가 깨오의 목을 끌어안고서 입을 쪼옥!

그 순간, 제2의 기적이 펼쳐졌어요. 깨오의 얼굴이 진짜로 좌라락 변한 거예요. 말 같은 탈이 쏙 벗겨지고 구슬처럼 초롱초롱 빛나는 얼굴이 짜잔! 두 사람은 누가 먼저랄 것도 없이 서로 목을 힘차게 끌어안고서 한 번 더 쪼옥!

두 사람이 왕궁으로 돌아오니까 다들 눈이 동그래졌어요. 꽃미남 왕자의 손을 낯선 꽃미녀가 꼭 잡고 있으니까 말예요. 하지만 부모님은 딸을 곧바로 알아봤답니다. 달려와서 깨오를 꼬옥 안아줬어요.

깨오는 왕자와 결혼한 뒤 세쌍둥이 딸을 낳고서 행복하게 잘 살았답니다. 중간에 괴물 거인들이 복수하겠다고 몰려왔다가 아예 멸종됐다고 해요. 얼굴이 변했어도 깨오는 여전히 깨오니까요.

이야기에 대한 이야기

연이

퉁이

엄지

이반

세라

뀨 아재

뭉이쌤

노고할망

퉁이 멋지다! 깨오 같은 여자 있으면 프러포즈해서 여친으로 삼겠어!

연이 그게 오빠 맘대로 될까? 깨오 눈에 들려면 노력 좀 해야 할걸.

퉁이 얼굴에 투자를 해야 하나?

세라 깨오가 왕자를 선택한 건 외모 때문이 아닐 거야. 숨은 가치를 알아본 거겠지.

연이 맞아요. 왜냐하면 걔는 깨오니까.

뀨 아재 '깨오'가 마법어로군.

엄지 깨오가 산을 진짜로 끌고 올 줄은 몰랐어요. 뭔가 머리를 쓸 줄 알았는데.

이반 나도. 수메르산을 조금씩 퍼와서 왕궁 앞에 쌓는다든가 하는 걸 상상했는데 허를 찔린 느낌.

세라 나는 왕궁 앞에 수메르산 그림을 멋지게 그리거나 모형을 만드는 걸 생각했었어.

뭉이쌤 나는 수메르산을 이야기로 재현하는 방식을 생각했어요.

노고할망 하하. 나는 주문을 외워서 옮기는 쪽으로. 마침 새로 배운 주문도 있고. "친애하는 슈카의 이름으로 명하나니— 수메르산아, 왕궁 앞으로 오너라."

연이 하하. 할망님이 최고세요.

노고할망 근데 깨오의 방식이 더 멋진 것 같구나. 몸으로 밀어붙이는 거 말야.

이반 깨오가 기계를 쓰는 내용이 아주 신기했어요. 어린 기계공학자 같아서요.

뀨 아재 공대생의 감각?

이반 네. 뭐든 돌파해 내는 행동파 공학자!

퉁이 행동파 깨오, 진짜 마음에 들어요. "친애하는 슈카의 이름으로 명하나니— 깨오 같은 여친이 생겨나기를!"

세라 퉁이가 진심이구나. 진심은 통하게 돼 있지. 잘되기를 바라.

뭉이쌤 내가 퉁이에게 경쟁자를 하나 붙여볼까? 웅얼웅얼 거위알이라고.

퉁이 헉, 그게 뭔데요?

뭉이쌤 사람 이름이야. 이야기 제목이기도 하고.

멀리 노르웨이에서 구전돼 온 옛이야기야. 그 나라에서는 꽤 유명하다고 해. 주인공 이름이 뭐냐면 웅얼웅얼 거위알. 왜 이런 이름을 가졌는지 궁금하지? 이야기 속에 나와. 얘가 이름뿐 아니라 모습과 행동도 괴상한데 괴짜라면 괴짜고 영웅이라면 영웅이야. 괴짜 영웅이라고 하면 되려나. 원래 꽤 긴 이야기인데 적당히 줄여서 말해볼게.

웅얼웅얼 거위알

✳

노르웨이 민담

옛날 어느 시골에 자식 없는 아낙네 다섯 명이 살았어. 다들 아이를 가져보는 게 소원이었지. 그러던 어느 날 아낙들이 곡식을 수확하는데 처음 보는 커다란 알이 있지 뭐냐. 생긴 건 거위알인데 크기가 어른 머리통만 해. 아낙들이 서로 자기가 가지겠다고 야단이지. 투닥투탁 티격태격. 그때 한 사람이 말했어.

"그러지 말고 공동 소유로 하자. 함께 알을 부화시키는 거야."

그 알에서 뭐가 나올지 궁금하잖아? 아낙들은 교대로 알을 품기 시작했어. 암탉이 알을 품는 식으로 말이지. 한 명당 여드레씩 마흔 날이 지나니까 알 속에서 웅얼웅얼 말소리가 들려왔단다.

"청어랑 귀리죽이랑 우유. 청어랑 귀리죽이랑 우유."

너무 이상하잖아? 아낙들이 손으로 알을 깨보려 했지만 끄떡도 안 하는 거야. 커다란 망치를 갖다가 쾅 때리니까 겨우 알이 갈라지더래. 안에서 웬 사내아이가 아낙들을 말끄러미 바라보면서,

"청어랑 귀리죽이랑 우유. 청어랑 귀리죽이랑 우유."

아낙들이 애를 꺼내보니까 몸의 대부분이 머리통이야. 얼굴은 제멋대로 울퉁불퉁 뒤죽박죽. 이렇게 못생긴 아이는 처음 보지. 그래도 아낙들은 자식이 생겼다고 좋아했어. 아이는 계속 웅얼웅얼. 그러니까 웅얼웅얼 거위알이지.

"청어랑 귀리죽이랑 우유. 청어랑 귀리죽이랑 우유."

그게 먹을 걸 달라는 말이지 뭐겠어? 귀한 자식인데 잘 먹여야지. 아낙들은 각자 청어와 죽과 우유를 챙겨다가 아이에게 줬어. 근데 줘도 줘도 끝이 없지 뭐냐. 단숨에 꿀꺽 삼키고서,

"청어랑 귀리죽이랑 우유. 청어랑 귀리죽이랑 우유."

그래서 계속 주다 보니까 식량이 금방 바닥나지 뭐. 자기네들 먹을 게 안 남으니 이를 어째. 아낙들은 얼마 지나지 않아서 두 손 두 발 다 들고 말았단다.

"아이고, 도저히 안 되겠다. 어디든 가서 스스로 먹을 걸 찾아봐."

그러자 웅얼웅얼 거위알은 곧바로 길을 떠났어. 애가 큰 농장을 찾아가서 일자리를 달라고 하니까 주인이 흘낏 보더니,

"농장에 돌이 많아서 골친데 그걸 싹 다 치울 수 있겠니?"

"먹을 것만 충분히 주신다면요."

아이가 먹어봐야 얼마나 먹겠어. 주인이 허락하니까 웅얼웅얼 거위알은 밭에서 돌을 치우기 시작했지. 거기가 완전히 돌밭이거든. 하지만 웅얼웅얼 거위알에게는 일도 아니야. 돌을 착착착착 주워서 주머니에 넣는데 그야말로 초고속 전자동이지. 얼마 지나지

않아서 돌이 싹 사라졌단다. 주인이 깜짝 놀라서,

"아니, 그 많던 돌이 다 어디로 간 거야?"

그러자 웅얼웅얼 거위알이 주머니에서 돌을 착착착 꺼내서 내려놓는데 금세 돌산 하나가 생기더래. 그야말로 최고의 일꾼을 얻은 거잖아? 주인이 횡재했다는 듯 싱글벙글. 하지만 착각이었지. 웅얼웅얼 거위알이 음식을 먹는 걸 보고서는 얘를 곧바로 떠나보내야 한다는 걸 깨달았단다.

거기서 쫓겨난 웅얼웅얼 거위알은 또 다른 농장을 찾아가서 일거리를 받았어. 이번에는 나무를 쪼개서 장작을 만드는 일이야.

"나무란 나무는 다 쪼개면 돼. 최대한 가늘게."

그러자 웅얼웅얼 거위알이 자기 머리통보다 큰 도끼를 들고 나무를 쪼개는데, 어찌나 가늘게 쪼갰는지 기다란 젓가락 수준이야. 근데 주인이 나무란 나무는 다 쪼개라고 했잖아? 얘가 땔나무는 물론이고 기둥과 널빤지까지 싸그리 다 쪼개버린 거야. 그러니까 집이 당장이라도 무너질 판이지. 거기서도 그날로 쫓겨났지 뭐.

웅얼웅얼 거위알이 다음으로 찾아간 곳은 왕궁이야. 임금이 준 업무는 숲에서 나무를 해 오는 일이었단다.

"나무를 얼마나 해 올까요?"

"뭐 네가 해 올 수 있는 만큼."

그 말이 실수였지. 한나절 만에 왕의 거대한 숲이 절반 넘게 사라져버린 거야. 웅얼웅얼 거위알이 그때 해 온 나무가 십 년을 때고도 남을 정도였다던가. 이때 임금이 귀리죽을 주는데 얘가 커다란 가마솥 열두 개에 가득 쑨 죽을 다 먹고도 더 없냐고 그러더래.

그때 이웃 나라에서 적들이 쳐들어온 거야. 왕은 웅얼웅얼 거위알을 전쟁터로 보내기로 했어. 적을 물리치면 그것도 좋고, 애가 죽으면 그것도 좋고. 손해 볼 게 없다고 생각한 거야. 애한테 겁을 먹고 있었거든. 그걸 아는지 모르는지 웅얼웅얼 거위알은 선뜻 전쟁터로 나갔어. 혼자서 말이지. 병사들이 있어 봐야 괜히 거치적거리다 다치기만 한다는 거야. 애가 요구한 건 딱 두 가지였지. 하나는 무게가 2.4톤쯤 되는 쇠몽둥이. 또 하나는 마음껏 먹을 음식.

그렇게 전쟁터로 가긴 갔는데, 애가 싸울 생각은 않고 퍼질러 앉아서 음식만 삼키지 뭐냐. 적들이 보니까 기가 막히지. 적들에게는 총과 대포도 있었대. 그걸 마구 쏴대는데도 애가 신경도 안 써. 그냥 모기나 벌 정도밖에 안 되는 거야. 그때 웅얼웅얼 거위알의 입으로 폭탄 하나가 쏙.

"아이, 식사 중인데 이게 뭐야!"

애가 엣퉤퉤 폭탄을 뱉어내고 일어서서 2.4톤짜리 쇠몽둥이를 흔드는데 이런 난리가 없어. 땅이 흔들리고 바위가 부서지고 그야말로 대혼돈의 도가니야. 적들이 왕겨처럼 공중으로 휘날려서 후두두두둑! 그대로 전쟁 끝이지 뭐.

웅얼웅얼 거위알이 적군을 물리치고 오니까 왕이 좋아했을까? 겉으로는 그랬지만 속은 달랐어. 두렵기도 하고 질투도 나고 하는 거야. 그보다 더 큰 걱정은 애를 먹이는 일이야. 어떻게든 애를 제거하려고 하는데, 도대체 죽일 방법이 없지 뭐냐. 고민하던 왕은

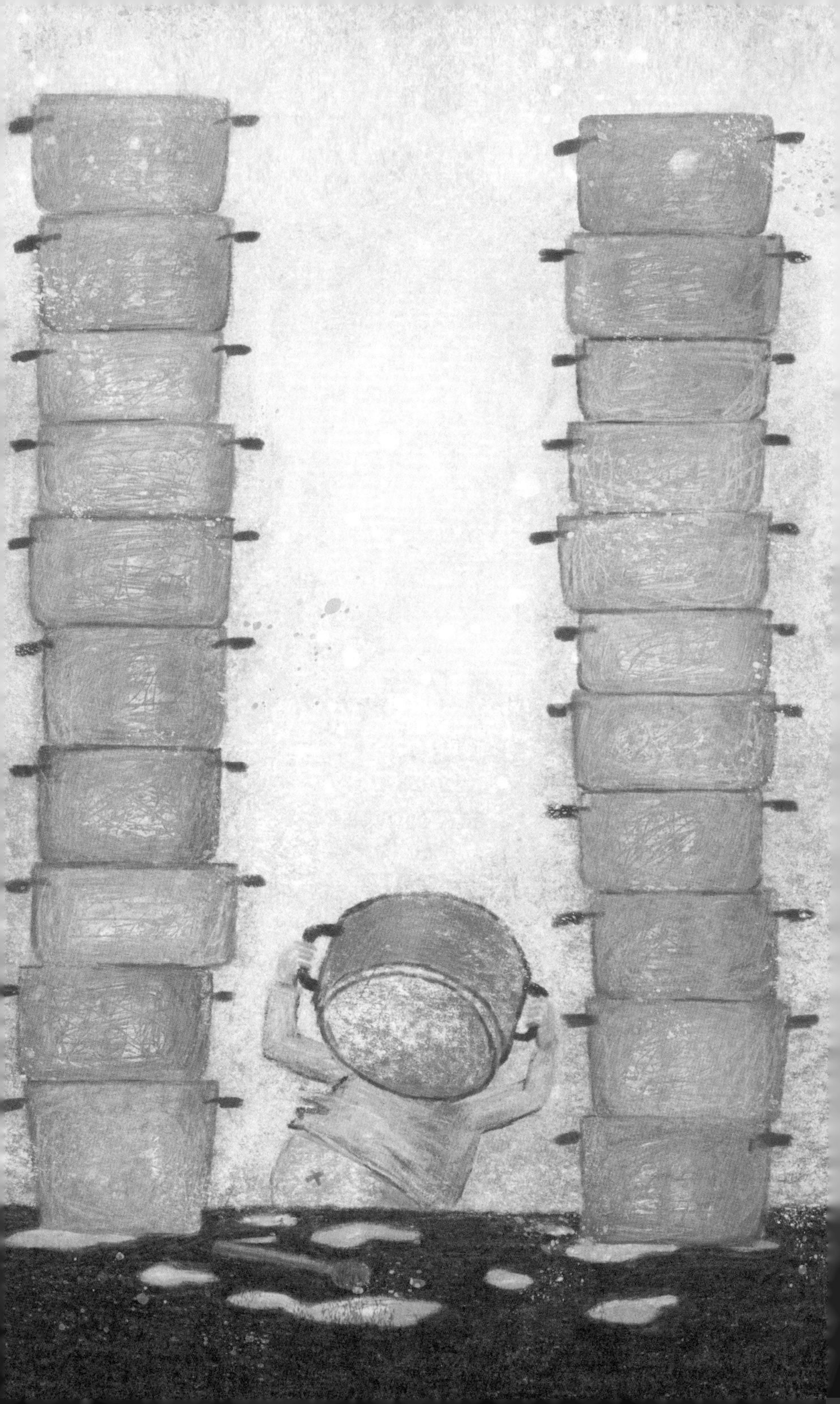

이마를 탁 쳤어. 트롤을 생각해 낸 거야.

"다음 임무는 북쪽 호수로 가서 트롤의 칼을 가져오는 거다."

그게 트롤 중에서도 대장이야. 트롤이 원래 무서운 괴물인데 대장이니까 더 말할 것도 없지. 머리가 일곱 개나 돼. 하지만 웅얼웅얼 거위알은 걱정이라고는 눈곱만치도 안 해.

"넵! 먹을 것만 충분히 챙겨주신다면요!"

그래서 얘가 동산만 한 음식 보따리를 짊어지고 트롤을 찾아갔는데, 싸움도 싸움이지만 일단 먹고 봐야지. 얘가 음식을 반쯤 먹고서 잠시 눈을 붙이는데, 그때 마침 트롤 대장이 다가왔지 뭐냐. 이 트롤도 먹는 걸 좋아했나 봐. 웅얼웅얼 거위알의 보따리를 열어서 일곱 개 입으로 음식을 먹어치우는데 금세 바닥날 지경이지.

그때 웅얼웅얼 거위알이 눈을 뜨고 그 모습을 봤지 뭐냐. 웅얼웅얼 거위알 님의 음식을 빼앗아 먹다니 트롤 대장이 실수를 해도 크게 한 거지. 2.4톤 쇠몽둥이가 번쩍! 트롤 대장 아웃! 그러고서 웅얼웅얼 거위알이 트롤의 칼을 들고 오는데, 그게 쇠몽둥이만큼 무거웠다나 봐.

"드디어 내 손에 맞는 걸 찾았군!"

웅얼웅얼 거위알이 트롤의 칼을 번쩍 들고서 돌아오니까 왕은 기가 탁 질렸어. 불안감은 커져만 갔지. 사실 웅얼웅얼 거위알은 권력에 관심이 하나도 없는데 말야. 왕이 얘를 다시 누구한테 보내느냐면 바로 악마야. 악마를 쫓아내고서 해협에 다리를 놓으라는 거야.

"먹을 거 많이 줄 거죠?"

"그래. 공주와 결혼도 시켜주겠다."

아무리 악마라 해도 애한테는 상대가 안 된다는 걸 왕이 아직도 알지를 못해. 상황 판단 능력 제로. 한마디로 바보지 뭐.

악마는 사실 한주먹 거리밖에 안 되거든. 그런데 이번에는 웅얼웅얼 거위알이 머리를 썼지 뭐냐. 옹이가 가득한 거대한 나무둥치를 도끼로 콱 찍어서 틈을 내고서 악마를 꼬인 거야.

"이봐, 너 힘 좀 쓴다며? 손으로 이거 쪼갤 수 있니?"

그러니까 악마가 그쯤이야 하면서 나무 틈으로 손을 척 집어넣지. 이때 웅얼웅얼 거위알이 손을 탁 놓으니까 악마의 손이 그대로 나무에 콱. 나무가 얼마나 단단한지 악마가 옴짝달싹 못하고 얼굴만 벌게져서 끙끙.

"야, 내가 빼줄까? 그 대신 내가 시키는 일을 하는 거지. 어때?"

그러자 악마가 눈물까지 글썽이면서 고개를 끄덕끄덕. 웅얼웅얼 거위알이 나무를 쩌억 쪼개서 손을 빼주고 말했어.

"간단해. 이 해협에 다리를 놓는 거야."

간단하긴 뭐가 간단해? 손이 잔뜩 가는 귀찮은 일이지. 더군다나 거기가 아주 춥거든. 바다에 얼음이 둥둥. 그래서 웅얼웅얼 거위알이 수를 썼던 거야. 악마가 입이 삐죽 나와서 투덜투덜. 하지만 약속은 약속인데 지켜야지 뭐. 애랑 싸워봤자 이길 수도 없고 말야. 악마가 겨우 다리 놓는 일을 마치니까 웅얼웅얼 거위알이 보더니,

"오, 수고했어! 이제 멀리 떠나면 돼. 또 손이 상하고 싶진 않겠지?"

그러자 악마가 손을 뒤로 감추고 꽁무니를 빼더래. 그 뒤로 그 근처에는 얼씬도 안 했지 뭐.

웅얼웅얼 거위알이 과업을 훌륭하게 완수했잖아? 왕이 공주를 얘와 결혼시켰을까? 아니야. 멍청한 왕이 계속 말을 바꾸면서 뭉그적뭉그적. 웅얼웅얼 거위알은 더 참지 못하고 왕을 그대로 하늘로 냅다 집어 던졌단다. 어찌나 세게 던졌는지 아직도 하늘로 날아가는 중이래. 아, 지금쯤 땅으로 떨어지고 있으려나?

이야기에 대한 이야기

연이

퉁이

엄지

이반

세라

뀨 아재

뭉이쌤

노고할망

퉁이 웅얼웅얼 거위알 멋지다! 친구로 삼으면 좋겠어요.

연이 글쎄? 간식 충당할 수 있을까?

퉁이 먹는 거 생각은 못 했네. 먹방 크리에이터 시켜보지 뭐.

뀨 아재 굿 아이디어!

세라 하하. 근데 먹방을 하기는 아깝지 않나요? 더 생산적인 역할도 있을 텐데요.

이반 도시 건설 같은 데 투입하면 어떨까요?

노고할망 이 사람들! 다 이용해 먹을 생각뿐이네. 못됐어.

뭉이쌤 왕이 개를 이용해 먹으려다 망한 걸 잊었나 봐요.

퉁이 넵. 그냥 정중히 친구로 모시겠습니다요.

세라 엄청난 힘을 가진 사람이 알에서 나왔다는 게 신기해요. 자연의 힘을 나타내는 거겠죠. 거위알이 밭에서 나오기도 했고요.

뭉이쌤 맞아요. 신화를 보면 태초에 인간이 알로부터 나왔다는 내용이 많거든요. 그것과 연관되는 면이 있어요.

엄지 주몽이나 혁거세도 알에서 나왔어요.

연이 그렇게 연결된다는 생각은 못 했어요. 웅얼웅얼 거위알 캐릭터가 워낙 특이해서요.

퉁이 게임 캐릭터로 삼고 싶어요. 일곱 머리 트롤도요.

뭉이쌤 그래. 한번 잘 구상해 보려무나.

퉁이 넵!

storytelling time

나도 이야기꾼!

기본 스토리텔링

이번 스테이지에서 만난 이야기 중 가장 마음에 드는 것을 골라서 다음과 같은 단계로 스토리텔링 활동을 해보자.

step 1: 책에 쓰인 그대로 이야기를 소리 내어 읽는다.

step 2: 책에 쓰인 그대로 이야기를 소리 내어 읽되, 가상의 청자에게 말해주듯이 읽는다.

step 3: 청자에게 이야기를 전달하되, 틈틈이 책을 참고한다.

step 4: 청자에게 이야기를 전달하되, 책을 참고하지 않는다.

step 5: 청자에게 이야기를 전달하되, 표현과 내용을 조금씩 자신의 방식대로 바꿔본다.

step 6: 완전히 내 것이 된 이야기를 구연 환경과 청자의 성향에 맞춰 내용과 표현을 자유자재로 조절하며 전달한다.

이야기별 재창작 스토리텔링

다음은 이번 스테이지에서 만난 이야기들에 대한 활동거리이다. 이 중 하나 이상을 골라 스토리텔링 활동을 해보자.

<얼간이 에멜리야>

① **숨은 이야기 상상하기:** 에멜리야가 창꼬치를 잡고 마법 명령어를 얻은 과정을 자신만의 상상력으로 채워보자. 현대적이고 과학적인 추리도 좋다.

<세상에서 제일 큰 참깨나무>

② **이야기 결말 비교하기:** 이야기의 두 가지 결말을 비교하여 평가해 보자. 또 다른 제3의 결말을 제안해도 좋다.

③ **스토리 설정 바꾸기:** 이야기 주인공이 처음에 농사가 아닌 장사를 시작했다고 가정하고, 어떤 장사를 어떻게 했을지 상상해서 말해보자.

<게으름뱅이 아흐마드>

④ **뒷이야기 상상하기:** 아흐마드가 집으로 돌아온 뒤 벌어졌을 만한 특별한 사건을 상상해서 이야기해 보자. 아내를 함께 등장시켜도 좋다.

<괴짜 요리사 그레텔>

⑤ **랩 가사 쓰기:** 그레텔을 화자로 삼아서 랩 가사를 써보자. 요리와 인생에 대한 생각을 담도록 한다.

⑥ **가상의 장면 재현하기:** 그레텔이 뒷날 제대로 된 요리를 차려서 주인과 손님을 대접한다고 가정하고 세 인물이 대화를 나누는 장면을 재현해 보자.

<미망인 할머니의 생계 대책>

⑦ **묘비명 쓰기:** 할머니가 죽어서 묘지에 묻히게 됐다고 가정하고, 할머니의 삶을 압축해서 담은 묘비명을 써보자. 시적으로 쓰면 더 좋다.

<케이트 아줌마의 트림 가루>

⑧ **화소의 상징 풀이하기:** 이야기 속의 트림을 생리 현상이 아닌 심리나 태도를 나타내는 것으로 본다면 어떤 상징적 의미가 있을지 말해보자.

<말괄량이 깨오>

⑨ **등장인물 입장이 되어 반성문 쓰기:** 거인에게 잡혔던 왕자가 깨오에게 구출되던 날 스스로 반성문을 썼다고 가정하고 내용을 구성해 보자. 깨오에게 주는 편지 형식으로 쓰도록 한다.

<웅얼웅얼 거위알>

⑩ **캐릭터 만들기:** (1) 웅얼웅얼 거위알의 모습을 캐리커처로 그려보자. (2) 웅얼웅얼 거위알을 게임 캐릭터로 삼는다고 가정하고 캐릭터 요소와 특성을 설정해 보자. 일곱 머리 트롤의 캐릭터를 함께 설정해도 좋다.

이야기 연계 스토리텔링

1. 이 스테이지의 여덟 가지 이야기 속 인물 중 가장 매력적인 괴짜로 여겨지는 인물을 각자 한 명씩 선택하고 이유를 말해보자. 엉뚱하면서도 그럴듯한 이유를 내걸고 토론을 벌여도 좋다.

2. 다음 인물들이 함께 등장하는 새로운 이야기를 만들어보자. 인물의 캐릭터를 잘 살리고 기상천외한 상상력을 발휘하는 데 주안점을 둔다.

(1) ① 에멜리아 ② 그레텔
③ 케이트 아줌마 ④ 웅얼웅얼 거위알

(2) ① 참깨를 심은 아들 ② 아흐마드
③ 미망인 할머니 ④ 깨오

3. 이 외에 이야기들을 흥미롭게 연계할 수 있는 여러 가지 방법을 찾아보고 이를 토대로 다양한 스토리텔링 활동을 해보자.

stage 02

당해봐야 맛을 알지

천방지축 코요테

토끼의 종

장화 신은 고양이

꾀 많은 빨간 여우

용감한 꼬마 재봉사

꾀보 하인 막동이

바실리사 바실리예브나

내 이름은 몰리 후피

동이

안녕! 트릭스터라고 들어봤나 몰라. 세상을 제대로 속여먹는 친구들이지. 천상천하 유아독존. 뭐든 자기 뜻대로 거침없이 다 하는 게 특징이야. 근데 단순한 사기꾼은 아니라는 거. 오히려 혁명가에 가깝지. 걔들이 움직이면 세상이 흔들리고 뒤집히거든. 이 몸에도 혁명가 트릭스터의 피가 흐르고 있다구. 근데 자기가 원조라고 주장하는 친구가 있어. 바로 코요테야. 태초에서부터 활동했다니 인정해야지 뭐. 내가 코요테에게 전해 들은 이야기를 해볼게.

천방지축 코요테

✴

북미 원주민 신화

아주아주 먼 옛날, 세상은 온통 물이었어. 거인 손바닥 크기만 한 땅만 둥둥 떠 있었지. 거기 독수리와 코요테와 거북이가 있었어. 제일 불편한 건 땅에서 사는 코요테지. 독수리에게도 더 많은 땅이 필요했어. 둘은 거북이를 시켜서 물 밑에 있는 땅을 가져오게 했지. 거북이가 바닥까지 가서 발톱에 흙을 묻혀 오니까 코요테와 독수리가 그 흙을 키웠어. 그래서 지금 우리가 사는 땅을 만들어낸 거야. 흙을 어떻게 키웠는지는 묻지 마. 코요테는 뭐든 다 하는 친구라는 것만 알면 돼.

애들은 흙으로 사람도 만들었어. 남자 여섯 명, 여자 여섯 명, 모두 열두 명을 한꺼번에 말이지. 코요테 말로는 모든 인간들이 이들의 후손이래. 처음에 인간은 먹을 게 없어서 땅을 갉아 먹었어. 기껏 만든 땅이 자꾸 작아지니까 코요테와 독수리는 비둘기를 시켜서 곡식 낱알을 구해 오게 했어. 흙보다 곡식이 맛있으니까 사람들이 그걸 먹게 됐지. 인간은 진짜로 동물에게 감사해야 해.

지금 잘 먹고 잘 사는 게 다 동물 덕이거든.

코요테는 독수리와 단짝이었어. 늘 붙어 다녔지. 코요테는 독수리 덕분에 강도 건너고 바다도 건널 수 있었어. 독수리는 코요테가 자기를 이용해 먹고 있다는 걸 몰라. 하여튼 둘은 그렇게 다니다 카치나들이 모여 있는 곳에 다다랐어. 카치나는 신령이야. 카치나들이 모여서 춤을 추는데 신비한 빛이 그들을 비추고 있었지. 빛은 웬 상자에서 흘러나오고 있었어. 한쪽 틈에서는 밝은 빛이 촤라락. 다른 쪽 틈에서는 은은한 빛이 초로로.

코요테가 독수리에게 속삭였어.

“저 상자에 든 게 해와 달이라는 물건이야. 저걸 훔치자!”

독수리는 잘 말해서 빌리자고 했지만 코요테는 그럴 생각이 없었어. 카치나들이 딴 데를 보고 있을 때 슬쩍 상자를 들고서 얼른 밖으로 휘리릭. 그러자 독수리가 상자를 낚아채서 높이 날아올랐지. 코요테가 독수리를 따라가면서,

“친구! 무거운 상자를 너 혼자 나르는 걸 보는 내 마음이 너무 아파. 교대하자. 안 그러면 죄책감에 심장이 터질 거야.”

독수리는 미덥지 않아서 상자를 안 주려고 했어. 하지만 코요테의 간절한 연기를 이길 도리가 없었지.

“상자를 절대 열지 않는다고 약속해! 알았지?”

코요테가 순진한 눈망울로 고개를 끄덕끄덕. 하지만 상자를 받은 코요테가 그걸 그대로 둘 리 없지. 곧바로 상자를 덜컥. 휘황한 빛이 쫙 퍼지면서 태양이 튀어나와서 하늘 끝으로 휘잉! 은은한

빛이 초로로 퍼지면서 다른 하늘 끝으로 달이 휘잉! 그렇게 해와 달이 멀리 떠나자 세상에 찬 기운이 퍼지면서 풀과 나뭇잎이 마르기 시작했어.

"이 녀석! 너 때문에 겨울이 됐잖아? 그냥 뒀으면 내내 여름이었을 텐데 말야."

하지만 코요테는 태연해.

"아, 겨울 좋다! 시원해. 눈 안 내리나?"

어떻든 이 세상은 코요테 덕을 단단히 보게 됐어. 해와 달이 하늘 높이 걸리는 바람에 온 세상이 밝아졌으니 말야. 하지만 그걸 자랑하고 있을 때가 아니야. 겨울이 내내 계속되니까 코요테가 도저히 살 수가 없었지. 꼬리에 고드름까지 달려서 온몸이 덜덜덜.

"이러다 얼어 죽겠는걸. 뭐 따뜻한 거 없나?"

그때 갈까마귀가 나뭇가지에 앉아서 키득대면서 말했어.

"어이, 코요테. 뭐든 다 아는 것처럼 굴더니 그것도 몰라? 들판 너머 천막에 사는 노파가 따뜻한 걸 가지고 있다더군. '여름'이라던가? 가져올 수 있겠냐? 참고로, 노파에게는 힘센 자식들이 여럿이야. 너 같은 건 한주먹 거리도 안 되거든."

그걸 듣고 무섭다고 가만히 있을 코요테가 아니지. 코요테는 늑대와 무스와 엘크, 사슴, 영양을 데리고 노파가 사는 곳으로 향했어. 천막에 도착하자 먼저 늑대를 시켜서 울부짖게 했지. 컹컹컹 하울! 노파의 자식들이 나오니까 늑대가 휘리리릭. 자식들이 늑대를 잡으려고 우루루루.

코요테는 유유히 천막으로 들어갔어. 노파의 입에 향초를 발라서 말을 못 하게 해놓고는 검은 가방을 챙겼지. 갈까마귀가 거기 여름이 들어 있다고 했거든. 겨울이 들었다는 하얀 가방은 그냥 놔뒀대. 그동안 진짜로 추웠었나 봐.

코요테가 가방을 들고 내빼는데 체력이 약해. 늑대를 쫓아갔던 자식들이 이쪽으로 쫓아오니까 붙잡히기 직전이었지. 하지만 얘에게는 다 계획이 있었단다. 가방을 나를 선수들을 사이사이에 세워뒀던 거야. 코요테의 다음 주자는 무스였어. 무스가 가방을 넘겨받고서 휘리릭. 그다음은 엘크. 그다음은 사슴. 그렇게 릴레이로 이어 달리니까 추적자들이 지쳐서 주저앉지 뭐.

드디어 검은 가방을 개봉하는 시간이야. 코요테가 가방을 여니까 여름이 흘러나와서 쫙 퍼지기 시작했어. 세상에 온기가 감돌면서 푸른 싹이 돋아나고 꽃이 피어났지. 다들 환호하면서 춤추고 난리야. 하지만 아직 좋아하기는 일러. 노파의 자식들이 힘을 회복하고 들이닥친 거야.

"훔쳐 간 가방 당장 이리 내!"

"싫은데! 여름은 이미 우리 거라구. 추운 건 싫어. 안 줄 거야."

그러자 노파의 자식들이 화를 내면서 전쟁을 선포하지 뭐야. 한쪽이 다 죽을 때까지 해보자는 거지. 사실 걔들은 코요테 무리가 이길 만한 상대가 아니거든.

"어허, 나 같은 평화주의자에게 전쟁이라니. 내가 합리적인 해결책을 제시하지. 양쪽에서 검은 가방 하얀 가방을 반년마다 바꿔

갖는 거야. 어때? 공평하지?”

“그게 공평하긴 하군.”

그래서 그 뒤로 두 지역에서 검은 가방 흰 가방을 반년씩 번갈아 갖게 됐다는 거야. 반은 여름, 반은 겨울. 진짜로 공평하지? 코요테가 사고뭉치지만 틀린 말 하는 친구는 아니야. 그래서 내가 걔를 못 버린다구. 하하.

그런데 말이지, 태초에 코요테가 훔친 게 해와 달과 여름만이 아냐. 얘가 천둥을 찾아가서 불을 훔쳐 왔다는 거 아니겠어. 어떻게? 주사위 시합으로. 천둥이 힘은 엄청나지만 이런 시합에서 코요테를 이길 수는 없었지. 애초에 시합을 거는 데 넘어간 게 실수야.

문제는 내기가 아니라 불이었어. 불이 커다란 바위 속에 들어 있었거든. 그걸 깨뜨려야 불을 얻을 텐데 깨뜨릴 도리가 없으니 답답하지. 코요테는 진짜 몸을 숨겨두고서 껍질만으로 된 가짜를 움직여 천둥을 놀리기 시작했어. 화가 난 천둥은 불이 든 바위를 확 집어 던졌지. 콰과광! 바위가 박살나면서 안에 있던 불씨가 사방으로 촥! 코요테가 불씨를 가져갈 새와 짐승들을 데려갔거든. 얘들이 불씨를 하나씩 챙겨 와서 이곳저곳으로 흩어지니까 온 세상에 불이 퍼지게 됐지.

얘기하다 보니까 코요테가 마치 영웅 같네. 심술쟁이 사고뭉치인데 말야. 얘한테 골탕먹은 게 한둘이 아니거든. 얘가 회색곰이랑 여우를 어떻게 골탕먹었는지 한번 들어봐.

먼저 회색곰. 곰이 힘이 좋잖아? 평소 코요테를 무시했던가 봐.

코요테가 어느 날 언덕 위에 올라가서 회색곰에게 소리쳤어.

"어이, 회색곰. 꼬리 짧은 녀석!"

곰이 대응을 안 하고 무시하니까,

"회색곰, 왼손잡이!"

곰이 무시하는 척하면서도 신경이 쓰이지.

"회색곰, 실눈!"

곰은 참지 못하고 웅크렸던 몸을 날려서 코요테를 낚아채려 했어. 하지만 그리 쉽게 당할 코요테가 아니지. 코요테가 원을 그리면서 옆으로 빠르게 도니까 곰이 따라잡질 못해. 몸이 크니까 방향 전환이 어려울 수밖에. 오히려 코요테가 회색곰 뒤에 달라붙어서 등을 찰싹! 곰이 뒤돌아서 덤비니까 코요테가 반대 방향으로 원을 그리면서 사사삭. 계속 그런 식이야.

그런데 곰이 힘이 아주 좋거든. 도무지 지치지를 않아. 코요테는 점점 힘이 빠지는데 말이지. 체력이 안 되니 머리를 써야지 뭐. 코요테는 살짝 몸을 빼서 한창 수면 중인 거대한 들소 뒤로 숨었어. 곰이 코요테를 친다는 게 그만 잠자는 들소를 쾅! 잠에서 깬 들소가 눈을 부릅뜨면서,

"야, 네가 그랬니?"

그러자 코요테가 나서면서,

"맞아, 형. 재가 그랬어. 혼내줘."

들소가 마음먹고 덤벼드니까 회색곰이 꽁무니를 빼는 거야. 개가 코요테 형인 줄은 몰랐지 뭐냐. 진짜로 둘이 형 동생 하는 사이

였냐고? 그럴 리가! 자기가 제일 어른이라고 생각하는 녀석이 코요테야. 하여튼 얘가 그렇게 곰을 골탕먹였대.

다음은 여우. 여우는 코요테의 오랜 숙적이야. 같은 먹이를 놓고 경쟁하는 사이였거든. 게다가 여우가 꾀가 많잖아? 서로 자기가 더 잘났다고 생각하니까 싸움이 붙을 수밖에.

어느 날 여우가 살찐 다람쥐를 잡아서 뜨거운 재에 굽기 시작했어. 고기가 노릇노릇 익으면서 맛있는 냄새가 폴폴. 코요테가 냄새를 맡고 다가오더니 여우가 조는 틈을 타서 고기를 슬쩍. 여우가 깨어나서 보니까 재 속에 고기는 없고 뼈뿐이지 뭐야. 근데 자기 입에 다람쥐 고기 기름이 흥건. 코요테가 발라놓은 거지 뭐.

"뭐지? 내가 자기 전에 다람쥐를 먹었나? 아니면 꿈을 꾸면서? 아냐. 그랬으면 배가 불러야잖아? 지금 나는 배가 고파. 그렇다면 누가 고기를? 보나 마나 코요테지 뭐. 이 자식, 그냥 안 둔다!"

그때 코요테가 뭘 하고 있느냐면 고기를 다 먹고는 높은 벼랑을 등지고 떡 서 있는 거야. 여우가 당장 잡아 죽일 기세로 다가오니까 코요테가 하는 말이,

"야, 너 지금 내가 벼랑을 받치고 있는 거 안 보여? 무너지기 직전이야. 이거 무너지면 둘 다 죽는 거라고. 이리 와서 나 대신 벼랑을 밀고 있어 봐. 내가 벼랑을 받칠 물건을 구해올 테니까."

코요테가 연기력 짱이잖아? 여우는 그 말에 속아서 코요테 대신 벼랑을 받치기 시작했어. 온 힘을 다해서 등으로 벼랑을 떠미는 거지. 그런데 코요테가 떠난 뒤 감감무소식이지 뭐야. 여우는

힘이 다 빠져서 쓰러질 지경이지. 벼랑이 무너질까 봐 떠나지도 못하고 끙끙. 애가 도저히 안 되겠다 싶어서 최대 속도로 튀어나오는데 벼랑이 무너지긴 뭘 무너져? 아주 멀쩡하지 뭐.

"속았구나. 코요테 녀석, 내가 가만 안 둔다!"

보니까 코요테가 개울가 그루터기에 퍼질러 앉아 있거든. 여우가 죽이려고 달려드니까 코요테가 낯을 찡그리면서,

"멍청아, 조용히 해! 물속에 커다란 붉은 고기가 잠겨 있는 거 안 보여? 이거면 여러 날 먹고도 남는다고."

"그러면 왜 그걸 안 건지는데?"

"고기가 너무 커서 혼자 못하니까 그렇지! 그러니까 좀 도와봐. 내가 꼬리를 잡고 있을 테니까 물에 들어가서 고기를 건져 와."

그러자 여우는 고기를 자기가 차지할 속셈으로 코요테에게 꼬리를 맡기고 물로 들어갔어. 그런데 아무리 찾아도 고기가 없네. 방금 전까지 있었는데 말이지. 그럴 수밖에. 그게 개울에 비친 붉은 태양이었거든. 여우가 물속에서 헤매는 사이에 코요테가 밧줄로 여우 꼬리를 커다란 바위에 꽉 묶어놓고서는,

"여우야, 그럼 고생해. 난 간다!"

여우가 놀라서 코요테를 쫓아가려 하는데 꼬리에 묶어놓은 바위가 쿠구궁. 여우가 그대로 즉사할 뻔했지 뭐. 하여튼 코요테를 적으로 두면 안 돼. 친구로 삼는 게 현명한 일이지. 나처럼 말야.

이야기에 대한 이야기

연이 통이 엄지 세라 뀨 아재 뭉이쌤 약손할배 동이

통이 오오, 코요테하고 친구 하고 싶다.

동이 걔가 동에 번쩍 서에 번쩍이거든. 찾아낼 수 있으면 해보든가.

연이 오빠, 그만두셈. 괜히 큰코다칠걸. 오빠 곰 스타일인 거 알지?

통이 그래도 진정성 있게 다가간다면…….

동이 진정성은 코요테 사전에 없는 단어지.

세라 하하. 근데 쌤, 이거 신화 맞죠? 코요테가 한 일이 영웅적으로 여겨지는 면이 있어요.

뭉이쌤 신화와 민담이 섞여 있다고 보면 될 듯해요. 곰과 여우를 골탕 먹인 일은 민담, 그 앞의 이야기들은 신화, 이렇게요. 근데 코요테는 영웅보다 트릭스터로 보는 게 학계의 정설이에요. 작고 가볍기도 하고 자기 중심성이 강해서요.

세라 트릭스터는 민담 캐릭터라고 생각했는데 신화적 트릭스터라니 코요테가 무척 특별하군요.

뭉이쌤 북미 지역에서 전해온 코요테 이야기는 아주 다양해요. 전설로 볼 만한 것들도 포함돼 있지요.

엄지 누군가를 속이고 훔치는 행동이 많아서 사기꾼 같아요.

뭉이쌤 코요테가 윤리적 규범 체계 밖에서 움직인다는 걸 주목할 필요가 있어. 법과 규범 이전의 존재라고나 할까? 그냥 자기식으로 자유롭게 행동하는 유형이라고 하면 이해가 되려나? 그게 트릭스터의 본래적 특징이야.

세라 동이가 코요테를 혁명가라고 했잖아요? 코요테는 자기 욕심으로 움직였는지 몰라도 그가 움직이니까 세상이 흔들리고 뒤바뀐 건 맞는 듯해요.

연이 인간이 동물에게 감사해야 한다는 말이 마음에 남아요.

약손할배 인간은 본래 자연에서 온 존재지. 자연의 일부이기도 하고.

꺄 아재 자기보다 작은 동물이라고 무시하다간 큰코다친다는.

엄지 맞아요. 그런 의미에서 제가 코요테보다 더 작은 동물 이야기를 하나 해볼게요.

엄지

아프리카 한가운데 있는 중앙아프리카공화국의 옛날이야기예요. 아프리카 하면 동물의 왕국이잖아요? 그래서 동물 이야기들이 많은데, 제 마음에 쏙 든 건 토끼 이야기였어요. 아프리카 동물은 사자나 코끼리, 기린, 얼룩말 같은 거라고 생각했는데, 토끼는 좀 뜻밖이었죠. 무서운 정글 속에서 작고 약한 토끼가 어떻게 살아가는지 궁금하지 않나요?

토끼의 종

*

중앙아프리카공화국 민담

옛날 아프리카 정글에 물이 맑고 먹을 것도 많은 계곡이 있었어요. 동물들의 좋은 보금자리가 될 만한 곳이었죠. 하지만 작고 힘없는 동물들은 거기서 편히 지낼 수가 없었어요. 바로 무서운 지배자 사자와 그의 추종자들 때문이었죠. 하이에나와 여우 같은 동물들은 사자에게 빌붙어서 약한 동물들을 괴롭혔어요. 맑은 물 한 모금을 마시려면 목숨을 걸어야 할 정도였답니다.

어느 날 토끼 한 마리가 그곳을 찾아왔어요. 계곡은 토끼가 살기 딱 좋은 터전이었죠. 문제는 사자와 그의 패거리예요. 토끼가 계곡에 들어가려고 하니까 다른 동물들이 나서서 말렸답니다.

"걔들 발톱과 이빨이 얼마나 날카로운지 아니? 너는 한방이면 끝이야."

토끼는 이 말을 듣고 그곳에 들어가는 걸 포기했어요. 일부러 멀리 피해서 다녔죠. 먹을 걸 얻기 위해 많은 고생을 하면서요. 그러던 어느 날 토끼는 깊은 생각에 잠겼답니다.

'이 땅은 모두의 것인데 왜 그들만 모든 걸 누려야 하지? 가만히 있으면 변하는 건 없어. 그들을 내쫓을 방법이 없을까?'

토끼는 다른 동물들과 그 일을 상의했어요. 하지만 다들 고개를 저었답니다. 그래도 토끼는 생각하고 또 생각했어요. 뭔가 방법이 있을 거라고 믿었죠. 긴 생각 끝에 토끼는 조용히 고개를 끄덕였어요. 그리고 무언가를 만들기 시작했답니다. 주변 동물들이 한 번도 본 적 없는 물건을요.

토끼가 만들려는 건 종이었어요. 언젠가 종이 뎅뎅 울리는 걸 보면서 놀랐던 일을 기억한 거예요. 웅장하게 울려 퍼지는 종소리는 감동 그 자체였답니다.

"아무도 본 적 없는 크고 멋진 종을 만들겠어!"

많은 시간이 흐른 뒤 토끼는 마침내 종을 완성했어요. 자기 몸보다 수십 배나 큰 거대한 종이었답니다. 종소리는 아주 굉장했어요. 웅장한 울림이 오래오래 이어졌죠.

토끼는 그 종을 끌고 계곡으로 향했어요. 조금씩 조금씩 쉬지 않고요. 적이 나타나면 종 속으로 쏙 들어갔죠. 결국 토끼는 자기가 원하는 곳에 종을 설치하는 데 성공했답니다. 계곡이 잘 내려다보이는 장소였어요.

얼마 뒤 여우가 계곡에 와서 물을 뜨기 시작했어요. 토끼는 힘껏 종을 울렸답니다.

"뎅— 뎅—"

여우가 깜짝 놀라서 물통을 떨어뜨렸어요. 태어나서 처음 듣는 소리였거든요. 사자의 울음소리는 댈 것도 아니었죠. 그때 종소리의 울림 속에서 노래가 울려 퍼지기 시작했답니다.

우르릉 우르릉, 다 죽었다네. 내 손에 죽었다네.

여우야, 너는 보게 될 거야. 머리가 썩어가는 걸.

우르릉 우르릉, 다 죽었다네. 내 손에 죽었다네.

큰 사자야, 기대해. 내 눈에 띄면 어떻게 되는지.

노래는 마치 천둥 같았어요. 여우가 놀라서 귀를 막으려 하는데, 머리에서 뭔가가 팍 터졌어요. 여우가 만져보니까 썩은 냄새가 물씬. 여우가 두려움에 휩싸여서 소리쳤어요.

"으아아! 내 머리가 썩어가고 있어. 재앙이야!"

여우는 사자에게 달려가서 재앙이 닥쳐온 걸 알렸어요.

"대왕님, 괴물입니다. 제가 얼마나 끔찍한 소리를 들었는지 상상도 못 하실 거예요."

사자는 자기보다 센 괴물이 있다는 걸 믿을 수 없었답니다. 사자는 하이에나를 물가로 보냈어요. 하이에나가 물가로 가서 항아리를 헹구는 순간,

우르릉 우르릉, 다 죽었다네. 내 손에 죽었다네.

하이에나, 너는 보게 될 거야. 머리가 썩어가는 걸.

우르릉 우르릉, 다 죽었다네. 내 손에 죽었다네.

큰 사자야, 기대해. 내 눈에 띄면 어떻게 되는지.

종소리와 뒤섞인 노랫소리가 천둥처럼 울리면서 하이에나를 흔들었어요. 그때 머리에서 뭔가가 퍽! 하이에나가 만져보니까 썩은 냄새가 물씬.

"으아아, 안 돼! 내 머리가 썩어가고 있어."

그게 뭐냐면 썩은 달걀이에요. 토끼가 미리 준비해 가서 여우를 맞히고 또 하이에나를 맞힌 거예요. 겁에 잔뜩 질린 상태에서 썩은 달걀이 만져지니까 머리가 썩어서 뭉개지는 줄 알죠.

하이에나가 사자에게 달려가서 소리쳤어요.

"대왕님, 피해야 합니다. 여기 있다가는 다 죽습니다."

사자가 또 다른 동물들을 보냈지만 다 마찬가지였답니다. 사자가 내심 겁이 났지만 일부러 센 척하면서 말했어요.

"멍청이들! 내가 가서 보겠다. 세상에 날 이길 자는 없다구."

사자는 물가로 다가가면서 일부러 목소리를 높여서 노래를 했어요.

나는 물소를 잡아서 집어 던지지.

물소를 잡아서 멀리멀리 던져버리지.

그때 우렁찬 종소리가 뎅, 뎅, 우르르르릉! 사자가 태어나서 처음 듣는 무서운 소리예요.

우르릉 우르릉, 다 죽었다네. 내 손에 죽었다네.

큰 사자야, 너는 보게 될 거야. 머리가 썩어가는 걸.

우르릉 우르릉, 다 죽었다네. 내 손에 죽었다네.

큰 사자야, 얼른 만져보아라. 네 머리가 썩어가는걸.

사자가 손을 머리로 가져가 보니까 물컹하면서 썩은 내가 물씬. 사자 머리에서 터진 썩은 달걀은 두 개였답니다. 사자가 두 발로 머리를 감싸 쥐고서 어구구구구. 사자는 황급히 무리가 있는 곳으로 내달렸어요.

"얘들아, 내 머리가 깨졌다. 세상이 무너졌다. 도망가자!"

다들 난리가 나서 헐레벌떡. 뒤에서 무서운 소리가 우르릉 우르릉 뒤쫓아와요.

우르릉 우르릉, 다 죽는다네. 내 손에 죽는다네.

우르릉 우르릉, 다 죽는다네. 내 손에 죽는다네.

사자와 그 무리가 어찌나 무서웠는지 정신없이 달리다 보니 나무에 긁히고 바위에 부딪혀서 진짜로 머리가 찢어지고 깨져서 온통 야단이었어요. 겨우 살아서 그곳을 벗어난 무리는 다시는 그곳으로 돌아갈 생각을 하지 못했답니다. 토끼는 가족과 친구들을 계곡으로 데려와서 오래오래 잘 살았다고 해요.

이야기에 대한 이야기

연이 통이 엄지 세라 뀨 아재 뭉이쌤 약손할배

연이 토끼 아주 멋있다. 용기가 대단하네.

통이 자기 몸보다 훨씬 큰 종을 만들어서 끌고 가는 거, 상상만 해도 재미있어.

뀨 아재 실제로 사람보다 훨씬 큰 종들이 있다는 사실.

연이 그 종을 어떻게 옮겼을까 궁금해요. 혼자 하기가 쉽지 않았을 텐데요.

뭉이쌤 원래 외면보다 내면이 더 크잖아? 다들 그걸 품고 다니는 법이고.

세라 그 종이 토끼의 내면을 상징한다는 말씀이시네요.

뭉이쌤 그렇지 않을까요? 사자나 하이에나, 토끼가 실제 동물이라기보다 스토리적 상징인 것처럼요.

통이 힘센 지배자와 약자의 대결인가요? 토끼와 자라 이야기가 떠오르네요.

뭉이쌤 그래. 아주 좋은 연결이야. 토끼가 용왕이 아닌 호랑이를 골탕 먹이는 이야기도 우리나라에 많단다.

뀨 아재 강하고 약한 건 대봐야 아는 법.

세라 독일 민담 〈북 치는 소년〉이 생각나요. 소년이 북을 두드려서 식인귀 거인을 누르잖아요? 그 북소리를 저는 용기라고 보거든요. 이 이야기 속의 종소리도 비슷한 것 같아요.

엄지 저는 토끼가 자존감이 큰 존재라고 생각했어요. 표현력도 뛰어나고요.

약손할배 그래. 토끼에게서 작가의 모습을 보게 되는구나. 작가의 목소리가 울림이 아주 크잖니?

연이 음악가일 수도 있어요. 토끼가 노래를 부르잖아요!

퉁이 세상에 널리 울려 퍼져서 악의 무리를 물리치는 노래. 멋지다!

뀨 아재 근데 걔네들 머리 진짜로 썩었던 거 아니?

연이 그러네요. 생각이 썩은 자들이니까요!

뭉이쌤 그들은 스스로 당당하지 못했을 거야. 그러니까 종소리에 기겁해서 움츠러든 거겠지. 그나저나 그 토끼, 이야기꾼으로 영입하고 싶군. 하하.

연이 우와. 그 토끼라면 굉장한 이야기들을 해줄 것 같아요.

뀨 아재 이야기를 행하는 걸 더 좋아할 수도. 내가 행동파 고양이 이야기 하나 해보지.

여기 <장화 신은 고양이> 이야기 모르는 사람 없겠지? 그래도 내가 또 해보겠음! 좋은 이야기는 듣고 또 들어도 좋은 거니까. 사실 이게 어린 시절의 나에게 큰 충격을 준 이야기야. 처음에는 '이게 뭐지?' 했는데 점점 빨려 들어가는 거라. 내쳐서 열댓 번쯤 읽고서 고양이의 팬이 됐지 뭐냐. 그때부터 내가 고양이를 키우기 시작한 거 다들 아는지 몰라. 지금도 잘 크고 있지. 어디서? 내 마음 속에서!

장화 신은 고양이

*

프랑스 민담

옛날에 어떤 방앗간 주인이 세 아들을 남기고 세상을 떠났어. 그가 남긴 유산은 딱 세 가지야. 방앗간, 당나귀, 그리고 고양이. 방앗간은 큰아들 몫이고 당나귀는 둘째 아들 차지야. 막내가 받은 건 뭐? 달랑 고양이 한 마리. 특별한 고양이냐면 그것도 아냐. 양지바른 데서 햇볕 쬐면서 졸다가 주인을 보면 그르렁대는 그런 아이지. 막내아들이 생각할수록 기가 막히는 거라.

"형들은 어떻게든 살겠지만 난 이게 뭐냐고. 이 고양이로 할 수 있는 일이라곤 가죽을 벗겨서 장갑 한 켤레 만드는 게 고작이야. 그럼 그다음은?"

얘가 축 처져서 한숨만 푹푹 내쉬니까 그게 고양이 보기에도 답답하지.

"이것 봐. 왜 안 되는 쪽으로만 생각하고 그래? 나를 위해 튼튼한 장화 한 켤레와 작은 자루 하나만 구해다 줘요. 그럼 좋은 수가 날 겁니다."

뭐라도 해보는 게 가만있는 것보다는 낫잖아? 막내는 전 재산을 털어서 좋은 장화와 자루를 구해 왔어. 고양이가 발에 장화를 신고 목에 자루를 거니까 꽤나 볼만하지 뭐. 신발을 신었으니 움직여야잖아? 고양이가 어깨를 으쓱하고서는 성큼성큼 좌악!

고양이가 찾아간 곳은 자그마한 토끼들이 노는 장소였어. 고양이는 풀밭에 자루를 내려놓고서 드러누웠어. 한참을 숨소리도 안 내고 가만히 있으니까 귀여운 아기토끼 한 마리가 자루 안으로 쏙. 맛있는 풀을 먹으러 들어온 거야. 고양이가 미리 넣어뒀던 거지.

고양이는 토끼가 든 자루를 들고서 왕궁을 찾아갔어. 왕에게 아기토끼를 내밀면서,

"저의 주인인 카라바 후작이 바치는 선물입니다."

토끼를 보더니 옆에 서 있던 공주가 더 좋아해. 딸이 좋아하니까 왕이 덩달아서 신이 나지.

"가서 후작에게 고맙다고 전해라. 뜻하지 않은 기쁨을 줬어."

고양이는 제대로 한 건을 하고 돌아온 뒤 곧바로 다음 행동을 개시했어. 이번 목표는 메추리야. 밀밭 속에 미끼가 든 자루를 설치하고서 가만히 기다리니까 한꺼번에 메추리 두 마리가 쏙. 고양이가 또 그걸 들고 왕을 찾아가더니,

"이번에는 예쁜 메추리 한 쌍입니다. 카라바 후작이 바치는 선물입니다."

왕이 누구에게도 받아본 적 없는 선물이야. 공주가 더 신이 나서 야단이지. 왕은 기분이 좋아져서 답례품까지 줬지 뭐냐.

그 뒤로 비슷한 일이 계속 이어졌어. 고양이는 왕이 예상 못 한 선물들을 갖다 바쳤지. 왕과 공주가 그다음은 뭘까 하고 기다릴 정도야. 그러다 보니 카라바 후작에 대한 궁금증은 점점 커져갔지.

어느 날 왕은 딸과 함께 마차를 타고서 바깥나들이를 나왔어. 일행이 강가를 지나는데 갑자기 다급한 목소리가 들리는 거라.

"도와주세요! 카라바 후작님이 물에 빠졌습니다!"

카라바 후작이라는 말에 아버지와 딸의 귀가 번쩍 뜨이지. 보니까 고양이가 다급하게 소리치고 있는 거야. 왕은 호위병을 시켜서 물에 빠진 사람을 구하게 했어. 보니까 입고 있는 게 속옷 한 장뿐이야. 고양이가 썩 나서면서,

"카라바 후작님이 수영하다가 다리에 마비가 왔어요. 근데 참 못된 놈이 다 있네요. 경황없는 사이에 누가 후작님 옷을 싹 걷어 갔지 뭡니까. 아휴, 비싼 건데."

그러자 왕이 가만있을 수 없지. 왕은 신하에게 최고급 옷을 한 벌 챙겨 오게 했어. 방앗간집 아들이 그 옷을 차려입으니까 인물이 아주 번듯한 거라. 그를 바라보는 공주의 눈에서 꿀이 뚝뚝. 언제나 만나나 했더니 이렇게 갑자기 볼 줄은 몰랐지. 그것도 거의 알몸을 말야. 얘가 방앗간집 출신이잖아? 몸이야 좋았겠지 뭐.

"후작님, 괜찮으면 우리와 함께 가요. 들판 너머에 크고 멋진 성이 있대요."

그래서 이 친구가 공주 옆에 떡하니 앉아서 유람을 나서니 이게 참 별일이지. 얘가 들판의 곡식들에 대해서는 잘 알 거 아냐? 시

골 사람 사는 얘기를 술술술. 공주가 그만 쏙 빠져드는 거라.

주인을 공주 옆에 앉혀놓은 고양이는 그때 저만큼 앞장서서 나아가고 있었어. 농부들이 들판에서 풀을 베고 있는 걸 보더니 고양이가 다가가서 선물을 나눠주면서,

"카라바 후작님이 주시는 겁니다. 왕께서 이 초원이 다 누구 거냐고 하면 카라바 후작 거라고 답하도록 하세요."

"만약 그러지 않는다면?"

"온몸이 고기 토막처럼 조각조각 썰리는 거죠!"

고양이가 칼을 쫙 뽑아 드는데 사람들이 보니까 눈빛이 장난이 아니야. 다들 겁이 나서 고개를 끄덕끄덕. 얼마 안 지났을 때 왕의 행렬이 도착하더니,

"여봐라, 너희들이 풀을 베고 있는 초원이 누구의 것인고?"

"네, 카라바 후작님의 소유물입니다."

왕과 공주가 그만 깜짝 놀라지. 놀라기는 당사자인 카라바 후작도 마찬가지야.

왕이 다시 또 한참을 가다가 농부들이 광활한 밭에서 밀을 수확하는 것을 보고서,

"여봐라, 너희들이 곡식을 수확하고 있는 밭이 누구의 것인지 아뢰거라."

"네, 카라바 후작님의 밭인 줄로 아뢰오."

그러자 공주가 옆에 앉은 청년을 돌아보면서,

"우와, 대체 얼마나 많은 걸 소유한 거예요?"

"네, 헤아리기 어려울 정도죠."

뭐 틀린 말은 아니지. 얘가 그렇게 대답은 했지만 속으로는 걱정이 태산이야. 고양이 녀석이 대체 뭘 어디까지 하려는 건지 가늠이 안 되니까 말이지. 하지만 어쩌겠어. 내친걸음이니까 그냥 가는 거지 뭐.

주인이 걱정을 하든지 말든지 장화 신은 고양이는 아무 거침이 없어. 하여튼 눈에 보이는 걸 다 카라바 후작 소유로 만들면서 쭉쭉 나아가는 거라. 그렇게 가다 보니까 들판이 끝나는 곳에서 우람한 성이 모습을 드러냈지. 웬만한 왕궁 저리 가라야.

그 성의 주인이 누구냐면 식인귀 괴물이야. 지나쳐 온 초원과 밀밭도 다 이 괴물의 소유였지. 이때 고양이가 성안으로 들어가서 큰 소리로 주인을 찾는데 괴물이 나와서 보니까 기도 안 막히지.

"허! 뭐냐, 너는?"

"나, 장화 신은 고양이! 보시다시피."

"여긴 무슨 일이야?"

"당신이 그렇게 대단하다길래 어느 정도인가 보려고. 사자로도 변할 수 있다던데 거짓말이지? 소문은 과장되기 마련이잖아?"

그러자 괴물이 헛웃음을 한 번 터뜨리더니 순식간에 커다란 사자로 변해서 어흥! 고양이가 오돌오돌 떨면서,

"오오, 이럴 수가! 무섭습니다요. 이제 그만!"

괴물이 다시 원래대로 돌아와서 눈을 부라리니까 고양이가 어깨를 으쓱하면서,

"아휴, 정말 놀랐어요. 엄청나군요. 근데 사자가 한계겠죠? 더 큰 거는 힘들 거야. 코끼리 같은 거. 맞죠?"

그러자 괴물이 보란 듯이 코끼리로 떡 변하는 거라.

"우와, 엄청나다. 소문이 다 진짜였어요! 아, 아니다. 조그만 생쥐로도 변할 수 있다던데 설마 그건 아니겠죠? 이렇게 크신 분이 어떻게 쥐 같은 걸로 변하겠어요?"

그러자 괴물이 흥 콧숨을 내쉬더니 생쥐로 척 변하는 거라. 찍찍찍! 그 순간을 놓치지 않고 고양이는 쥐를 탁 잡아채서 한입에 꿀꺽 먹어치웠단다. 쥐를 잡는 데는 뭐 얘가 최고 전문가니까.

때마침 왕 일행이 탄 마차가 성 건너편에 다다랐어. 그런 으리으리한 성은 처음이지. 한편으로 왕이 겁도 좀 나. 무서운 괴물이 산다는 소문을 들은 적이 있거든. 그때 성문이 척 열리고 다리가 내려오더니 누군가가 척척 걸어 나오는 거라.

"대왕님, 카라바 후작님의 성에 오신 것을 환영합니다."

누구긴 누구겠어, 장화 신은 고양이지. 왕과 공주가 성의 주인과 함께 안으로 들어가니까 맛있는 음식이 쫙 차려져 있더래. 음식이 어떻게 차려진 건지는 묻지 마.

왕이 방앗간집 막내아들을 그윽이 바라보면서,

"카라바 후작, 부탁이 있네. 나의 사위가 되어주게나."

옆에서 공주가 꿀이 뚝뚝 떨어지는 눈을 반짝반짝. 얘는 크게 인심이라도 쓰는 것처럼,

"알겠사옵니다, 아버님! 한잔 받으십시오."

이 친구가 그렇게 공주와 결혼해서 오래오래 잘 살더래. 장화 신은 고양이를 옆에 두고 말이지.

비공식 소식통에 의하면 고양이가 종종 장화를 벗어놓고 양지바른 데서 햇볕 쬐면서 졸기도 했대. 산책 나갈 때는 운동화를 신고 파티에 갈 때는 구두를 신었다던가. 끝!

이야기에 대한 이야기

연이

퉁이

세라

뀨 아재

로테 이모

뭉이쌤

퉁이 잘 들었어요. 아는 이야기인데 또 재미있는 게 신기해요.

뀨 아재 내가 뭐랬음? 그게 옛날이야기.

세라 다시 들으니까 확실히 느낌이 다르네요. 참 발칙한 고양이라고 생각했었는데, 이제 보니까 그게 막내아들의 다른 모습인 걸 알겠어요.

연이 그 고양이가 막내아들이라고요?

세라 아까 뀨 아재가 마음속에 고양이를 키운다고 하셨잖아? 이 이야기 속의 고양이도 주인공 내면의 무엇이 아니겠니? 인생 뭐 있나, 한번 부딪쳐 보자, 하는 마음 같은 거.

퉁이 마음속 고양이에게 장화를 신겼다는 거네. 재미있어요.

뭉이쌤 카라바 후작도 막내아들이 스스로 그려본 자기 미래 모습일 수 있어. 스스로 가치를 인정해야 가치가 살아나는 법이지.

연이 쌤, 자루에도 특별한 의미가 있을까요?

뭉이쌤 자루는 물건을 넣는 도구잖아? 살아가면서 발견하고 얻은 걸 보관하는 저장고 같은 걸로 보면 되지 않을까?

로테 이모 메모장이나 다이어리 생각나네요. 이야기 다이어리 열심히 썼었는데…….

세라 요즘으로 치면 외장 하드나 USB쯤 되겠어요.

연이 고민이 생겼어요. 저도 장화 신은 고양이를 키워야 하는 걸까요?

뭉이쌤 꼭 그럴 일은 아니야. 사람마다 캐릭터가 다른 법이지. 안에 고양이가 있는 사람도 있지만 호랑이나 양이나 강아지, 소 같은 게 있을 수도 있어.

통이 연이 안에는 호랑이 있어요.

연이 어흥! 이놈의 강아지.

뭉이쌤 하하. 모두에게 맞는 길이 있다는 걸 잊지 마. 어떻든 행동하는 건 중요하지. 나는 틀렸어, 하고 주저앉으면 진짜 틀린 일이 되는 거니까.

통이 넵! 제가 바로 행동해 볼게요. 다음 이야기로요.

통이

몽골에서 전해온 이야기입니다. 주인공은 빨간 여우예요. 여우라면 나쁜 이미지가 떠오르는데 다른 나라 이야기에서는 꼭 그렇지도 않더라고요. 이 이야기 속의 여우는 어떨까요? 어쩌면 이 여우도 사람 내면에 있는 존재일지도 모르겠어요. 그럼 시작하겠습니다.

꾀 많은 빨간 여우

✳

몽골 민담

옛날에 한 가난한 청년이 있었습니다. 그에게는 제대로 된 집도 없었어요. 들판에서 다람쥐나 들쥐를 잡으면서 먹고살았죠. 어느 날, 청년이 또 들판을 서성이는데 빨간 여우 한 마리가 달려와서 옷 속으로 숨어들더니,

"도와주세요! 말 탄 사람들에게 쫓기고 있어요. 제발 제가 언덕 너머로 갔다고 말해주세요."

청년이 미처 대답할 틈도 없이 화살통을 멘 사람들이 말을 타고 몰려와서 소리쳤습니다.

"여기 여우 한 마리 오는 거 못 봤소?"

하여간 기세가 아주 험악해요. 청년은 언덕을 가리키면서 말했습니다.

"빨간 여우 한 마리가 방금 저쪽 언덕으로 넘어갔어요. 빨리 가보세요."

그러자 말 탄 사람들은 곧바로 언덕 쪽으로 달려갔습니다. 그들

이 멀리 사라지자 여우가 옷에서 나와 말했어요.

"당신이 제 목숨을 구해주셨어요. 은혜에 보답하고 싶습니다. 차림새가 초라한데 들판에서 무얼 하고 계셨나요?"

"들쥐랑 다람쥐를 잡고 있었어. 그 가죽을 팔아서 먹고살거든."

그러자 여우가 흠칫 놀라면서,

"설마 제 가죽도 벗기려는 건 아니겠죠? 저를 친구로 삼아주시면 제가 값비싼 늑대 가죽을 얻을 수 있게 해줄게요. 당신 허리에 있는 방울을 제 목에 달아주시지 않겠어요?"

그 방울은 아버지에게 물려받은 귀한 물건이었습니다. 함부로 줄 수 있는 게 아니었죠. 그런데 청년은 왠지 빨간 여우가 마음에 들었어요. 청년은 말없이 방울을 풀어서 여우 목에 달아주었습니다. 빨간 여우가 방울까지 다니까 더 우아해졌어요.

빨간 여우는 방울을 달고서 늑대가 있는 곳으로 갔습니다. 여우가 늑대 앞에서 도도하게 고개를 쳐드니까 방울이 반짝. 늑대가 눈을 둥그렇게 뜨면서,

"이봐, 그거 뭐냐? 그 예쁜 걸 어디서 얻었어?"

"이거? 내가 작은 옹달샘 얼음판 위에 앉아 있으니까 어떤 착한 노인이 걸어줬지 뭐야. 예쁜 방울을 많이 가지고 있던걸."

"그래? 거기가 어딘지 말해!"

여우는 늑대를 얼음판으로 안내하고서 은밀히 말했어요.

"여기 엉덩이를 붙이고 가만히 앉아 있어야 돼. 아주 얌전하다는 걸 보여줘야 방울을 달아주거든. 나는 이틀을 꼼짝 않고 앉아

있었지 뭐야. 할 수 있겠어?"

"네가 하는 걸 내가 왜 못 해? 됐으니까 이제 가!"

그러고서 늑대가 얼음판에 엉덩이를 대고 가만히 앉아 있는 거예요. 춥고 좀이 쑤셔오는데도 끙끙 참으면서요. 왜냐하면 얄미운 여우에게 질 수 없으니까요.

그렇게 낮이 가고 밤이 가고 아침이 됐습니다. 그런데 노인이 아니라 웬 청년이 여우를 앞세우고 다가오지 뭐예요. 손에 몽둥이를 들고서요. 늑대가 놀라서 일어나려 했지만 헛수고였죠. 엉덩이가 얼음판에 완전히 달라붙어서 꼼짝도 안 했어요. 청년은 유유히 다가와서 늑대를 처치하고 귀한 늑대 가죽을 얻을 수 있었습니다.

청년이 사나운 늑대를 때려죽였다는 소문이 떠도니까 동물들이 다들 깜짝 놀랐어요. 특히 죽은 늑대와 친하게 지냈던 친구 늑대는 어떻게든 그 청년에게 복수를 해야겠다고 생각했죠. 다만 좀 겁이 나서 힘센 동물을 끌어들이려 했어요. 사자나 호랑이 같은 맹수를요.

어느 날, 청년은 들판에서 다람쥐를 잡다가 사자와 마주쳤습니다. 사자가 덤벼들려고 하니까 청년이 씨익 웃으면서,

"이봐, 내가 늑대를 한 방에 해치웠다는 말 못 들었어? 내가 너보다 세거든. 못 믿겠으면 제대로 겨뤄보자구. 오늘은 내가 바쁘니까 내일 다시 만나서 말이지."

"감히 나에게 시합을 걸다니. 얼마든지!"

그래서 둘은 다음 날 만나서 시합을 하게 됐어요. 청년은 붉은

여우와 그 일을 상의했습니다. 여우라면 좋은 방법이 있을 거라고 생각했던 거예요. 여우는 사자가 삼세번 시합을 걸 거라면서 어찌하면 좋을지 방법을 알려줬습니다.

다음 날, 청년은 시합 장소에서 사자와 만났어요. 사자가 물었죠.

"그래, 시합을 어떻게 할 건데?"

"발로 땅을 밟아서 물이 솟구치는 쪽이 이기는 걸로 하지."

사자는 고개를 끄덕이고서 발로 힘껏 땅을 밟았습니다. 하지만 아무리 밟아도 물은 솟구치지 않았죠. 땅만 파일 뿐이었어요. 그러자 청년이 어깨를 으쓱하더니 한 곳을 발로 쾅 밟았습니다. 그러자 발이 푹 들어가면서 물이 쫙 솟구쳤어요. 사자가 어안이 벙벙. 어떻게 된 거냐면 청년이 물을 채운 소 밥통을 거기 묻고서 흙을 살짝 덮어놨던 거예요.

"말도 안 돼. 한 번 더 해!"

"얼마든지! 이번에는 나무 통째로 뽑기 어때?"

그러자 사자는 발을 들어서 옆에 선 나무를 힘차게 쳤어요. 나무는 푹 꺾였지만 뽑히지 않았습니다. 그때 청년이 웃으면서 다른 나무에 다가가서 쭉 미니까 나무가 뿌리째 뽑히면서 풀썩 넘어졌지요. 전날 미리 나무를 캔 다음 살짝 흙을 덮고 세워놨던 거예요.

"아직 끝나지 않았어. 한 번 더!"

"돌을 세게 움켜쥐어서 즙이 나오게 하는 거 가능해? 못하지?"

"할 수 있어!"

사자가 돌을 힘껏 움켜쥐었지만 즙은 나오지 않았어요. 깨지기만 했죠. 하지만 청년은 달랐습니다. 청년이 돌을 주워서 힘껏 쥐니까 즙이 쭈르르 흘렀죠. 자갈 비슷하게 생긴 새알을 미리 거기 놔뒀었던 거예요.

"어때? 더 해보겠어?"

사자는 완전히 기가 꺾였어요. 잘못하다가는 맞아 죽겠다 싶어서 급히 돌아섰습니다. 사자가 풀이 죽어서 터덜터덜 걸어가는데 호랑이가 다가오더니,

"여봐, 잘난 척 다 하고 다니더니 왜 그렇게 풀이 죽은 거야?"

"나보다 더 센 인간이 있다면 믿겠니? 완전 괴물이야. 너도 못 당할걸."

"그런 인간이 있단 말야?"

그때 청년에게 맞아 죽은 늑대와 친구로 지내던 늑대가 다가와서 말했어요.

"그거 다 속임수예요. 어떻게 인간이 사자나 호랑이를 이길 수 있겠어요. 가서 본때를 보여주세요."

그러자 사자가 이제 관심 없다며 가던 길로 가버렸어요. 호랑이도 뭔가 찜찜했죠.

"별 볼 일 없는 녀석이면 네가 처리하지 왜 나를 부추겨? 뭔가 있는 거 아냐? 나하고 개를 붙여놓고서 튀려는 거지?"

"못 믿겠으면 나랑 서로 몸을 묶으면 되잖아요."

그래서 둘은 밧줄로 몸을 묶고서 청년이 있는 곳으로 향했어요. 청년이 보니까 산 넘어 산이에요. 기껏 사자를 보냈더니 호랑이와

늑대가 쌍으로 오는 건 뭐냐고요. 하지만 청년에게는 빨간 여우가 있었습니다. 곧바로 코치가 들어왔죠. 청년이 한쪽을 바라보면서,

"어이, 내 말 좀 들어봐. 우리에게 빚진 늑대가 약속대로 호랑이를 끌고 오는군. 우리도 약속을 지켜야지. 어제 죽인 사자 갈비뼈와 그제 죽인 호랑이 넓적다리 가져와. 호랑이 묶을 밧줄도!"

호랑이가 들으니까 제 발로 죽을 곳을 찾아온 거지 뭐예요.

"에잇, 이놈의 늑대! 내가 그럴 줄 알았다!"

그러면서 뒤돌아서 치달리는데 늑대가 호랑이보다 느려서 질질 끌려가요. 한참을 끌려가다 밧줄이 뚝 끊어졌는데, 이미 늑대 목이 부러진 뒤였답니다. 청년은 힘을 하나도 안 들이고 늑대 한 마리를 더 얻었지요. 게다가 호랑이나 사자에게 위협받을 일도 없어졌으니 완전 이득이에요.

청년은 지혜롭고 예쁜 친구 빨간 여우와 함께 들판을 누비면서 오래오래 잘 살았답니다.

이야기에 대한 이야기

연이

통이

엄지

세라

뀨 아재

로테 이모

뭉이쌤

연이 빨간 여우 특이하다. 만나보고 싶어.

세라 통이 생각에는 이 여우가 청년의 일부 같다는 거지?

통이 네, 누나. 한 몸처럼 움직이잖아요.

연이 초라한 모습 안에 예쁘고 지혜로운 이가 숨어 있었다는 말이네.

통이 바로 그거야.

뭉이쌤 이제 다들 설화 해석 전문가처럼 말하네. 이야기에 보면 여우가 갑자기 나타나기도 하고 청년의 옷 속에 들어갔다 나오기도 하잖아? 둘을 한 몸으로 보는 건 충분히 일리 있는 풀이야.

세라 죽여서 가죽을 벗기는 대신 친구로 삼은 게 당연한 일이었군요.

엄지 그런 예쁘고 지혜로운 친구를 죽이면 안 되죠!

뀨 아재 내 생각에 왠지 빨간 여우가 세라 씨처럼 말했을 듯.

로테 이모 오호. 빨간 여우랑 세라 씨, 잘 어울린다. 세라 씨도 예쁘고 지혜롭잖아.

세라 흠, 저는 그럼 장화 신은 고양이 말고 빨간 여우를 한번 키워볼까요? 옛날이야기를 먹여서?

뀨 아재 무적의 여전사가 되겠군요. 사자나 호랑이가 알아서 피할 테니까.

연이 근데 호랑이도 호랑이 나름 아닐까요? 좋은 호랑이도 있잖아요.

통이 오오, 호랑이 소녀다운 말씀!

뭉이쌤 이야기 속에서 늑대와 사자, 호랑이가 자기 꾀에 빠졌다는 걸 눈여겨볼 필요가 있어. 자신을 살리는 것도 자신이고 자신을 죽이는 것도 결국 자신이지. 청년은 어느 순간 그 이치를 잘 알았던 거라고 할 만해.

연이 넵! 잘 기억해 둘게요.

세라 로테 이모님 마음속에는 누가 깃들어 있을지 궁금하네요.

로테 이모 뭘까요? 답은 이야기로 대신하겠어요.

로테 이모

내가 독일에서 오래 살았잖아요? 독일의 유명한 민담을 하나 들려드릴게요. 평범하게 살다가 하루아침에 행동파 트릭스터가 돼서 세상을 뒤집어놓는 꼬마 재봉사가 주인공이랍니다. 나하고는 다른 스타일인데 이상하게 피를 끓게 만들더라고요. 내 안에 꼬마 트릭스터의 서사가 숨어 있는가 봐요.

용감한 꼬마 재봉사

✴

독일 민담

옛날 한 마을에 재봉사가 살았어요. 몸집이 작아서 '꼬마 재봉사'라고 불렸답니다. 그는 성실한 생활인이었어요. 건물 3층 작은 방에 가게를 차리고 재봉 일을 열심히 했죠. 하지만 사는 게 그렇잖아요? 일은 영 마음먹은 대로 풀리지 않았어요. 아침부터 저녁까지 열심히 일해도 먹고사는 건 쉽지 않았답니다. 그래도 재봉사는 기분 좋게 일하려고 노력했어요.

어느 여름날 아침, 재봉사가 창가 작업대에서 바느질을 하는데 잼 파는 아주머니의 외침이 들려왔어요.

"잼 있어요. 맛 좋은 잼이에요!"

꼬마 재봉사가 창밖으로 머리를 내밀고 말했죠.

"아주머니, 올라오세요. 물건 좀 볼게요. 3층으로 오시면 돼요."

아주머니는 무거운 바구니를 들고 계단을 올라와서 물건을 쫙 펼쳐놨어요. 재봉사는 물건을 하나하나 꼼꼼히 살폈답니다. 코를 대고 냄새까지 맡으면서요. 그렇게 한참 살펴보더니,

"아주머니, 이 잼으로 주세요. 두 스푼만요."

겨우 한 끼 먹을 분량을 달라는 거예요. 아주머니 입이 삐쭉. 바구니를 챙겨서 계단을 내려오는데 저절로 발소리가 쿵쿵 커졌답니다. 그걸 아는지 모르는지 재봉사는 빵에 잼을 골고루 바르더니,

"아, 맛있겠다. 아껴서 먹어야지! 하던 일 마저 다 하고서 먹어야겠다."

재봉사는 즐거운 마음으로 바느질을 계속했어요. 잼의 향기가 솔솔. 콧노래가 흥얼흥얼. 그런데 곧 파리들이 향기에 이끌려 잼 바른 빵에 몰려들기 시작했어요. 재봉사가 손을 휘둘러서 쫓아냈지만 파리들은 포기하지 않았답니다. 잠깐 물러났다 떼거지로 몰려와서 잼 바른 빵을 냠냠. 재봉사는 화가 확 치밀어 올랐어요.

"에잇! 못된 녀석들. 맛 좀 봐라!"

꼬마 재봉사는 작업대에 있던 천을 들어서 빵을 냅다 후려쳤어요. 천을 들고 보니까 파리 일곱 마리가 죽어서 널브러져 있었죠. 그걸 보니까 여러 생각이 주마등처럼 스쳐 갔어요.

"한 방에 일곱이라니……. 그래, 인생 뭐 있나!"

재봉사는 작업대에 앉더니 재봉틀을 돌려서 허리띠에 글자를 수놓기 시작했어요.

한 방에 일곱 놈을 처치하다!

재봉사는 몸에 그 허리띠를 감고 일어섰어요. 무작정 떠나기로

한 거예요. 방을 돌아보니 가져갈 만한 거라곤 오래된 치즈 한 덩어리뿐이었죠. 재봉사는 치즈를 주머니에 찔러넣은 뒤 계단을 내려와서 성문 밖으로 향했답니다. 가다 보니까 가시덤불 속에 새 한 마리가 갇혀서 울고 있는 게 보였어요.

"왜 거기서 그러고 있니? 가자!"

재봉사는 새를 꺼내서 주머니에 넣고 다시 걷기 시작했어요. 아주 씩씩하게요. 거칠 건 하나도 없었어요. 몸이 가벼우니까 피곤한 줄도 몰랐답니다. 재봉사는 산길로 접어들어 봉우리 꼭대기까지 훌쩍 올라갔어요. 작업실에서 바라보기만 하던 봉우리예요.

"드디어 여기를 와보는군. 이렇게 간단할 줄이야."

그런데 봉우리 꼭대기에는 몸집이 굉장히 큰 거인이 앉아 있었답니다. 재봉사를 보더니 '저 꼬맹이는 뭐지?' 하는 표정이에요. 꼬마 재봉사는 거인에게 다가가서 말했어요.

"친구, 안녕! 거기서 세상을 구경하는 거야? 나도 세상 구경에 나선 참이야. 함께 갈래?"

"거참. 같잖은 꼬맹이가. 너 뭔데?"

"나? 이런 사람!"

그러면서 꼬마 재봉사는 허리띠를 보여줬어요.

한 방에 일곱 놈을 처치하다!

그걸 보더니 거인이 살짝 놀라면서,

"네가 그렇게 힘이 세다구? 그럼 너 이런 것도 할 수 있어?"

거인은 옆에 있던 돌멩이를 들어서 손으로 꽉 움켜쥐었어요. 돌멩이가 으드드득.

"그 정도야 어린애 장난이지!"

재봉사는 돌을 줍는 척 치즈를 꺼내서 움켜쥐었어요. 손에서 즙이 주르르르.

"이 정도는 돼야 힘이 있다고 할 만하지."

그러자 거인이 흠칫 놀라죠. 돌로 즙을 내는 자는 처음이에요.

"제법인데? 그래도 이건 안 될걸!"

그러면서 거인은 돌멩이를 주워 들어서 하늘로 휙 던졌어요. 돌멩이는 보이지 않을 만큼 솟구쳤다가 한참 만에 툭 떨어졌답니다.

"그것밖에 못 던진다고? 웃음만 나오는군."

재봉사는 다시 돌멩이를 줍는 척 새를 꺼내서 하늘로 휙 던졌어요. 훨훨 날아오른 새는 다시 내려오지 않았죠.

"어이, 태양! 아프게 해서 미안."

거인은 놀라움을 애써 감추면서,

"그래, 좀 하는군. 하지만 그 몸으로 무거운 걸 들 수 있을까? 나와 함께 전나무를 나를 수 있겠어?"

"그 정도야 뭐."

거인이 재봉사를 데려간 곳에는 커다란 전나무가 쓰러져 있었어요. 그 나무를 날라야 하는 거예요.

"좋아. 네가 둥치 쪽을 어깨에 짊어져. 난 가지 쪽을 들지. 이쪽이 더 무겁거든."

거인이 전나무 둥치를 어깨에 메고 일어서니까 꼬마 재봉사는 가지에 턱 올라앉았답니다. 거인이 재봉사를 함께 나르는 상황이에요. 재봉사는 나무 위에서 영차영차 소리를 하면서 콧노래도 흥얼거렸어요. 그 무거운 나무를 나르면서 노래까지 하다니 기가 찰 노릇이죠. 거인이 한참 만에 소리쳤어요.

"이봐! 잠깐 쉬자구!"

거인이 둥치를 내려놓으니까 재봉사가 냉큼 내려와서 가지를 받치고 있었던 척하면서,

"덩치는 커다란 녀석이 나무 하나 제대로 못 나르다니."

거인이 할 말이 없죠. 그때 거인이 보니까 벚나무 가지 위에 체리가 빨갛게 익은 거예요. 거인은 가지를 구부려서 재봉사에게 건네줬어요. 재봉사가 가지를 잡는 순간 거인이 손을 놓으니까 재봉사가 하늘로 부웅! 재봉사는 한참 만에 땅으로 척 내려섰어요. 다친 곳은 없었죠. 몸이 가벼운 덕분이에요.

"이게 점프의 맛이지! 내가 저 위로 점프해서 뭘 봤는지 알아?"

"뭔데?"

"궁금하면 직접 가보든가."

거인이 재봉사처럼 공중으로 뛰어오르려 했지만 뜻대로 되질 않았어요. 몸이 무거우니까요. 괜히 나뭇가지에 여기저기 잔뜩 긁히기만 했답니다. 거인이 머리를 긁적이면서,

"인정하지. 너를 우리 집에 초대하고 싶군. 함께 가겠나?"

"물론!"

재봉사가 거인을 따라서 가보니 집이란 게 커다란 동굴이었어요. 안에서 거인 여럿이 양을 굽고 있었죠. 재봉사가 동굴 안을 한 번 쭉 둘러보더니,

"내가 일하던 방보다 좀 넓군."

식사를 마친 뒤 거인은 재봉사에게 침대를 가리키면서 거기서 자라고 했어요. 보니까 침대가 자기 일하던 방보다도 컸답니다. 재봉사는 거기 잠깐 누웠다가 슬쩍 기어 나와서 구석으로 갔어요. 지푸라기가 깔린 바닥에 누우니까 딱 좋았죠. 거기서 한참 잘 자는데 갑자기 천둥보다 큰 소리가 꽈과과광! 거인들이 집채만 한 쇠몽둥이를 들고 와서 침대를 박살낸 거예요.

"방아깨비 같은 녀석! 이걸로 끝이다. 크크크."

거인들은 재봉사를 완전히 보냈다고 생각하고 까맣게 잊었어요. 그러고는 날이 밝자 숲에 나가서 평소처럼 일을 보기 시작했지요. 그런데 죽은 줄만 알았던 꼬마 재봉사가 생글생글 웃으면서 다가오지 뭐예요. 거인들이 깜짝 놀라서 소리쳤어요.

"다들 도망쳐!"

거인들은 완전히 겁을 먹고서 멀리멀리 도망쳐 버렸답니다.

"거인이라고 해봤자 별거 아니군. 이제 어디로 가나? 그래, 코끝이 향하는 대로!"

재봉사는 발이 가는 대로 쭉쭉 걸어가서 왕이 사는 궁궐에까지 다다랐어요. 거기 있는 너른 풀밭을 보더니,

"오오, 좋다. 피곤했는데 잘됐군."

재봉사는 그대로 풀밭에 누워서 네 활개를 쭉 펴고 잠에 빠져들었어요. 코까지 골면서 꿀잠을 쿨쿨. 사람들이 뭔가 싶어서 다가가 살펴보다 문제의 문구를 발견하고 말았지요.

한 방에 일곱 놈을 처치하다!

사람들은 흠칫 놀라서 엄청난 용사가 나타났다고 떠들기 시작했어요. 누군가 왕에게 달려가서 그 사실을 알렸죠. 왕은 신하를 시켜서 그 용사를 데려다가 군인으로 삼게 했어요. 재봉사는 흔쾌히 제안을 받아들였답니다.

"내가 바로 그런 일을 하려고 온 것 아니겠습니까. 하하."

그래서 재봉사가 군대에 들어갔는데, 다른 군사들은 그와 함께 지내는 게 불편하고 무서웠어요. 한방에 일곱이나 처치하는 사람이니 언제 화를 입을지 모른다고 생각한 거죠. 그들은 왕을 찾아가서 말했어요.

"전쟁 영웅이 오셨으니 절호의 기회입니다. 그분에게 살인과 약탈을 일삼는 두 거인을 죽이는 임무를 맡기십시오."

그 거인들은 나라의 큰 골칫거리였어요. 워낙 크고 무서운 탓에 아무도 싸우러 나서는 사람이 없었죠. 하지만 꼬마 재봉사는 달랐답니다.

"알겠습니다. 거인 처리는 또 내가 전문이죠."

거인들이 사는 숲으로 간 재봉사는 사람들을 밖에 세워두고 혼자 숲속으로 들어갔어요. 보니까 나무 아래에서 거인 둘이 잠을 자고 있었죠. 재봉사는 재빠르게 나무에 올라간 다음 한 거인의 가슴에 돌멩이를 던졌답니다. 몇 번 계속하니까 그 거인이 눈을 뜨고서,

"야! 왜 때려? 너 때문에 깼잖아!"

"무슨 소리야? 때린 적 없어. 너 꿈꾸냐?

돌을 맞은 거인은 고개를 갸웃하고서 눈을 감았어요. 둘이 다시 잠들자 재봉사는 두 번째 거인의 가슴에 돌을 명중시켰어요. 그 거인이 눈을 뜨더니,

"야, 왜 때려? 내가 안 때렸다고 했잖아?"

"무슨 소리야? 나 너 안 때렸어."

두 번째 거인도 고개를 갸웃하고서 눈을 감았죠. 그들이 막 잠들었을 때 재봉사는 커다란 돌멩이를 첫 번째 거인 가슴에 명중시켰답니다. 거인이 벌떡 일어서더니,

"이건 너무하잖아! 더는 못 참아!"

그는 두 번째 거인의 멱살을 움켜쥐고 나무에 쿵쿵 박았어요. 상대도 참지 않았죠. 근처에 있는 나무를 뿌리째 뽑아서 상대에게 휘둘렀어요. 상대도 또 다른 나무를 뽑아서 반격하기 시작했지요. 한참을 무섭게 치고받던 두 거인은 동시에 치명상을 입고 쓰러져 죽었답니다. 재봉사가 폴짝 뛰어내리더니,

"내가 앉은 나무를 안 뽑아서 다행이군. 하긴 뭐, 다른 나무로

다람쥐처럼 건너뛰면 그만이니까."

재봉사는 칼을 뽑아서 두 거인의 가슴을 힘껏 찌른 뒤 숲 밖으로 나와서 말했어요.

"끝났소. 내가 두 녀석을 얌전히 잠재웠지. 얘들이 궁지에 몰리니까 나무를 뽑아서 휘두르더군. 그래 봤자지 뭐. 내가 한 방에 일곱을 보낸 사람 아니겠어?"

군사들이 숲에 들어가 보니 진짜로 거인 둘이 피를 흘리며 쓰러져 있고 옆에 뿌리째 뽑힌 나무들이 놓여 있지 뭐예요. 재봉사가 한 말 그대로였답니다. 거인을 처치한 재봉사가 왕에게 말했어요.

"약속대로 거인들을 처리했습니다. 이제 왕께서도 약속을 지키셔야지요. 나라의 반과 외동딸을 준다고 하셨던가요?"

왕이 실제로 했던 약속이에요. 꼬마 재봉사가 진짜로 거인들을 죽일 줄 모르고 한 약속이었죠. 왕은 급히 말을 돌렸어요.

"할 일이 하나 더 있네. 이마에 뿔이 달린 일각수를 처치해야 해. 할 수 있겠나?"

"일도 아니죠. 한 방에 일곱 놈, 아시잖아요?"

재봉사는 밧줄과 도끼를 들고 일각수가 사는 숲으로 들어갔어요. 숲속 한가운데 들어서자 거대한 일각수가 곧장 돌진해 오는데, 기세가 더없이 사나웠지요. 하지만 재봉사는 여유로웠답니다. 옆으로 슬쩍 피하면서,

"워워, 너무 급하잖아? 천천히 하라구."

재봉사가 이렇게 약을 올리니까 일각수가 다시 더 세게 돌진했

어요. 재봉사는 얼른 큰 나무 뒤로 몸을 피했답니다. 그러자 일각수가 그대로 나무를 쿵! 어찌나 세게 박았는지 뿔이 나무에 꽉 박혀서 뽑히질 않았죠. 꽥꽥 소리를 지르면서 몸을 버둥버둥. 재봉사는 일각수 목에 밧줄을 걸고서 다른 쪽을 나무둥치에 단단히 묶었어요. 그러고서 도끼로 나무를 찍어서 뿔을 빼냈답니다. 일각수가 재봉사를 향해 펄쩍 뛰었지만 헛수고였죠. 밧줄이 목을 조이니까 비명을 지르면서 쿵! 재봉사가 숲 밖으로 나오더니,

"끝났소. 죽이기 아까워서 산 채로 잡아놨으니 가보구려."

괴물을 산 채로 잡았다니까 다들 입을 쩍 벌리죠. 하지만 이제는 그러려니 해요. 한 방에 일곱 놈을 처치하는 용사니까요. 그런데 왕은 왜 그러나 몰라요. 이번에도 약속을 안 지키고 또 다른 걸 시켰답니다. 괴물 멧돼지를 잡아 와야 결혼을 시켜주겠다는 거예요.

애가 일곱 놈을 한 방에 처치하는 용사인데 멧돼지쯤은 상대도 안 되죠. 재봉사는 멧돼지를 작은 창틀로 유인해서

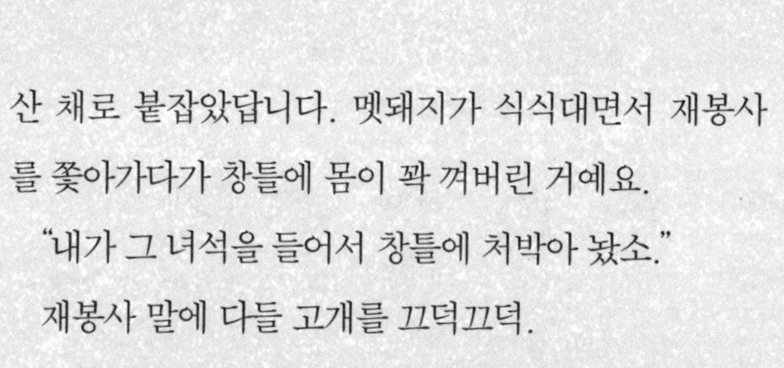

산 채로 붙잡았답니다. 멧돼지가 식식대면서 재봉사를 쫓아가다가 창틀에 몸이 꽉 껴버린 거예요.

“내가 그 녀석을 들어서 창틀에 처박아 놨소.”

재봉사 말에 다들 고개를 끄덕끄덕.

재봉사가 거인과 일각수에 이어서 멧돼지까지 가볍게 처치하니까 왕은 더 이상 할 말이 없었죠. 내키지 않았지만 공주와 꼬마 재봉사의 결혼을 결국 허락했답니다.

그 공주가 외동딸이랬잖아요? 머지않아 꼬마 재봉사는 그 나라의 왕이 됐다고 해요. 그는 평생을 왕으로 잘 살다가 세상을 떠났답니다.

이야기에 대한 이야기

연이

통이

엄지

세라

뀨 아재

로테 이모

뭉이쌤

약손할배

연이 재미있다! 이모님이 말씀하시는데 신나신 게 느껴졌어요.

로테 이모 그랬니? 애가 세상을 마음껏 누비고 다니는 게 그냥 좋더라고.

세라 이모님 안에 트릭스터의 기운이 있는 줄은 몰랐어요.

뀨 아재 누구라도 있지 않을까요?

엄지 그런가요? 저는 잘 모르겠어요.

뭉이쌤 사실 트릭스터 이야기에는 반감을 가지는 사람들도 적지 않아. 엉터리 사기꾼 같다는 거지.

로테 이모 꼬마 재봉사가 누구에게 피해를 주진 않았잖아요?

통이 맞아요. 죽은 거인들은 사람들을 괴롭히던 괴물이었으니 잘한 일이에요.

세라 저는 재봉사가 하루아침에 180도로 달라진 점이 인상에 남아요. 원래 평범하고 소심했던 사람이었잖아요? 잼을 고르는 것도 그렇고, 잼 바른 빵 먹는 걸 미루는 것도 그렇고.

연이 재봉사가 하나하나 부딪쳐 가면서 점점 자신감과 능력이 느는 것 같았어요. 일각수나 멧돼지는 아주 가볍게 처리한 느낌. 처음엔 허세 같았는데 뒤에는 뭐든 가볍게 해낼 것 같더라고요.

통이 듣고 보니 그러네. 성장캐였구나.

뭉이쌤 자신감을 가지고 부딪쳐 나가다 보면 자연히 문제를 해결하는 능력도 느는 법이지. 중요한 건 자신감과 꺾이지 않는 마음이야.

세라 길을 나선 재봉사가 몸이 가벼웠다는 점이 중요하게 생각돼요. 몸이 가볍다는 말이 마음이 가볍다는 것과 통하는 것이겠지요? 잃을 게 없으니까 무서울 것도 없다고나 할까요?

엄지 제가 여기서 몸이 제일 작고 가볍잖아요? 마음도 가볍게 해야겠어요.

뭉이쌤 그래. 앞으로 너른 세상 너른 우주 마음껏 움직여야 하니까! 이야기에서 꼬마 재봉사가 평생 왕으로 살다가 떠났다고 했잖아? 그건 그가 스스로를 믿으면서 자유롭게 살았다는 뜻으로 풀이할 수 있단다.

퉁이 오오, 그 생각은 못 했어요. 그렇다면 저도 왕으로 살고 싶습니다!

뭉이쌤 그래. 뭐든 해낼 수 있다는 믿음으로. 피하지 않고 부딪치는 행동력으로.

연이 쌤, 혹시 우리나라 이야기 속에는 꼬마 재봉사 같은 인물 없나요?

뭉이쌤 왜 없겠니? 바로 꾀보 하인이 떠오르는구나. 약손할배님, 이야기해주실 수 있죠?

약손할배 한번 해볼까요? 막동이 이야기로.

약손할배

꾀보 하인 이야기는 우리나라에 널리 퍼져 있는 유명한 설화예요. 꾀쟁이 하인이라고도 하지. 내가 이 이야기를 좋아해서 두루 찾아봤더니 주인공 이름이 다양하더군요. 김복선이나 진평구라고도 하고 왕글장글대라고도 해요. 그중 제일 흔한 이름은 막동이예요. 얘가 사람 골탕 먹이는 데 아주 선수랍니다. 조금 심하다 싶을 수도 있는데 이야기니까 그러려니 해주면 좋겠어요.

꾀보 하인 막동이

✳

한국 민담

옛날 어느 시골 마을에 김 진사라는 양반이 살았어요. 변변한 벼슬은 못했지만 재산이 많아서 떵떵거리며 살았답니다. 큰 기와집에 하인이 여러 명인데 그중 막내가 막동이였어요.

김 진사의 평생 소원은 높은 벼슬자리를 얻는 거예요. 그러려면 대과 시험에 합격해야 해요. 하지만 시험을 보는 족족 낙방이었어요. 김 진사는 이번에도 과거 시험에 떨어지면 뇌물을 써서라도 꼭 벼슬을 하겠다는 생각으로 돈을 잔뜩 챙긴 뒤 말을 타고 한양으로 향했답니다. 막동이를 마부로 데리고서요. 김 진사가 동구 밖을 나서더니,

"이놈, 막동아! 너 한양이 어떤 곳인지 아느냐? 훤한 대낮에 멀쩡한 사람 눈 빼고 코 베는 곳이야."

"어이쿠, 세상에 그렇게 무서운 데가 다 있어요?"

막동이가 몸을 부르르르 떠니까 김 진사가 껄껄껄. 그렇게 한참을 가다가 막동이가 말했어요.

"나리, 점심 안 먹어요? 도시락을 오래 두면 똥이 된다던데."

"누가 그런 허튼소리를 하든? 멍청한 놈 같으니라구."

무시하고 계속 길을 가는 거예요. 자기는 아침을 든든히 먹었거든. 그런데 가다 보니까 갑자기 배 속이 부글부글.

"이거 낭패로군. 갑자기 뒤가 급하니 이를 어쩐다?"

"뭘 그런 걸 걱정해요? 둑 아래로 가서 똥을 누면 다들 개가 싼 줄 알 텐데요."

들어보니까 말이 참 망측하지. 하지만 뒤가 급한 판이라 김 진사는 허겁지겁 둑 아래로 내려갔어요. 거기서 한참을 끙끙. 그 틈에 막동이가 도시락을 후딱 먹어치우고 통 안에 똥을 눴지 뭐야. 김 진사는 그것도 모르고서 다시 말을 타고 길을 가는 거예요. 얼마간 길을 가더니,

"자, 이제 점심 먹자꾸나. 도시락 대령해라."

김 진사가 도시락을 받아서 열어보니까 이게 웬일이에요. 밥은 간데없고 똥이 가득. 막동이가 죽상을 지으면서,

"그것 봐요! 밥을 안 먹으면 똥이 된다고 그랬잖아요? 아이, 배고파!"

진사가 그만 아무 말도 못 해요. 막동이가 잔뜩 심통이 난 표정으로 말을 험하게 몰면서 상전 모르게 혀를 낼름. 김 진사는 속절없이 점심을 쫄쫄 굶고서 저녁때가 다 돼서야 주막에 도착했어요. 제일 먼저 한 일이 음식을 한 상 가득 주문한 거였지. 그때 막동이가 이상한 말을 했어요.

"나리, 청이 있습니다. 오늘은 저를 애뜩이라고 불러주세요. 애뜩이, 귀엽잖아요."

"싱거운 놈 같으니라고! 알았다."

그러자 막동이가 꾸벅 절을 하고 부엌으로 쪼르르 달려가더니,

"아주머니, 우리 주인 나리는 수저가 차가우면 안 돼요. 뜨겁게 달궈주세요."

주모 생각에 별 이상한 사람도 다 있다 싶지. 하지만 해달라니까 해줘야지요. 주모가 방 안에 밥상을 들여놓으니까 김 진사가 숟가락을 들더니,

"앳뜨거!"

그러자 바깥에 있던 막동이가 번개처럼 뛰어 들어오더니,

"예, 애뜩이 여기 있습니다요. 벌써 다 드셨어요?"

그러고는 대답할 겨를도 없이 밥상을 번쩍 들고 나가서 우걱우걱 먹어치우는 거예요. 김 진사가 양반 체면에 밥상을 다시 들이라는 말은 못 하고 저녁까지 홀딱 굶었지 뭐.

다음 날 두 사람은 아침 일찍 길을 나섰어요. 한참을 가다 보니 다시 주막이 나왔지요. 김 진사가 시원하게 한잔 걸치고 싶은데 술이 실까 봐 걱정이에요. 양반 체면에 술이 시다는 이유로 먹다가 말기가 그렇거든.

"여봐라, 막동아. 네가 먼저 술맛을 보거라. 맛있으면 턱을 아래로 쓸어내리고 시큼하면 위로 쓸어올려."

막동이가 술을 한 사발 마셔보니까 그 맛이 일품이에요. 하지만

막동이는 이맛살을 찡그리면서 턱을 위로 쭉 쓸어 올렸답니다.

'오호, 술이 시구나. 자칫하면 욕볼 뻔했어.'

둘은 다시 길을 떠나 다른 주막집에 다다랐어요. 이번에도 막동이가 먼저 술맛을 보는데, 먼젓번보다 더 훌륭해요. 막동이가 낯을 더 찡그리면서 턱을 위로 쭉. 상전이 고개를 끄덕끄덕. 그렇게 이 집 저 집 지나고 한 집에서 술맛을 보더니 막동이가 낯을 활짝 펴면서 턱을 위에서 아래로 쭈욱.

'옳거니, 드디어 찾았구나!'

김 진사는 얼른 달려와서 막동이가 들고 있던 술잔을 빼앗아가지고 한 번에 쭉 들이켰어요. 아뿔싸! 술이 어찌나 신지 속이 부글부글. 막동이가 활짝 웃으면서,

"맛있죠? 지나온 집들에 비하면 완전 꿀이에요."

"그래, 이놈아. 여태 계속 신 술 먹느라고 욕봤다."

그때 굴 장수가 주막 앞을 지나가면서 금방 따온 싱싱한 굴을 사라고 소리쳤어요. 김 진사는 막동이에게 굴을 한 사발 사 오라고 시켰지요. 그래 막동이가 굴을 사가지고 오는데, 손가락으로 그릇을 휘적휘적.

"이놈아! 너 지금 뭐 하는 거냐?"

"굴 그릇에 코가 빠졌는데 어떤 게 굴이고 어떤 게 코인지 분간이 안 돼요. 어쩌죠?"

"에이, 칠칠치 못한 놈! 너나 먹어라."

그러자 막동이가 아이고 아까운 거, 하면서 굴을 싹 먹어치우는

거예요.

다시 길을 가다 날이 저물자 김 진사와 막동이는 큰 여관에 들어갔어요. 과거를 보러 한양으로 가는 양반 선비들이 방마다 꽉꽉 들어차 있었지요. 김 진사는 다른 양반들과 술판을 벌이면서 낮에 있었던 일을 미주알고주알 이야기했어요. 그러자 양반들이 막동이를 보면서,

"예끼, 추잡스런 녀석 같으니라고."

그날 밤, 막동이는 한밤중에 양반들이 자는 방으로 들어가서 봉창의 종이를 쭉쭉 뜯기 시작했어요. 놀라서 깬 양반들이 화를 내면서,

"이놈! 뭐 하는 짓이냐?"

"예, 주인 나리가 꿈에서 여기다 글을 써 장원급제를 하셨다면서 뜯어 오라 하셨어요."

"뭐? 장원급제?"

양반들이 그만 장원급제 소리에 눈이 번쩍 뜨여서 다투어 봉창문을 마구 뜯는 거예요. 서로 종이를 뺏으려고 옥신각신. 여관 주인까지 달려와서 소리를 지르니 말 그대로 난장판이에요. '자다가 봉창 뜯는다'는 말이 여기서 생겨났다고 해요.

어떻든 두 사람은 한양에 다다랐어요. 그때 김 진사가 다녀올 데가 있다면서 막동이에게 말했어요.

"말 잘 지켜. 여기가 산 사람 눈 빼고 코 베는 데라는 거 알지?"

"예예, 알겠습니다요."

얘가 또 대답은 잘해요. 상전이 사라지니까 바로 말을 팔아버리고서 그 돈으로 맛있는 걸 사서 냠냠 짭짭. 실컷 다 먹고서 원래 있던 자리로 오더니 두 손으로 눈과 코를 가리고서 앉아 있는 거예요. 말고삐는 팔뚝에 매놓고서 말이지. 김 진사가 와서 그 꼴을 보고서는,

"이놈아! 지금 뭐 하는 거야? 말은 어쩌고?"

그러자 막동이가 얼굴에서 손을 떼더니 깜짝 놀라면서,

"어어, 말 어디 갔지? 아이구야! 한양이 산 사람 눈 빼고 코 베는 곳이라길래 가리고 있었더니 그새 말을 훔쳐 갔네. 와, 진짜로 무서운 데구나."

그 말에 김 진사가 그만 울화가 치밀었어요. 왜 이 녀석을 데리고 왔는지 후회막심이에요. 그러다 무슨 생각인지 얘를 강가에 있는 평상으로 데려가더니,

"날이 더워서 오늘은 여기서 자야겠다. 나는 이쪽에서 잘 테니까 너는 저기에서 자."

그러면서 손가락을 들어 강물 쪽을 가리켜요. 자는 척하면서 얘를 걷어차 강물로 떨어뜨리려는 속셈이에요. 그걸 아는지 모르는지 막동이가 강가 쪽에 가 드러눕더니 드르렁드르렁. 김 진사는 눈을 감고 가만히 있다가 막동이가 있는 쪽을 홱 걷어찼어요. 물에 빠지는 소리가 첨부덩!

'잘 가라, 이놈아!'

김 진사가 속으로 웃고 있는데 갑자기 옆에서 하는 말이,

"나리, 저기 보따리 떠내려가요!"

이게 무슨 소리인가 싶어서 일어나 보니까, 아뿔싸! 막동이는 엉뚱한 데 앉아 있고, 애먼 돈보따리 책보따리가 강물로 떨어져 버렸지 뭐예요.

"무슨 잠버릇이 이렇게 고약하시대? 이걸 어쩌나?"

그게 제 발로 걷어찬 거잖아? 김 진사가 아무 말도 못 하고 속만 끓여요. 다음 날 날이 밝자 막동이를 부르더니,

"나는 과거 시험을 치르고 두어 달 쉬어 갈 테니 너 먼저 본가로 내려가라."

그러면서 웃통을 벗고서 등을 내밀라는 거예요. 김 진사가 거기 편지를 쓰는데 뭐라는고 하니,

내가 막동이 녀석 때문에 고생이 막심했으니 도착하는 대로 용왕담 깊은 물에 풍덩 빠뜨려라. 나는 두어 달 후에 내려가마.

도저히 자기 힘으로 안 되니까 본가로 보내서 처리하려는 거예요. 그걸 아는지 마는지 막동이는 한양 거리를 여기저기 다니면서 구경이란 구경은 다 하고 맛있는 건 빼놓지 않고 다 먹어요. 돈이 다 떨어지니까 그제야 콧노래를 흥얼거리면서 시골집을 향해서 터벅터벅.

그때 막동이가 한 마을을 지나다 보니 웬 아낙네가 혼자서 디딜방아로 떡을 찧고 있는 거예요. 그게 원래 둘이 해야 하는 작업

이거든. 한쪽에선 떡을 뒤집고, 한쪽에선 발을 디디고. 막동이가 다가가더니,

"아주머니, 힘들겠어요. 내가 떡을 뒤집어 드릴까요?"

"그리해 주면 좋죠. 누구신데 이렇게 친절하실까?"

"예, 나는 가걸이라는 사람입니다."

막동이는 아낙네의 발동작에 맞춰 떡보리를 뒤집기 시작했어요. 얼마 지나니까 떡보리가 쫄깃쫄깃해졌죠. 그때 막동이가 방아확에서 떡보리를 쏙 꺼내더니 옆에서 노는 아이를 대신 집어넣은 거예요.

"그럼 수고하세요!"

막동이가 떡보리를 들고서 후다다닥. 아낙네가 깜짝 놀랐지만 쫓아갈 수가 없지요. 발을 떼면 방앗공이가 내려가서 아이가 다치니까요. 그냥 소리만 질러요.

"이놈, 가걸아! 가걸아!"

"예, 갑니다. 안녕히 계세요."

멀리서 마을 사람이 그 광경을 봤지만 그냥 그런가 보다 해요. 한 사람은 '가거라' 하고 또 한 사람은 가고 있으니까 말이지. 아이는 얼마 뒤 마을 사람이 와서 꺼내줬어요. 아낙네가 아주 십년감수를 했지. 떡은 없어졌지만 평생 써먹을 이야깃거리 하나는 생긴 셈이에요.

막동이가 떡보리를 떼어 먹으면서 다시 길을 가는데 꿀을 사라고 외치는 소리가 들려왔어요.

"여봐요, 꿀장수! 꿀 파세요."

막동이는 떡보리를 그릇 모양으로 둥글게 만들더니 거기 꿀을 부으라고 했어요. 꿀장수가 꿀을 부으니까 가격을 물어보더니,

"어이구, 비싸다! 그 돈 없어요. 안 살래요."

그러면서 꿀을 다시 동이에 붓는 거예요. 그 사이에 꿀이 떡에 적잖이 스며들었지 뭐. 얘가 한 점 떼서 먹어보니까 아주 꿀맛이에요. 막동이가 지나가는 스님에게 꿀떡을 나눠주니까 스님이 맛있게 먹더니,

"아주 잘 먹었어요. 어떻게 보답을 하나?"

"제 등에 편지가 있는데 어떤 내용인지 봐주세요."

스님이 편지를 보더니 혀를 쯧쯧쯧. 그게 사람을 죽이라는 소리잖아요.

"스님, 사람을 죽이라는 내용을 살리라는 걸로 바꿔주세요."

스님은 고개를 끄덕이고서 글을 지운 뒤 막동이가 불러주는 대로 받아적었어요.

내가 막동이 덕에 벼슬도 얻고 좋은 일이 많이 생겼다. 하인으로 부리기 아까운 아이야. 종 문서를 태워 없애고 막내딸 순이와 결혼시켜라. 이달 말일이 좋은 날이니 그날 식을 올리도록 해. 나는 두어 달 후에 내려가마.

스님이 어찌나 명필인지 편지의 글씨가 원래와 다름없어요. 그래 놓고서 막동이가 본가로 가니까 안방마님하고 서방님이 깜짝

놀라면서,

"진사님은 어디 가시고 왜 너 혼자야?"

"예, 나리께서는 일을 더 보고 오신다면서 제 등에 편지를 써주셨어요."

안방마님과 서방님이 막동이 등에 있는 편지를 읽어보니까 가장이 쓴 게 분명한데 내용이 참 요상해요. 벼슬을 얻었다니 좋은 일인데 순이를 막동이와 결혼시키라는 건 도무지 이해가 안 됐지요. 하지만 그 집에서는 가장의 말이 법이에요. 어기면 아주 난리가 나지요. 그래서 가장이 시킨 날에 맞춰서 순이와 막동이를 짝지어 주었답니다.

두어 달 지난 뒤 집으로 돌아온 김 진사는 깜짝 놀랐어요. 죽어 없어졌어야 할 하인이 금쪽같은 막내딸하고 살림을 차려서 살고 있다니 기절할 노릇이지요. 그는 당장 막동이를 죽이겠다며 펄펄 뛰었어요.

"내 이놈을 고생을 단단히 시켜서 죽일 테다."

김 진사가 곧바로 막동이를 불러들이더니,

"대대로 우리 집안 사위는 용왕담에서 밤샘 치성을 드려야 한다. 그리로 가자."

그렇게 김 진사가 막동이를 데리고 연못으로 가는데 하인들이 망태와 밧줄을 들고 따라와요. 연못에 도착하자 김 진사가 물 쪽으로 길게 뻗은 소나무 가지를 가리키면서,

"저기가 치성을 올리는 장소다. 어서 망태에 들어가."

“치성 좋죠. 알겠어요.”

그러면서 막동이는 망태 안으로 들어갔어요. 김 진사는 하인을 시켜서 망태를 소나무 가지에 대롱대롱 매달았답니다. 그러고서 집으로 돌아오는 거예요. 거기서 밤새 덜덜 떨게 한 다음 새벽에 빠뜨려 죽일 작정이지요.

막동이가 연못 위에 매달려 있는데 유기그릇 장수가 그릇 짐을 짊어지고 오면서,

“아이고 눈이야! 아이고 눈이야!”

막동이가 보니까 눈이 퉁퉁 부은 게 눈병이 단단히 난 듯해요.

“여보세요, 유기장수!”

유기장수가 화들짝 놀라면서,

“엉? 이게 어디서 나는 소리지?”

“여기예요 여기.”

“아니, 거기서 뭘 하고 있는 거요?”

“보아하니 눈병이 심하시군요. 실은 저도 눈병을 고치려고 용왕님께 치성을 드리는 중이랍니다. 그런데 하루 만에 병이 싹 가셨지 뭐예요. 저를 한번 풀어봐 주세요.”

유기장수가 망태를 내려놓고서 보니까 정말 두 눈이 다 멀쩡하지요.

“여기 들어가 있으면 눈병이 낫는단 말이오?”

“들어가서 용왕님께 정성껏 빌어야지요.”

“거 나도 한번 들어가 봅시다.”

이렇게 해서 망태에 엉뚱하게 유기장수가 들어간 거예요. 막동이는 보따리를 챙겨서 내빼고 말이지. 다음 날 아침이 되자 김 진사는 칼을 가지고 용왕담으로 와서 망태를 매단 줄을 그대로 뚝 잘라버렸어요.

"잘 가라, 이놈!"

그래서 엉뚱하게 유기장수가 연못에 빠졌답니다. 죽었는지 살았는지는 묻지 말아요. 죽을 운명이면 죽었겠고 살 운명이면 살았겠지요.

막동이는 이곳저곳 다니면서 그릇을 팔아 번 돈으로 비단옷을 맞춰 입은 뒤 태연히 자기 집으로 찾아갔답니다. 그러니까 김 진사가 있고 아내가 있는 집이지.

"이리 오너라! 사위 행차하신다."

김 진사 집에서는 야단이 났어요. 물에 빠져 죽은 사람이 살아왔으니 말이에요.

"오호, 네가 돌아왔구나. 어느 놈이 줄을 잘랐는지, 물에 빠져 죽은 줄 알았지 뭐냐."

"예. 누구인지 그 사람 덕분에 용궁 구경을 잘했습니다. 연못 속에 들어가니까 커다란 거북이가 등에다 저를 태우고서 용궁으로 둥실둥실. 용궁이 얼마나 좋은지 저 혼자 살기 아까워서 모시러 왔습니다요."

"그게 정말이야?"

"그럼요. 그 연못이 그냥 용왕담이 아니더라구요."

그러자 김 진사가 용궁 구경을 하려는 욕심에 온 가족을 이끌고 용왕담으로 가는 거예요. 용왕담 푸른 물속으로 첨부덩 첨부덩 또 첨부덩. 순이가 뛰어들려고 하니까 막동이가 옷소매를 꽉 붙잡으면서,

"거기 별로야. 우리는 그냥 여기서 살자구."

막동이가 그렇게 처갓집 식구들을 용궁으로 보내고 아내와 함께 오래오래 잘 살더라는 거예요.

이야기에 대한 이야기

연이 통이 엄지 세라 꾸 아재 뭉이쌤 약손할배

연이 할아버지가 이런 이야기를 하시니까 신기해요.

통이 맞아요. 점잖은 분이신데요.

약손할배 하하. 오늘은 괴짜가 되는 날 아닌가? 그리고 이 이야기는 이렇게 해야 해요. 실은 내가 조금 약하게 한 거야.

엄지 유기장수랑 김 진사 가족들은 죽은 거 맞지요? 유기장수는 억울한 거 아닌가요?

연이 맞아요. 방아 찧던 아주머니도 억울하게 당했어요.

꾸 아재 이야기는 이야기일 따름.

뭉이쌤 맞아요. 이야기 속의 죽음을 실제의 죽음으로 바로 연결시킬 일은 아니야. 된통 당했구나, 하는 정도로 받아들이면 돼요. 이런 희극적인 이야기는 과장이 심한 법이거든.

통이 유기장수가 당할 만한 이유가 있었을까요?

뭉이쌤 어떻든 병을 고치겠다는 욕심으로 스스로 망태에 들어간 거니까. 김 진사가 가족을 이끌고 물에 뛰어든 것도 스스로 한 일이었지.

세라 어리석게 속는 것도 죄라는 뜻으로 이해하면 될까요?

뭉이쌤 트릭스터담의 특징이 사회적 규범이나 윤리적 기준을 넘어서 인간 자체를 앞세운다는 데 있어요. 자기 삶은 자기가 책임진다는 식이죠. 이야기에서 김 진사가 내세우는 양반이라는 권위가 안 통한다는 점을 주목할 필요가 있어요.

세라 그냥 인간 대 인간으로 보면 확실히 김 진사는 막동이를 이길 수 없어요. 혼자서 어쩌지 못하니까 본가로 보낸 것만 봐도 알 수 있어요.

뀨 아재 순이 입장에서는 제대로 짝을 구한 셈.

연이 그런가요? 어렵다.

뭉이쌤 누구는 옳고 누구는 그르다는 식으로 따지기보다 그냥 한 사람이 자기 식으로 쭉쭉 나아가면서 살아가는 모습을 그대로 받아들이면 돼. 막동이한테서 강한 기운이 느껴지지 않니?

퉁이 확실히 그렇기는 해요. 장화 신은 고양이나 꼬마 재봉사와 비슷한 기운이 있어요.

약손할배 그 기운을 편안히 느끼면 돼. 그러면 그게 몸에 배어들게 되지.

퉁이 넵!

엄지 저는 유기장수가 물에서 빠져나왔고 인생의 교훈을 얻었다는 걸로 정리해 두겠어요.

뀨 아재 인생 스토리도. 용궁에 다녀온 셈이니까.

약손할배 물에 빠져 죽을 뻔한 일을 '용궁 다녀왔다'고 표현하는 건 다들 알지? 그 말씀을 한 거야.

연이 자다가 봉창 뜯는다는 말처럼 그 말도 이 이야기에서 나온 걸까요?

뭉이쌤 새로운 학설인걸. 실은 '애매한 유기장수'라는 말이 이 이야기에서 나왔다는 설도 있지.

퉁이 옛날이야기와 속담이 연결되는 게 신기해요.

세라 자, 이제 내가 분위기를 좀 바꿔볼게. 좀 더 가볍고 유쾌한 이야기로.

세라

내가 씩씩한 여성이 주인공인 이야기를 하나 해볼게. 가히 괴짜라고 할 만한 사람이야. 이름이 좀 길어. 바실리사 바실리예브나. 어렵지만 멋지지 않니? 원제목은 '사제의 딸 바실리사'인데 제대로 된 이름으로 제목을 삼아야 한다는 게 내 생각이야. 그럴 만한 사람이거든.

바실리사 바실리예브나

✴

러시아 민담

옛날 한 왕국에 바실리라는 사제가 살았어. 그에게는 바실리사 바실리예브나라는 딸이 있었지. 그런데 이 딸이 늘 남자 옷을 입고 남자처럼 살았지 뭐니. 말을 타고 달리면서 활을 쏘는 게 취미야. 매일 그렇게 생활하니까 세상 사람들은 다들 바실리사 바실리예브나가 남자인 줄 알았대. 진짜 이름을 아는 사람도 거의 없었다는 거야. 얘가 남자 이름으로 생활했거든. 바실리 바실리예비치라고 말이지.

어느 날 그 나라의 왕 바르크하트가 숲으로 사냥을 하러 나갔어. 그런데 웬 멋들어진 젊은이가 말을 타고 바람처럼 달리면서 화살을 쌩쌩 날리지 뭐니. 그 모습이 어찌나 씩씩하고 늠름한지 누구라도 한눈에 반할 정도야.

"여봐라, 저 젊은이는 누구지?"

"예, 사제 바실리의 아들 바실리 바실리예비치입니다."

"바실리가 아들을 잘 뒀군."

그때 시종 하나가 왕에게 슬며시 다가와서 말했어.

"전하, 제가 알기로는 저 젊은이는 여자입니다. 사람들이 잘못 알고 있는 거예요. 진짜 이름은 바실리사 바실리예브나지요."

그러자 바르크하트 왕이 호기심이 가득 차올랐지 뭐니. 그 정체를 꼭 알아내고 싶어진 거야. 왕은 성으로 돌아가자마자 사제에게 편지를 보냈어. 함께 식사를 하고 싶으니 바실리 바실리예비치를 보내달라고 말이지. 그래 놓고서는 은밀히 늙은 여자 마법사를 찾아가서 조언을 구했단다.

"사제 바실리의 아들 바실리 바실리예비치가 사실은 처녀 바실리사 바실리예브나라는 말을 들었소. 그가 여자인지 알아낼 방법을 알려주구려."

"어렵지 않아요. 방의 한쪽에 자수 틀을 걸어놓고 다른 쪽에는 칼을 걸어놓으세요. 바실리사 바실리예브나라면 자수 틀을 먼저 볼 것이고, 바실리 바실리예비치라면 칼을 바라볼 것입니다."

바르크하트 왕이 들어보니까 그럴싸하거든. 왕은 그 말대로 자수 틀과 칼을 양쪽 벽에 걸어놓고 손님을 기다렸어. 바실리사 바실리예브나는 회색 말에 올라타고 바람을 가르며 성으로 달려왔지. 바르크하트 왕은 식사를 마친 뒤 손님을 준비해 둔 방으로 안내했어. 자수 틀과 칼이 걸린 방으로. 그때 그 사람이 뭐를 봤을까? 한쪽에 걸린 자수 틀을 뚫어지게 바라본 거야.

'옳거니! 역시 바실리사 바실리예브나였어!'

그때 손님이 왕을 바라보면서 목청을 높이지 뭐니.

"전하! 저 이상한 게 왜 여기 걸려 있지요? 여인들이나 가지고 노는 물건 아닌가요? 실망입니다. 설마 전하께서 저걸 쓰시리라고는 생각하지 않겠습니다. 이만 돌아가겠어요."

그러고서 곧바로 궁궐을 나가버리지 뭐니. 도저히 여자라고 볼 수가 없지 뭐. 그런데도 왕은 포기하지 않았어. 다음 날 또다시 바실리 바실리예비치를 식사에 초대한 거야.

"어제는 내가 실수했소. 오늘은 실컷 먹고 마십시다!"

함께 보드카를 마시면서 식사를 하는데, 손님이 아무리 많이 마셔도 멀쩡해. 왕이 먼저 취할 지경이지. 그때 하녀가 마지막 요리로 카샤를 내왔어. 이건 알곡에 우유 같은 걸 부어서 만드는 요리야. 손님이 카샤를 한 술 떴는데 숟가락에서 진주알들이 반짝. 그걸 본 손님이 바닥에 숟가락을 확 흩뿌리더니,

"대체 요리에서 왜 이런 게 나오는 겁니까? 천하에 쓸데없는 물건이 말예요."

그러고는 바로 작별 인사를 하고서 돌아가는 거야. 바르크하트 왕이 잔뜩 실망하지.

'마법사가 말하길 처녀라면 진주를 그윽한 눈빛으로 바라볼 거라고 했는데 전혀 아니군. 남자가 하는 행동이었어.'

하지만 왕은 여전히 포기하지 않았어. 다시 여자 마법사에게 계책을 물었지.

"가장 확실한 방법이 있어요. 미리 목욕물을 데워놨다가 식사를 마친 뒤 함께 목욕하자고 청하는 거예요. 바실리 바실리예비치라면

응하겠지만 바실리사 바실리예브나라면 거절하겠지요."

왕이 생각하니까 노골적이면서도 확실한 방법이야. 왕은 한 번 더 바실리사 바실리예브나를 손님으로 불러들였어. 이번에는 분명하게 확인할 수 있다는 생각에 마음이 들떴지. 식사를 마치자 왕이 은근히 말했어.

"사내는 목욕하면서 친해지는 법. 사양하지 말고 함께하는 게 어떻겠소?"

그러자 바실리사 바실리예브나가 뭐라고 대답했을까?

"물론이지요. 그렇지 않아도 찌뿌둥한 참이었어요. 탕에 몸을 푹 담그고 싶습니다."

대답을 듣고 보니 그게 남자지 뭐야. 그래도 자기가 청했으니 목욕은 해야잖아? 왕은 탈의실에서 천천히 옷을 벗고 탕으로 향했어. 그런데 손님이 벌써 목욕을 마치고 옷을 다 챙겨 입었지 뭐니.

"전하, 여자도 아닌데 목욕 준비가 그리 오래 걸리십니까? 저는 다 끝냈습니다."

그러면서 하직 인사를 하고 나가는 거야. 동작이 빨라도 너무 빨라. 그렇게 빠르게 씻다니, 여자일 리가 없지 뭐. 왕이 실망 가득이야. 처녀였으면 좋겠다는 마음이 무척 컸었나 봐.

그래서 그걸로 끝인 줄 알았는데, 그게 아니야. 왕이 목욕을 마치고 나오니까 시종이 쪽지를 하나 전해주지 뭐니. 손님이 가면서 남겼다는 거야.

바르크하트 왕은 무슨 일인가 싶어서 쪽지를 펼쳤어.

바르크하트 왕이시여. 전하께선 새까만 갈까마귀입니다. 그러니 정원에 들어온 매를 칠 수가 없지요. 앞으로는 다시 불러들이지 마시길.

- 바실리사 바실리예브나 드림.

거기 바실리사 바실리예브나라는 이름이 있을 줄이야. 왕은 주먹으로 자기 머리를 쿵쿵 쳤어. 이제 자기 힘으로 그녀의 정체를 확인할 기회를 영원히 잃어버린 거잖아. 요즘 말로 게임 오버지.

이제 바르크하트 왕이 할 일은? 그 사람의 비밀을 말없이 지켜주는 거. 그날 이후로도 바실리사는 늘 그래온 것처럼 자기 하고 싶은 대로 다 하면서 자유롭게 살았대.

이야기에 대한 이야기

연이

퉁이

엄지

세라

뀨 아재

로테 이모

뭉이쌤

약손할배

퉁이 멋지다. 괴짜가 아니고 멋쟁인데요!

세라 멋있는 괴짜 아니니? 왕 앞에서 조금도 기죽지 않는 거, 남다르잖아?

연이 맞아요. 진주를 바닥에 확 뿌리다니!

뀨 아재 내가 보기엔 왕도 나쁜 사람은 아냐.

연이 맞아요. 그런 행동들을 다 받아주는 거 보면요.

세라 바실리사 바실리예브나가 뻗을 자리를 보고 다리를 뻗은 거겠지.

뭉이쌤 바실리사 바실리예브나 정도라면 사람 보는 눈도 남달랐겠지요. 그게 일종의 기싸움인데 왕이 밀린 거라고 볼 수 있어요. 인간 대 인간 차원에서.

엄지 그냥 여자냐고 물어보면 되지, 왜 굳이 얕은수를 쓰나 몰라요.

퉁이 그러네! 엄지였으면 바실리사 바실리예브나에게 안 졌을 듯.

뭉이쌤 오히려 왕이 술수를 쓰지 않고 정공법으로 접근했으면 바실리사 바실리예브나가 파트너로 받아줬을지도 몰라.

뀨 아재 그 대신 이야기는 살아남지 않았겠죠.

세라 그것도 그러네요. 바르크하트에게 감사해야 하나? 하하.

로테 이모 내 생각에는 처녀의 부모도 대단한 것 같아요. 자식이 원하는 삶을 지지하고 뒷받침한 거잖아요.

약손할배 맞아요. 말은 쉽지만 실제로는 어려운 일이지요.

연이 이 이야기가 성 정체성 문제와도 관련되는 것처럼 생각돼요.

뭉이쌤 생물학적인 성 못지않게 중요한 게 자기 정체성이야. 가장 자기다운 모습을 찾아서 자기답게 살아야 행복한 법이지. 성별이나 계급, 지위 같은 틀에 갇히면 삶이 쪼그라들게 돼.

세라 제 생각에 바르크하트가 그런 사람 아니었나 싶어요.

퉁이 그 호기심을 생산적인 일에 썼으면 좋았을 것을. 왕이니까 국정을 혁신하는 일 같은 데요.

연이 오오, 이 발언 멋있었다.

세라 왕의 발견인가? 퉁이야. 네 안의 왕 잘 키워봐.

퉁이 네, 여왕님!

세라 에고, 이번에는 연이가 이야기 하나 해봐.

퉁이 거봐요. 맞잖아. 여왕님처럼 척 지시하는 거.

제가 영국에서 구전돼 온 이야기를 하나 해볼게요. 당찬 여자아이가 등장하는 이야기예요. 이 이야기를 처음 만났을 때 진짜로 반가웠답니다. 들어보시면 왜인지 아실 거예요. 긴 설명 안 하고 바로 시작할게요.

내 이름은 몰리 후피

*

영국 민담

옛날에 자식이 많은 부부가 있었는데 집이 무척 가난했어요. 아무리 열심히 일해도 먹고살기가 어려웠던 부부는 입을 줄여야겠다고 생각했답니다. 부부는 제일 어린 세 자매를 멀리 숲에 버리고 돌아왔어요. 죽든 살든 알아서 하라면서요.

세 자매는 낯선 숲길을 걷고 또 걸었지만, 쉴 곳은 좀처럼 보이지 않았답니다. 배가 고파 쓰러질 지경인데 날은 점점 어두워지기 시작했죠. 그때 멀리 구원처럼 불빛이 나타났어요. 소녀들이 다가가 보니까 무척 커다란 집이었답니다. 문을 두드리자 한 여자가 나와서 고개를 빼꼼 내밀었어요.

"아주머니, 제발 안으로 들어가게 해주세요. 너무 힘들고 배가 고파요."

그러자 여자가 얼굴을 찌푸리면서,

"그냥 돌아가라. 여기 들어오면 너희는 절대 무사하지 못해. 내 남편이 아주 무서운 거인이거든. 지금은 잠깐 나가서 집에 없지만, 곧 돌아올 거야."

하지만 소녀들은 포기하지 않고 매달렸어요.

"잠시만이라도 들어가서 쉬게 해주세요. 남편분이 오기 전에 떠나면 되잖아요."

그렇게 사정하니까 여자는 어쩔 수 없이 소녀들을 안으로 들여 따뜻한 난로 옆에 앉아 몸을 녹이게 했어요. 빵과 우유도 가져다 줬답니다. 하지만 아이들이 빵을 집어 들기가 무섭게 쿵 소리와 함께 문이 활짝 열렸어요.

"이 맛있는 냄새는 뭐지? 사람 냄새군. 어디 보자. 세 마리? 좋았어!"

"여보, 이 아이들은 그냥 둡시다. 우리 딸들 또래잖아. 빵만 먹고서 떠날 거야."

"어허, 멀리서 찾아온 손님을 그냥 보내면 되나. 근처에 집도 없는데 재워줘야지. 얘들아, 실컷 먹고 여기서 푹 자도록 해라. 우리 딸들하고 말야."

그래서 소녀들은 그 집에서 자게 됐답니다. 거인의 세 딸과 함께요. 하루 종일 걷느라 피곤했는지 언니들은 곧 잠이 들었어요. 하지만 막내인 몰리 후피는 달랐답니다. 거인이 뭔가를 꾸미고 있다는 걸 눈치챘죠. 몰리가 자는 척 눈을 감고 있으니까 거인이 다가와서 목에 새끼줄을 감았어요. 그때 몰리가 깰 것처럼 뒤척이니까 흠칫 물러났답니다.

몰리는 정신을 바짝 차리고 계속 깨어 있었어요. 시간이 흘러서 다들 잠이 들자 몰리는 소리 없이 살짝 일어나서 언니들 목을 살펴봤어요. 역시나 거기에도 새끼줄이 감겨 있었답니다. 거인의 딸들 목에는 황금줄이 감겨 있었죠. 몰리는 새끼줄과 황금줄을 살짝 바꿔놓았어요. 언니들 것까지 전부 다요. 그러고서 다시 자리에 누웠답니다.

한밤중이 되자 거인이 커다란 몽둥이를 들고 와서 아이들의 목을 더듬기 시작했어요. 황금줄이 있는 아이는 놔두고 새끼줄이 잡히는 아이는 몽둥이로 쾅! 비명 소리도 내지 못하고 거인의 세 딸이 차례로 죽었어요. 계속 안 자고 깨어 있던 몰리는 무슨 일이 벌어지고 있는지 똑똑히 알았죠. 언니들은 아무것도 모르고 쿨쿨. 거인은 순식간에 일을 처리하고는 만족해서 다시 잠자리에 들었답니다.

거인이 곤히 잠든 것을 확인한 몰리 후피는 언니들을 흔들면서 속삭였어요.

"어서 일어나! 여기 있으면 죽어."

언니들도 막내가 영리하다는 걸 잘 알아요. 소녀들은 자리에서 일어나 조용히 현관을 빠져나온 뒤 걸음을 서둘렀답니다. 앞이 잘 보이지 않았지만 무작정 가고 또 갔어요. 그러다 동이 터오자 온 힘을 다해서 달리고 또 달렸죠. 그렇게 한참을 가니까 소녀들 앞에 아주 커다란 저택이 나타났습니다. 소녀들은 다가가서 문을 쿵쿵 두드린 뒤 그대로 쓰러졌어요.

소녀들이 정신을 차려보니까 낯선 방 안이었어요. 세 자매를 내려다보고 있는 사람은 다름 아닌 왕이었답니다. 그 저택이 왕궁이었던 거예요.

"어떻게 된 일인지 말해줄 수 있겠니?"

그러자 소녀들은 그간의 일을 차근차근 이야기했어요. 거인의 집에서 밤중에 일어난 일은 몰리 후피가 생생하게 들려줬지요. 왕이 사정을 다 듣더니,

"그 거인이 누구인지 안다. 아주 무서운 괴물이지. 거기서 살아나온 건 너희들이 처음일 게다. 대단한 일을 한 거야. 특히 몰리 후피, 정말 훌륭해."

그러자 몰리가 말했어요.

"긴장했지만 무섭진 않았어요. 안 당할 자신이 있었거든요. 다시 가도 마찬가지예요."

그러니까 왕이 깜짝 놀라면서,

"진짜로 다시 해낼 수 있어? 그렇다면 한번 해보겠니? 실은 그 거인에게 굉장한 보물 세 가지가 있단다. 첫 번째 보물은 칼이야. 만약 네가 거기 가서 벽에 걸린 칼을 가져온다면 원하는 걸 들어주마."

"그럼 큰언니를 첫째 왕자님과 결혼시켜 주세요."

"너 말고 언니를? 재미있는 아이로구나. 좋다. 칼만 가져오면 네 큰언니를 큰며느리로 삼으마!"

그러자 몰리 후피는 곧바로 길을 떠났어요. 거인의 집에 도착한 몰리는 몰래 안으로 들어가서 침대 밑에 숨었답니다. 저녁때가 되

자 거인이 돌아와서 칼을 벽에 걸더니 저녁밥을 먹고 침대에 누웠죠. 얼마 있으니까 드르렁드르렁 코 고는 소리가 났어요. 하지만 몰리는 서두르지 않았어요. 날이 밝기 직전까지 조용히 기다렸죠. 밤중에 칼을 들고 뛰기는 어려우니까요.

내내 깨어 있던 몰리는 때가 되자 침대 밖으로 빠져나왔어요. 칼을 내리려면 거인을 타 넘어야 했죠. 몰리는 조심스레 거인 몸을 넘은 뒤 칼을 끌어 내렸습니다. 문제는 칼을 들고 다시 거인을 타 넘는 일이에요. 무게가 있으니까요. 몰리는 과감하게 거인을 뛰어넘고서 침대에서 뛰어내렸어요.

"덜그렁!"

칼에서 소리가 나자 거인이 몸을 벌떡 일으켰어요. 몰리 후피는 재빠르게 현관을 빠져나와서 달리기 시작했죠. 거인이 무서운 속도로 쫓아왔지만 몰리는 당황하지 않았어요. 요리조리 몸을 피하면서 달리고 달려서 실오라기 같은 외나무다리를 총총총총 건넜답니다. 낮에 봐뒀던 대로요.

거인은 다리를 건널 수 없었어요. 다리가 가늘어서 거인이 올라서면 무너지거든요. 거인은 건너편을 바라보면서 소리를 고래고래 질렀어요.

"이 녀석! 두고 보자. 내 손에 잡히기만 해봐라."

"두고 보자는 사람 하나도 안 무섭거든. 앞으로 두 번 더 찾아올 거니까 잘해봐. 너는 멍청이 거인, 나는 몰리 후피. 몰리는 스페인으로 갈 거라네. 안녕!"

하여튼 할 말 다 하면서 약을 올려요. 거인이 식식대 봤자 소용이 없죠. 몰리 후피는 유유히 콧노래를 부르면서 왕궁으로 향했답니다. 애가 진짜로 칼을 가져오니까 왕이 깜짝 놀랐어요. 왕은 약속대로 큰아들을 몰리의 큰언니와 결혼시켰어요. 결혼식이 끝나자 몰리가 왕에게 말했어요.

"두 번째 보물은 무엇인가요? 어서 말씀해 주세요. 가지러 갈 준비가 돼 있어요."

"거인이 잠잘 때 베개 밑에 넣어두는 지갑이란다. 가져오기 어려울 거야."

"할 수 있어요. 대신 지갑을 가져오면 작은언니를 둘째 왕자님과 결혼시켜 주세요."

"오냐. 약속하마."

그래서 몰리는 다시 거인 집에 가게 됐어요. 몰리는 다시 침대 밑에서 밤을 꼬박 새운 뒤 날이 밝기 직전에 거인이 베고 있는 베개 밑으로 손을 밀어 넣었죠. 거인이 흠칫하면서 몸을 뒤척! 하지만 몰리는 멈추지 않았어요. 손을 쑥 집어넣어서 지갑을 쏙 꺼냈답니다. 거인이 놀라서 일어났을 때는 벌써 현관을 나서고 있었죠.

이어서 지난번과 같은 일이 벌어졌어요. 커다란 거인이 식식대면서 어린 소녀를 쫓아가는데 마치 공룡이 생쥐를 쫓는 격이었죠. 몰리는 잡힐 듯 말 듯 쏙쏙 빠져나갔어요. 이번엔 칼이 없으니까 몸이 더 가볍고 자유로웠죠. 몰리는 다시 실오라기 같은 다리를 총총총총 건너갔답니다.

"몰리 후피! 어디 두고 보자. 다음에는 꼭 너를 잡아서 박살을 내버릴 거다."

"그러면 내가 무서워할 줄 알고? 멍청이 거인아, 한 번 더 올 거니까 그땐 잘해봐. 꿈 많은 소녀 몰리 후피는 스페인으로 갈 거라네. 안녕!"

몰리는 거인의 지갑을 들고 왕궁으로 돌아왔어요. 거기 돈이 어찌나 많았는지, 그 지갑 덕분에 나라 경제가 살아나게 됐죠. 왕은 약속대로 몰리의 작은언니를 둘째 왕자와 결혼시켰답니다. 그러고선 몰리에게 말했어요.

"세 번째 보물도 가져올 생각이겠지?"

"물론이죠. 보물이 뭔지 알려주세요."

"이번에는 진짜 어려울 거야. 거인의 손가락에 있는 반지가 세 번째 보물이란다. 만약 반지를 가져온다면 너를 셋째 왕자와 결혼시키도록 하마. 어떠니?"

"좋아요. 그리고 하나 더요. 우리를 원하는 곳으로 보내주세요. 더 큰 세상으로 갈 거거든요."

그러니까 왕이 고개를 끄덕이죠. 안 보내도 알아서 갈 사람인걸요 뭐. 몰리 후피는 다시 거인의 집으로 가서 침대 밑으로 숨어들었답니다. 그리고 날이 밝기 직전에 거인에게 다가가서 손에 있는 반지를 빼기 시작했어요. 하지만 반지는 쉽게 빠지지 않았답니다. 있는 힘을 다 써서 겨우 반지를 뺐지만 몰리는 몸을 움직일 수 없었어요. 거인에게 꽉 잡혀버린 거예요.

"으하하하, 드디어 잡았군. 요 녀석, 이제 네가 당할 차례다!"

"나를 어떻게 할 건데요? 방법은 있어요?"

"만약 네가 나라면 어떻게 할 거냐?"

"저 같으면 당신을 커다란 자루에 집어넣겠어요. 개와 고양이와 함께요. 아, 그리고 바늘과 실과 가위도요. 그 자루를 벽에 건 다음 숲에서 제일 두꺼운 통나무를 가져와서 분이 풀릴 때까지 마음껏 두들겨 팰 겁니다."

"크크크. 어리석은 것. 내가 너를 그렇게 해주마."

거인은 커다란 자루를 꺼내서 몰리 후피를 집어넣었어요. 개와 고양이, 바늘과 실과 가위도요. 거인은 자루를 묶어서 벽에 걸어 놓은 다음 통나무를 구하러 숲으로 향했습니다.

그 자루 속에 가위가 있잖아요? 그걸로 자루를 째고 나오면 되는데 몰리는 그러지 않았어요. 자루 안에서 유쾌한 목소리로 노래를 불렀답니다. 그러다가 감탄하듯이 소리쳤어요.

"세상에, 이럴 수가! 이런 풍경을 나 혼자 보다니. 어떻게 이럴 수 있지? 굉장해!"

그 소리를 거인의 아내가 들었지 뭐예요. 사실은 아내가 있는 걸 알고서 한 말이에요.

"몰리 후피, 도대체 뭔데 그러니?"

"말로 표현할 수가 없어요. 이건 직접 봐야만 한답니다."

그러자 거인의 아내가 자기도 그걸 볼 수 있게 해달라고 했어요. 몰리는 가위로 자루를 찢고서 밖으로 나온 뒤 거인의 아내를

대신 들어앉혔어요. 찢어진 부분은 실과 바늘로 다시 꿰맸지요. 안에서 거인의 아내가 중얼대기 시작했어요.

"도대체 여기 뭐가 있다는 거야?"

"조금만 기다리면 시작될 거예요."

그때 거인이 통나무를 들고 들어왔어요. 몰리는 문 뒤로 살짝 숨었죠. 거인은 자루로 다가가서 다짜고짜 통나무로 자루를 때리기 시작했답니다. 아내의 눈에서 별이 번쩍번쩍. 멈추라고 소리쳤지만 개와 고양이가 시끄럽게 우는 바람에 거인은 아내의 말을 알아듣지 못했어요.

"몰리 후피, 요 녀석! 맛이 어떠냐?"

그때 몰리가 문 뒤에서 쏙 나오면서,

"아저씨, 지금 뭐 해요? 부인을 왜 때리는데요?"

거인이 놀라서 어안이 벙벙. 자루 안에서 당장 자기를 꺼내라고 소리치는데 그게 아내 목소리지 뭐예요. 거인이 자루를 내리는 사이에 몰리 후피는 유유히 현관을 빠져나갔답니다. 반지를 손에 들고서요. 그게 절대반지 비슷한 건가 봐요.

거인이 몰리 후피 뒤를 쫓아갔지만 잡을 턱이 없지요. 몰리가 실오라기 같은 외나무다리를 총총총총 건넌 뒤 거인에게 소리쳤어요.

"이제 게임은 다 끝났다네. 이 멍청한 거인아, 다시는 나를 볼 수 없을 거야. 나는 스페인으로 가서 영원히 안 돌아올 거거든. 그럼 안녕!"

왕궁으로 거인의 반지를 가져온 몰리 후피는 막내 왕자와 멋진 결혼식을 올렸어요. 그 뒤로 그 거인을 다시 만날 일은 없었답니다. 또 다른 거인들이라면 혹시 몰라도요. 아마 스페인에도 거인은 있을 테니까요.

이야기에 대한 이야기

연이 퉁이 엄지 세라 뀨 아재 로테 이모 뭉이쌤 약손할배

퉁이 재미있다. 몰리가 진짜 스페인으로 간 거야?

연이 그렇지 않겠어? 한다는 일은 다 하는 아이니까.

뀨 아재 몰리 후피니까!

뭉이쌤 몰리 후피는 큰 세상을 마음껏 누벼야 할 큰 사람이야. 예전에는 스페인이 대단한 강국이었지. 무적함대로 전 세계를 누비던 대제국.

퉁이 아, 그래서 스페인이군요. 이제 이해했어요.

세라 몰리 후피가 영리하기도 하지만 기세가 참 대단한 것 같아. 거인을 피하지 않고 맞서잖아.

약손할배 옛말에 호랑이를 잡으려면 호랑이굴로 가야 한다고 했죠.

퉁이 몰리가 거인에게 자기를 이길 수 없다는 걸 확실히 해두는 것 같았어요.

연이 맞아. 일부러 자루 안에 앉아 있었던 것도 그렇고.

엄지 거인의 아내는 불쌍한 것 같아. 어떻든 세 자매를 도와줬는데.

세라 나도 그런 생각을 했어. 쌤, 왜 그 장면이 필요했던 걸까요?

뭉이쌤 글쎄요. 거인에게 공연히 남을 죽이려 들면 결국 자기를 죽이는 꼴이 된다는 걸 알려주는 과정 아닐까요?

로테 이모 그렇구나. 거인이 또 누구를 죽이려고 하면 아내가 가만있지 않았겠네요.

퉁이 몰리가 스페인에서 펼쳤을 또 다른 거인들과의 대결이 궁금해요. 아주 많은 이야기가 있었을 거예요.

뀨 아재 거인 사냥꾼!

뭉이쌤 몰리 후피라면 수많은 거인들을 물리치고 세상을 지배했을 거예요. 개인적으로 몰리에게서 경영자 모습을 보게 됩니다. 세계 경영자.

세라 어쩌면 거인의 지갑이라는 화소도 경제 경영과 관련될 수 있겠어요.

뀨 아재 연이 낭자가 중간에 경제 이야기를 살짝 했었죠.

퉁이 연이, 너 천재였구나. 나랑 같이 세계 경영? 오케이?

연이 흠, 생각해 보고. 사실 나는 지갑보다 반지가 탐났어. 왕이 그 반지를 몰리에게 줘야 한다고 생각해.

퉁이 절대반지를 소유한 소녀 경영자, 멋지다.

뭉이쌤 실은 몰리 후피가 이미 반지를 가지고 있다고 볼 수 있지. 지혜와 행동력, 상상력, 다 있잖아?

퉁이 우리에게도 있어요. 옛이야기라는 절대반지요. 옛이야기 반지 군단! 가자, 세계로!

storytelling time

나도 이야기꾼

기본 스토리텔링

이번 스테이지에서 만난 이야기 중 가장 마음에 드는 것을 골라서 다음과 같은 단계로 스토리텔링 활동을 해보자.

step 1: 책에 쓰인 그대로 이야기를 소리 내어 읽는다.

step 2: 책에 쓰인 그대로 이야기를 소리 내어 읽되, 가상의 청자에게 말해주듯이 읽는다.

step 3: 청자에게 이야기를 전달하되, 틈틈이 책을 참고한다.

step 4: 청자에게 이야기를 전달하되, 책을 참고하지 않는다.

step 5: 청자에게 이야기를 전달하되, 표현과 내용을 조금씩 자신의 방식대로 바꿔본다.

step 6: 완전히 내 것이 된 이야기를 구연 환경과 청자의 성향에 맞춰 내용과 표현을 자유자재로 조절하며 전달한다.

이야기별 재창작 스토리텔링

다음은 이번 스테이지에서 만난 이야기들에 대한 활동거리이다. 이 중 하나를 골라 스토리텔링 활동을 해보자.

<천방지축 코요테>

① **캐릭터 탐구하기:** 수많은 동물 가운데 왜 코요테가 세계 창조와 변형의 주역으로 이야기되는 것일까? 코요테의 특성과 작중 캐릭터의 연결성을 탐구해 보자.

<토끼의 종>

② **노랫말에 곡 붙이기:** 이야기에 나오는 토끼의 노래 부분에 곡을 붙여보자. 흥얼거리는 형태의 단순한 곡도 좋다.

③ **인물 캐릭터 제작하기**: 〈북 치는 소년〉 이야기를 찾아서 읽어보고 북 치는 일과 종 치는 일의 공통점과 차이점을 찾아보자.

<장화 신은 고양이>

④ **인물 캐리커처 그리기:** 장화 신은 고양이 캐릭터 특성을 살려 캐리커처를 그려보자. 특히 장화와 얼굴 표정을 강조하도록 한다.

⑤ **재창작 작품에 대해 토론하기:** 애니메이션으로 제작된 〈장화 신은 고양이〉를 찾아보고, 캐릭터와 스토리의 재창조가 얼마나 잘 이루어졌는지 토론해 보자.

<꾀 많은 빨간 여우>

⑥ **심리적 의미 해석하기:** 빨간 여우가 청년의 내면 심리를 나타낸다는 관점에서 구체적으로 어떤 심리 특성이 반영됐다고 볼 수 있을지 풀이해 보자.

<용감한 꼬마 재봉사>

⑦ **숨은 이야기 상상하기:** 꼬마 재봉사의 성장 과정을 상상해서 말해보자. 단, 캐릭터에 어울리는 특별한 일화를 포함하도록 한다.

<꾀보 하인 막동이>

⑧ **인물 평가하기:** 막동이가 행한 일들을 지지하는 사람과 비판하는 사람으로 나누어서 찬반 토론을 진행해 보자.

⑨ **이야기 상상하기:** 유기장수 또는 김 진사가 연못에서 살아나와서 막동이를 찾아온 상황을 가정하고 인물 사이에 오갔을 만한 대화를 재현해 보자.

<바실리사 바실리예브나>

⑩ **인물이 되어 편지 쓰기:** 바르크하트 왕이 바실리사가 남긴 편지에 대해 답장을 보냈다고 가정하고 그 내용을 작성해 보자.

<내 이름은 몰리 후피>

⑪ **문제 장면에 대해 토론하기:** 몰리 후피가 거인의 아내를 자루에 들어가도록 속여서 매를 맞게 한 상황에 대해서 이를 어떻게 이해하고 평가할지 이야기해 보자.

⑫ **버킷리스트 작성:** 몰리 후피가 집에서 버려지기 전에 자신의 인생 버킷리스트를 작성했다면 어떤 내용일지 만들어보자.

이야기 연계 스토리텔링

1. 세 인물의 공통점 찾기: 이 스테이지의 이야기 주인공들 가운데 서로 가장 비슷하다고 생각되는 세 명을 고르고, 어떤 부분이 공통점이라고 볼 수 있는지 말해보자. 세 인물 간의 차이점도 찾아보도록 한다.

2. 만약 다음의 인물들이 적으로 마주쳤다면 어떤 상황이 펼쳐졌을지 상상해서 이야기를 만들어보자. 하나의 일화나 장면만 구성해도 좋다.

   (1) 장화 신은 고양이 vs 종을 가진 토끼

   (2) 꼬마 재봉사 vs 몰리 후피

3. 이 외에 이야기들을 흥미롭게 연계할 수 있는 여러 가지 방법을 찾아보고 이를 토대로 다양한 스토리텔링 활동을 해보자.

stage 03

세계 각국 트릭스터 대전

풍운아 나나보조

알단의 아들 알다르 코세

대머리 소년 켈올란

페드로 데 우리데말라스

천재 바보 후안

괴짜 현자 딜라이라마

엉뚱한 처녀 기즈러르 허니

똑똑한 아이 토늑짜이

꾀주머니 동자승 잇큐

나는 언제나 방학중

노고할망

이 할망이 이야기 하나 해볼게. 아주 오래전의 이야기야. 북아메리카 원주민들 사이에서 신화처럼 전해온 이야기란다. 주인공은 나나보조야. 내가 예전에 친하게 지냈던 할망 노코미스의 손자란다. 노코미스가 아주 당돌한 아이를 손자로 뒀지. 한번 만나보자꾸나.

풍운아 나나보조

✷

북미 원주민 신화

옛날에 할머니 노코미스가 손자 나나보조와 함께 살았어. 어느 날 할머니가 손자를 부르더니,

"얘야, 머리카락에 바를 기름이 떨어졌구나. 할머니의 고운 머리카락이 빠지면 안 되겠지? 가서 기름을 좀 구해 오렴."

"알겠어요. 어디 가면 구할 수 있죠?"

"북쪽의 거대한 호수 밑바닥에 모든 물고기의 추장 메세나 마그와이가 산단다. 그 몸이 좋은 기름으로 가득 차 있지. 걔를 잡아 오면 돼."

나나보조는 자작나무 껍질로 카누를 만들고 참나무로 노를 만들어서 북쪽 호수로 떠났어. 호수에 도착한 나나보조는 크고 튼튼한 낚시를 던지면서 힘차게 소리쳤지.

"물고기의 추장 메세나 마그와이, 미끼를 물어라!"

소리를 들은 물고기 추장은 송어를 보내서 누군지 알아보게 했어. 그러자 송어가 올라와서 미끼를 척! 그게 아주 큰 송어거든.

웬만한 낚싯줄은 단번에 끊어버리고 카누까지 뒤집을 수 있는 애야. 하지만 쉽사리 당할 나나보조가 아니지. 힘을 꽉 줘서 송어를 끌어올리고는,

"이 추하고 보잘것없는 녀석은 뭐야? 너희 추장 겁먹었니? 메세나 마그와이 나오라고 해."

겨우 풀려난 송어가 그 말을 전하니까 물고기 추장이 창꼬치에게 말했어.

"이봐, 조카. 네가 나가서 손 좀 봐줘."

이번에도 아주 거대한 창꼬치야. 창꼬치가 미끼를 무니까 배가 출렁! 나나보조가 몸이 휘청하는 걸 겨우 버티고 낚싯대를 힘껏 끌어당겼지. 하지만 이번에도 물고기 추장은 아니었어.

"하찮고 불쾌한 것 같으니라고. 너희 추장이 무서워서 떠는 게 분명하군. 가서 겁쟁이라고 전해."

창꼬치는 즉시 호수 바닥으로 내려가서 추장에게 그 말을 전했어.

"아무래도 직접 맛을 보여줘야겠군."

메세나 마그와이는 천천히 물 위로 떠올랐어. 그러자 호수 전체가 부글부글 끓기 시작했지. 그의 몸이 솟구치니까 해일이 일어나서 주변을 휩쓸었단다. 물고기 추장은 나나보조가 상상한 것 이상이었어. 그가 고래라면 나나보조는 새우 정도밖에 안 돼. 메세나 마그와이는 카누를 탄 나나보조를 한입에 꿀꺽 삼켜버렸단다.

하지만 그건 메세나 마그와이의 실수였어. 나나보조가 그렇게 당할 녀석이 아니거든. 나나보조는 카누 위에 꼿꼿이 서서 모든

감각을 개방했어. 어디선가 쿵 쿵 쿵 소리가 들려왔지. 소리가 날 때마다 배 속이 온통 흔들흔들.

'이건 메세나 마그와이의 심장 소리가 분명해!'

나나보조는 쿵 쿵 쿵 소리가 나는 곳으로 다가가서 곤봉을 힘차게 휘둘렀단다. 물고기 추장이 겉은 철갑처럼 단단하지만 속은 안 그래. 회심의 일격을 정통으로 맞은 심장은 펑 소리와 함께 기능을 다했단다. 피가 폭포수처럼 쏟아져 내렸지. 물고기 추장이 명을 다한 순간이야.

문제는 물고기 추장이 입을 꾹 닫는 바람에 나갈 구멍이 없어졌다는 거야. 그 안에 갇혀서 죽을 판이지. 그때 누가 뭔가를 사각사각 갉아대는 소리가 들리지 뭐냐. 다람쥐가 메세나 마그와이의 몸을 열심히 갉고 있었지.

"멋지군! 더 힘을 내봐."

하지만 안에서 다람쥐가 갉는 것으로 부족했어. 나나보조는 밖을 향해서 크게 외쳤단다.

"나나보조가 물고기 추장 배 속에서 고한다! 누구라도 나서서 통로를 뚫어다오."

그 소리를 갈매기가 들은 거야. 갈매기는 발톱으로 물고기 추장의 몸을 갉기 시작했어. 다람쥐가 안에서 갉는 방향으로 말이지. 마침내 다람쥐 이빨과 갈매기 발톱이 만나서 구멍이 퐁! 나나보조는 곤봉을 휘둘러서 구멍을 넓힌 뒤 카누를 타고 유유히 빠져나왔단다.

나나보조는 공을 세운 다람쥐와 갈매기에게 영예로운 호칭을 부여했어. 다람쥐는 '작지만 강력한 긁는 자', 갈매기는 '날개 달린 강력한 긁는 자'. 인디언식 이름이지.

할머니 노코미스가 메세나 마그와이의 몸을 잘라서 끓이니까 기름이 한없이 흘러나왔어. 어느 정도냐면 커다란 호수가 될 정도. 모든 여자들의 머리카락을 영원히 손질할 만한 양이었단다. 덕분에 노코미스는 고운 머리카락을 오래 간직할 수 있었지.

이런 일도 있었단다. 어느 날 노코미스는 나나보조를 내보내고서 단풍나무로 설탕을 만들고 있었어. 방법은 아주 간단했지. 단풍나무 구멍에 막대기를 꽂은 뒤 흘러내리는 수액을 그릇에 받는 거야. 그걸 말리면 설탕이 되는 거지. 그때 나나보조가 불쑥 들어와서 설탕을 맛보더니만,

"이렇게 맛있는 게 있다니! 할머니, 어떻게 만드는 거죠?"

노코미스가 방법을 설명하니까 노노보조가 어깨를 으쓱하면서,

"뭐야, 너무 쉽잖아요? 이렇게 귀한 걸 거저 얻으면 안 되지!"

나나보조는 단풍나무 꼭대기에 올라가서 줄기에 물을 부었어. 그래서 수액이 아주 묽어졌단다. 오랫동안 공들여 수액을 모으고 정성껏 끓여야만 설탕을 얻을 수 있게 된 거지.

그래서 잘된 건지 잘못된 건지는 나도 모르겠구나. 확실한 건 나나보조가 그렇게 사고를 쳐야만 하는 인간이었다는 거지. 사실 나나보조만의 일은 아니야. 사람이란 게 원래 다 그렇잖아?

다음은 나나보조와 대머리수리 사이에 있었던 일이야. 어느 날

나나보조는 길을 가다 대머리수리를 만나서 말을 건넸어.

"이봐, 친구! 하늘을 난다는 건 어떤 일일까? 내가 늘 꿈꾸는 게 훨훨 날아올라서 구름 사이에서 세상을 내려다보는 일이야. 나를 등에 태워서 하늘로 올려줄 수 있겠어? 힘들겠지?"

"친구가 원한다면 해줘야지. 높은 데서 아래를 내려다보는 건 아주 멋진 일이거든. 근데 내 등이 꽤 미끄러울 거야. 까딱하면 떨어진다고."

"좋았어! 꽉 잡으면 되지 뭐."

말은 이렇게 했는데 대머리수리 등이 정말로 매끄러운 거야. 붙잡을 곳도 없고 말이지.

"야, 진짜로 미끄러운걸. 이봐, 날개를 퍼덕대거나 비스듬히 날지 말고 부드럽게, 반듯하게 움직여 줘."

"그래, 나를 믿으라구. 우린 친구잖아."

대머리수리는 나나보조를 태우고 유유히 날아올랐어. 부드럽고 반듯하게, 안전하게 날았지. 나나보조는 하늘에서 세상을 내려다보면서 감탄을 연발했단다. 하지만 그건 잠깐이었어.

"어어, 이게 왜 이러지? 통제가 안 돼!"

이렇게 외치더니 대머리수리가 제멋대로 날기 시작한 거야. 왼쪽 오른쪽으로 몸을 비틀다가 나선형으로 날아오르더니 공중제비를 돌면서 아래로 쭉! 나나보조가 견디지 못하고서 아래로 쿵! 대머리수리가 날아오르면서 깔깔깔. 원래부터 나나보조를 골탕 먹일 속셈이었던 거야. 그동안 당한 게 많았거든.

나나보조 머리가 팽그르르 어질어질. 겨우 정신을 차리고 눈을 떠보니까 앞에서 둥그런 녀석이 자기를 보고 있지 뭐냐. 근데 눈도 코도 없고 밋밋해. 갑자기 냄새가 푸쉬쉬. 그게 다른 게 아니고 자기 엉덩이지 뭐야. 몸이 제대로 접힌 거지. 위에서 대머리수리가 계속 깔깔깔.

나나보조가 당하고서 가만있을 친구가 아니거든. 바로 행동에 나섰어. 하늘로 오르지 못하니 적을 땅으로 유인해야지 뭐. 나나보조는 커다란 사슴 시체를 찾아서 몸에 뒤집어썼어. 썩은 살 그대로 말이지. 고기 썩는 냄새가 풀풀풀. 대머리수리가 썩은 고기를 아주 좋아하거든. 사슴 썩는 냄새를 맡으니까 참지를 못하지.

'진짜 맛있겠군. 근데 저거, 함정 아닐까? 나나보조가 그런 녀석이잖아.'

대머리수리는 선뜻 내려가지 못하고 빙빙 돌면서 사슴을 지켜봤단다. 근데 썩은 고기를 좋아하는 동물들이 더 있거든. 걔들이 다가와서 썩은 사슴을 뜯어먹지 뭐냐. 향긋한 썩은 냄새가 풀풀풀. 이러다가는 이 좋은 음식을 눈앞에서 다 빼앗기게 생겼거든.

'아무리 살펴봐도 나나보조는 이 근처에 없어. 가자!'

대머리수리는 사슴 시체로 다가와서 눈알을 잡아 뜯었어. 꿀맛이지 뭐. 이어서 사슴의 입을 쫙 벌렸지. 그 안에 진짜 맛있는 게 있거든. 혀부터 시작해서 쩝쩝쩝. 머리가 안으로 쑥 들어갔을 때 갑자기 사슴의 턱이 꽉!

"어어, 이거 왜 이러지?"

"왜는 왜겠니? 죽은 사슴이 살아난 거지."

그게 나나보조 목소리지 뭐냐. 설마 애가 사슴 시체 속에 들어 있을 줄이야.

"이봐, 그대로 있을 거야? 그럼 숨 막힐 텐데? 어서 머리를 꺼내라구."

대머리수리가 머리를 빼내려고 몸부림쳤지만 꼼짝도 안 하지 뭐. 한참을 그렇게 버둥대고 있으니까 나나보조가 사슴 입을 살짝 벌렸어. 대머리수리는 온 힘을 다해서 머리를 빼냈지. 덕분에 겨우 살아나기는 했는데, 대신 머리와 목의 깃털이 다 벗겨졌지 뭐냐. 대머리가 돼버린 거야. 나나보조가 깔깔대면서,

"히야, 보기 좋다. 너에게 딱 어울려. 이젠 계속 그렇게 살아."

그때부터 그 친구가 대머리가 된 거란다. 대머리수리라는 이름도 생기고 말이지. 애가 그 전에는 멋진 머리 깃털이 있었거든. 그때는 꽤나 늠름했었지. 아, 대머리수리의 목에 붉은 주름이 흉하게 생겨난 것도 이때부터야. 공연히 나나보조를 잘못 건드렸다가 아예 종 자체가 바뀐 거지.

그런 녀석이 바로 노코미스의 손자 나나보조야. 그 할망이 손자를 아주 제대로 뒀지.

이야기에 대한 이야기

연이

퉁이

엄지

세라

뀨 아재

뭉이쌤

노고할망

동이

퉁이 할머니, 친구분이 손자 제대로 둔 거 진짜 맞아요? 완전 사고뭉치잖아요?

연이 그러게. 할머니가 일하는 것도 방해하고.

뀨 아재 재밌잖아? 유쾌하게 세상을 뒤집는 행동파 풍운아.

세라 세상을 뒤집은 건 맞아요. 나나보조 때문에 많은 게 바뀌었으니까요.

엄지 예전에 약손할배님이 해주신 마우이 이야기가 생각나요.

퉁이 오, 그러네! 둘이 만나면 아주 잘 맞겠어.

동이 한판 제대로 붙지 않을까? 그거 볼만하겠다.

세라 거대한 물고기도 그렇고 대머리수리도 그렇고…… 인간과 자연의 관계에 대한 이야기로 봐야겠죠?

뭉이쌤 내 생각엔 분명히 그래요. 나나보조가 물고기 추장 메세나 마그와이를 죽이고 기름을 얻는 일은 인간이 자연으로부터 필요한 걸 얻는 문명화 과정을 반영한다고 볼 수 있지요.

노고할망 거대한 창조의 역사지요.

퉁이 창조 신화였군요. 그냥 이상하고 재미있는 이야기라 생각했는데.

연이 마우이 신화도 무척 재미있었어. 마우이도 천방지축 풍운아.

세라 그래도 마우이는 영웅다웠어. 사람들을 위해서 움직이잖아? 거기 비하면 나나보조는 훨씬 자기중심적이야.

뭉이쌤 맞아요. 그런 면에서 나나보조는 트릭스터로 볼 수 있어요. 북미 인디언 설화는 트릭스터가 대세랍니다. 코요테와 갈까마귀, 거미 인간 이크토미, 베에호, 웨사캐착, 글로오스캅 등등 무척 많아요. 북미 원주민 트릭스터 이야기를 모은 책도 번역돼 있지요.

세라 그렇구나. 흥미롭네요. 사서 읽어봐야겠어요.

연이 이제 제가 이야기를 하나 해볼게요. 대머리수리를 타고 중앙아시아로 넘어와서요.

연이

카자흐스탄에서 아주 유명한 사람 이야기를 해볼게요. 아름은 알다르 코세예요. 알다르 쾨세라고도 해요. 카자흐스탄에서 국민 캐릭터 같은 존재래요. 머리가 잘 돌아가는 사람이고, 하고 싶은 일은 다 하는 사람이랍니다. 이번 이야기판 주제가 트릭스터잖아요? 알다르 코세가 딱 트릭스터 아닐까 싶어요.

알단의 아들 알다르 코세

✷

카자흐스탄 민담

옛날에 알단이라는 사람이 살았어요. 무척 순진하고 착실한 남자였답니다. 하지만 아주 가난했어요. 매번 사람들에게 이용당하기 일쑤였죠. 이름부터가 문제예요. 알단이라는 말이 '속는 자'라는 뜻이거든요.

알단은 평생 부자의 양떼를 돌보면서 살았답니다. 처음 일을 시작할 때 알단이 물었어요.

"양떼를 잘 돌보면 품삯으로 얼마를 주실 건가요?"

"충분한 시간 동안 충실히 일하면 한 마리가 백 마리로 늘어날 걸세. 다 자네 몫이야."

알단은 좋은 미래를 꿈꾸면서 몸을 아끼지 않고 열심히 일했어요. 하지만 충분한 시간은 잘 채워지지 않았답니다. 아주 많은 세월이 지나고 나서야 알단은 품삯을 받게 됐어요. 그런데 부자가 준 것은 달랑 양 한 마리였답니다.

"한 마리가 백 마리로 늘어난다고 했잖아요? 이제 백 마리 된 거 아니에요?"

"어허! 무슨 소리? 이 양이 새끼를 낳으면 두 마리가 되고 또 낳으면 네 마리가 되고 이렇게 하다 보면 백 마리로 늘어나는 거야. 말귀를 못 알아듣고 억지 부리면 안 되지."

부자가 이렇게 나오니까 기가 막히죠. 억울해서 관청에 찾아갔지만 관리는 제대로 말도 안 듣고 알단을 쫓아냈어요. 사제를 찾아가도 마찬가지였죠. 율법에 그렇게 적혀 있다면서 책을 내보이는 거예요. 알단은 글을 모르니까 뭐라고 말을 못 하죠. 이 사람 저 사람에게 도움을 청했지만 자기 편은 없었답니다. 다들 멍청이 취급을 할 뿐이었어요.

하지만 알단에게는 좋은 일도 있었어요. 바로 아들이 태어난 일이었답니다.

"애는 나처럼 살지 않게 하겠어. 네 이름은 알다르다."

알다르는 카자흐스탄 말로 '속이는 자'라는 뜻이에요.

"세상엔 사기꾼이 가득하단다. 나의 아기야, 그들에게 지면 안 된다. 글에 눌리거나 법에 당하지 마라. 가난한 사람과 한편이 되거라. 힘있는 자에게 속지 말고 속여넘겨라."

늘 그런 말을 들어서였을까요? 알다르는 아주 총명한 아이로 자라났답니다. 어느 날 알다르가 아버지에게 물었어요.

"누가 아버지를 속였는지 말씀해 주세요."

"부자가 품삯을 제대로 주지 않았어. 관리와 사제도 나를 도와주지 않았지. 장사꾼들도 나를 여러 번 속였단다. 게다가 의사도 무당도 정직한 사람들을 속이지."

"제가 여기저기 다니면서 모든 사기꾼들에게 복수하겠어요!"

알다르는 아버지 앞에서 단단히 맹세했어요. 그리고 평생 그 일을 멈추지 않았답니다.

알다르가 열 살이 막 지났을 때였어요. 알다르는 마을 장로들의 명으로 시장에서 당나귀 열 마리를 사 오게 됐답니다. 어리숙해 보이는 아이가 돈을 가진 걸 보고 한 상인이 접근해 왔어요. 상인은 알다르가 원하는 대로 당나귀 열 마리를 끌고 왔죠. 상인이 바가지를 씌우려고 머리를 굴리는데 알다르가 먼저 입을 열었어요.

"아저씨, 높은 곳에 앉아야 세상이 잘 보인댔어요. 아저씨가 고른 당나귀에 올라앉아 보세요."

상인이 무슨 말인가 싶어서 당나귀에 올라앉으니까,

"어때요, 훨씬 잘 보이죠? 이제 당나귀가 몇 마리인지 세어보세요."

상인이 그 말을 듣고서 당나귀를 헤아려 보니까 아홉 마리지 뭐예요. 자기가 올라탄 당나귀가 눈에 안 들어온 거예요. 여러 번 헤아렸지만 마찬가지였지요. 다른 나귀에 올라가 봐도 변한 건 없었어요.

"제가 어리다고 속이시면 안 되죠. 한 마리를 마저 채우면 값을 치르겠습니다."

상인은 계속 고개를 갸웃대면서 당나귀 한 마리를 더 끌고 왔어요. 머리가 혼란스럽다 보니 바가지를 씌우는 일도 잊어버렸죠. 결국 알다르는 당나귀 열 마리 값으로 열한 마리를 받아냈답니다. 한 마리는 알다르의 차지가 됐지요.

알다르가 더 크자 사람들은 그를 알다르 코세라고 부르기 시작했어요. 코세는 수염이 없다는 뜻이에요. 실제로 알다르는 수염이 자라지 않았답니다.

어느 날 알다르 코세는 길을 가다가 부자가 황소 두 마리를 끌고 밭을 가는 걸 봤어요. 밭 가는 동작이 아주 서툴렀죠. 얼굴이 벌게지고 땀이 줄줄. 알다르 코세가 웃으면서,

"자르티바이 어르신! 직접 밭을 갈다니 해가 서쪽에서 떴나요? 근데 그렇게 하면 힘만 들고 일이 안 될걸요."

"그럼 자네가 좀 시범을 보여줄 수 있겠나?"

"물론이죠."

부자는 속으로 씩 웃었어요. 그렇게 다른 사람을 공짜로 이용해 먹으려고 한 거예요. 기다렸다는 듯 쟁기를 넘겨주더니 풀밭에 누워서 그대로 쿨쿨. 알다르 코세는 곧바로 작업에 들어갔어요. 소들을 멀리 끌고 가서 숨겨놓고는 꼬리만 싹둑 잘라다가 밭에 단단하게 묻었답니다. 그러고 나서 부자를 깨우더니,

"어르신! 이게 무슨 일이죠? 부잣집 소는 원래 이런가요? 얘들이 펄쩍 뛰더니 땅속으로 쏙 들어가 버렸어요. 이렇게 꼬리만 남기고서요."

부자가 놀라서 살펴보니까 진짜로 소꼬리만 두 개 삐죽 나와 있지 뭐예요. 다가가서 꼬리를 잡아당기려고 하니까 알다르가 깜짝

놀라면서,

"어르신, 잡아당기지 마세요. 소꼬리 끊어집니다. 알아서 나올 때까지 기다려요."

하지만 부자는 그 말을 무시하고 꼬리를 확 잡아당겼어요. 그러자 꼬리가 툭!

"제가 뭐랬습니까? 난 몰라요. 얘는 그렇다 치고 쟤 꼬리는 정말 건드리지 마세요. 마저 잃어버리지 않으려면요."

이렇게 말하고 알다르 코세는 집으로 가버렸답니다. 숨겨뒀던 황소를 끌고서요. 부자는 하나 남은 소꼬리를 깜깜할 때까지 지키고 있었다고 해요. 근데 결국 그것도 잡아당기지 않았을까요?

시간이 흘러 어느 추운 겨울날이었어요. 알다르 코세는 늘 그렇듯이 구멍이 숭숭 뚫린 외투를 입고 집을 나섰답니다. 초원에는 칼바람이 씽씽 불고 있었죠. 추위에 몸이 덜덜덜. 그때 알다르 앞에 여우털 외투를 입은 부자가 말을 타고 나타났어요. 알다르가 유쾌하게 웃으면서,

"여, 안녕하십니까? 날씨가 참 포근하고 좋습니다."

구멍이 숭숭 뚫린 외투를 입고서 그렇게 말하는 거예요.

"추워서 몸이 오그라드는데 날이 좋다고요? 털외투를 입고도 이렇게 추운데, 당신 괜찮소?"

"이 외투의 가치를 모르시는군요? 구멍으로 찬 바람이 들어왔다가 다른 구멍으로 나가면서 몸에 온기를 남겨놓죠. 내가 추운 게 뭔지 모르고 산답니다."

부자가 생각하니까 그게 아주 신비한 외투지 뭐예요. 부자는 알다르에게 외투를 팔라고 했어요.

"무슨 말씀을요! 안 팝니다. 앞으로도 겨울 많아요."

그러면서 그냥 가려고 하니까 부자가 안달이 났어요.

"내가 이 털외투를 벗어 주고 가진 돈까지 다 주리다."

"안 해요. 타고 있는 말까지 주면 또 몰라도."

그러자 부자는 털외투와 돈을 건네고 말 고삐까지 건네줬어요. 그러자 알다르가 구멍 난 외투를 벗어 주더니,

"아이고 아까운 거! 그럼 따뜻하게 잘 지내시구려."

그러고는 말에 턱 올라타고 바람처럼 사라졌답니다. 부자가 진실을 깨닫는 데는 얼마 걸리지 않았죠. 거기서 구멍 난 외투를 입고 덜덜 떨다가 얼어 죽을 뻔했답니다.

하여튼 알다르 코세는 부자들을 그냥 두지 않아요. 한번은 알다르가 어느 부잣집에 가서 하룻밤만 재워달라고 하니까 부자가 마구간에서 자라고 하는 거예요.

"뭐 마구간도 좋지요."

알다르는 마구간에서 자는 척하다가 몰래 부잣집 지붕으로 기어 올라갔어요. 거기서 방 안으로 물을 쪼르륵쪼르륵 흘려보내기 시작했지요.

"어, 이게 뭐지? 웬 물이야?"

"크크크. 그게 물이 아니고 오줌이다, 이 녀석아! 귀신 오줌 맛이 어떠냐?"

그 물에서 지린내가 풍기는데 어찌나 독한지 부자가 숨 쉬기도 어려울 지경이에요. 그게 진짜 귀신인 줄 알죠. 그때 귀신이 말했어요.

"나는 산 사람의 몸이 필요하다. 네 몸을 줘. 안 그러면 계속 괴롭힐 거다."

부자는 그 말을 듣고서 좋은 꾀를 생각해 냈어요.

"제가 산 사람 몸을 드릴게요. 마구간에서 자는 사람의 몸을 가지세요. 아주 특급입니다."

"그래? 거짓말이면 박살 날 줄 알아!"

알다르는 지붕에서 내려온 뒤 마구간으로 해서 부자의 집으로 들어왔어요.

"특급이라더니 몸이 왜 이래? 옷이 엉망이라 춥잖아? 나 오늘 여기서 자야겠다."

이렇게 말하니까 부자가 그게 알다르가 아니라 귀신이라고 믿는 거예요. 귀신이 들어왔는데 거기서 잠을 잘 수는 없잖아요? 부자는 집을 알다르에게 내준 뒤 온 가족을 이끌고 밖으로 나갔답니다. 한밤중에 갑자기 갈 곳이 없다 보니 마구간에서 덜덜덜. 다음 날 귀신이 느지막이 나가는 걸 보고서야 겨우 집으로 들어왔죠. 그런데 집 안 탁자에 쪽지가 있지 뭐예요.

덕분에 편안히 잘 쉬고 갑니다. 감사.

\- 알다르 코세

부자는 그제야 자기가 속은 걸 깨달았답니다.

그래도 이 부자는 나은 편이에요. 근처에 또 다른 부자가 살았는데, 아주 인색하기 짝이 없었답니다. 다른 사람에게는 물 한 방울 안 줄 정도예요. 카자흐스탄에는 원래 손님을 잘 대접하는 문화가 있거든요. 그런데 이 부자에게 음식을 얻어먹은 사람이 단 한 명도 없었답니다. 알다르가 이 사람을 그냥 둘 수가 없죠.

부자는 집 근처에 사방으로 갈대를 깔아놨어요. 누가 그걸 밟으면 소리가 나잖아요? 그러면 득달같이 음식을 숨기는 거예요. 하지만 알다르 코세에게 그게 통할 리 없죠. 그는 갈대를 손으로 들어서 치우고 부자의 집으로 다가가서 안을 살폈어요. 불 위에는 가마솥이 끓고, 부자는 소시지를 만들고, 아내는 거위 털을 뽑고, 딸은 빵 반죽을 하고, 하녀는 양의 머리를 굽고 있었답니다.

알다르 코세는 '어험' 소리와 함께 집으로 쑥 들어갔어요. 부자가 깜짝 놀랐죠. 하지만 음식은 벌써 숨긴 뒤였답니다. 문소리가 날 때 순간적으로 다 숨긴 거예요. 그 방면에는 선수거든요.

"어서 오게, 알다르. 대접할 게 없어서 미안하군."

"네, 음식은 상관없어요. 그냥 이야기나 나누려고 왔거든요."

"그래, 아무 이야기든 해보게나."

"내가 여기 오면서 신기한 걸 봤지 뭡니까. 기다란 뱀이 길을 따라 기어가고 있었어요. 뱀이 나를 보고 쉬쉬 소리를 내더니 몸을 동그랗게 웅크리면서 똬리를 틀었어요. 지금 어르신 옷 속에 있는 소시지처럼 말이죠. 나는 저기 하녀가 깔고 앉은 양 머리처럼 생긴 돌을 집어서 뱀에게 던졌죠. 그러자 뱀은 따님 치마 아래에 있는 반죽처럼 납작해졌어요. 만약 내 말이 거짓이라면 부인 등 뒤에 있는 거위처럼 나를 잡아 뜯어도 좋습니다."

그러자 부자는 얼굴이 새빨개졌어요. 옷 속에 숨겼던 소시지를 꺼내더니 가마솥 안에 첨벙. 그가 손짓하자 안주인과 하녀도 거위와 양 머리를 가마솥에 넣었답니다. 부자가 소리쳤어요.

"가마솥아, 다섯 달 동안 끓도록 해라."

그러자 알다르 코세가 소리쳤어요.

"내 신발아, 열 달 동안 쉬도록 해라."

그러더니 거기가 자기 집인 양 네 활개를 펼치고 누워서 코를 고는 거예요. 몇 시간이 지나도 일어날 줄 몰랐죠. 결국 부잣집 식구들도 할 수 없이 자리에 누웠어요. 다들 잠이 들자 알다르는 살짝 일어나서 가마솥에 든 음식들을 깨끗이 먹어치우고 주인 딸의 가죽 장화를 잘라서 솥에 넣었답니다.

아침에 잠에서 깬 부자는 알다르를 놔두고 다른 식구들을 깨워서 은밀히 식사를 시작했어요. 하지만 고기가 너무 질겨서 씹을 수가 없었죠. 괜히 이빨만 부러질 뻔했답니다. 그게 장화 조각이니 그럴 수밖에요.

부자는 고기를 포기하고 빵을 꺼냈어요. 그런데 미처 입에 넣기도 전에 알다르가 떡 일어나더니,

"어르신, 좋은 아침입니다."

부자는 뜨거운 빵을 재빨리 품속에 숨겼어요. 그때 알다르 코세

가 다가가더니,

"어르신, 이제 돌아갈까 해요. 감사했습니다."

이렇게 말하면서 부자의 몸을 꼭 껴안았답니다. 뜨거운 빵이 가슴을 누르니까 견딜 수가 없죠. 결국 참지 못한 부자가 빵을 꺼내 알다르 코세에게 던지면서,

"이거 먹고 숨이나 막혀라."

"이렇게 고마울 수가! 진짜 맛있어요. 이토록 친절하시니 더 있어야겠어요."

그러면서 알다르 코세는 그 집에 꾹 눌러앉았답니다. 진짜 열 달 동안 있을 것 같은 기세였죠. 아무리 어르거나 달래도 샐샐 웃기만 할 뿐 꼼짝할 생각을 안 해요. 부자는 거의 미칠 지경이었죠. 그런데 어느 날 아침 부자가 일을 하러 나가려고 서두를 때 알다르가 뜻밖의 말을 하는 거예요.

"이제 떠나겠어요. 그동안 감사했습니다. 또 올게요."

"알겠네. 어서 가. 다시 오지 않아도 되네."

그때 알다르가 신발을 꺼내서 살펴보더니,

"이런! 장화가 찢어졌네. 혹시 비즈를 내어줄 수 있나요?"

비즈가 뭐냐면 큰 바늘이에요. 부자가 밖으로 나가면서 안에 대고 소리쳤어요.

"여보, 알다르에게 비즈를 내어주도록 해."

부자의 아내가 듣더니 무슨 소리인가 해요. 자기 딸 이름이 비즈였거든요.

"들으셨죠? 어르신이 나에게 비즈를 내어주라고 했어요."

그러자 안주인이 믿기지 않아서 저 멀리 가고 있는 남편을 부르며 소리쳤어요.

"여보! 알다르에게 비즈를 주라고 했어요?"

"그래! 어서 비즈를 줘. 알다르가 떠날 수 있도록 말야."

그러자 안에서 그 말을 들은 딸이 말했어요.

"들었죠, 엄마? 나 이 사람하고 떠나겠어요."

어찌 된 일이냐고요? 그동안 비즈는 앞뒤 꽉 막힌 구두쇠 아버지 곁을 떠나는 게 소원이었던 거예요. 그래서 알다르 코세는 부자의 딸과 그곳을 떠나서 함께 살게 됐답니다.

알다르 코세가 부자들을 골탕 먹인 일은 이것 말고도 아주 많아요. 다들 이름만 들어도 고개를 흔들 정도였죠. 하지만 그가 늘 성공한 것은 아니었답니다.

그때 카자흐스탄에는 쥐렌세라는 사람이 있었어요. 최고의 현자로 인정받고 있었죠. 하지만 알다르 코세를 이길 수는 없었답니다. 무슨 시합을 하든 승자는 알다르였어요. 어느 날 두 사람은 부자를 골탕 먹이는 일로 내기를 했는데, 이번에도 승리는 알다르의 것이었죠. 그 보상으로 알다르는 쥐렌세의 말을 끌고 가게 됐어요.

알다르 코세가 말을 타고 냇물을 건너려 할 때였어요. 한 여자가 포대기에 싸인 아기를 안고 물가를 서성이고 있었답니다. 알다르가 또 그런 걸 그냥 지나치지 못하거든요.

"아주머니, 아기를 이리 주세요. 제가 말에 태워서 건널게요."

"아뇨! 이 아이는 내 품에서 벗어나면 쉼 없이 운답니다."

"그래요? 그렇다면 아주머니가 아기를 안고 말에 타세요. 나는 걸어서 건너죠 뭐."

그러자 여자는 생글 웃으면서 아기와 함께 말에 올라탔어요. 알다르는 몸을 적시면서 뒤를 따랐죠. 그런데 물을 다 건넜을 때 여자가 포대기를 강물에다 홱 던지지 뭐예요. 알다르가 깜짝 놀라서,

"앗! 이게 무슨 짓입니까?"

그러면서 엉겁결에 포대기를 받았는데, 이게 뭐예요? 포대기 안에 든 건 아기가 아니라 돌돌 만 이불이었답니다. 여자가 웃으면서,

"나는 쥐렌세의 아내 카라샤쉬랍니다. 말은 내가 회수해 갈게요. 하지만 너무 좌절하지 마세요. 턱수염과 콧수염이 자라난 뒤 찾아오면 드릴 테니까요. 안녕!"

그 말을 남기고서 카라샤쉬는 말을 휘리릭 달려서 사라졌답니다. 졸지에 철부지 어린아이 신세가 된 알다르는 매끈한 턱을 한 번 쓱 쓸어내렸다고 해요.

이야기에 대한 이야기

연이

퉁이

엄지

세라

뀨 아재

로테 이모

뭉이쌤

동이

퉁이 재미있는 사람이다. 쌤, 알다르 코세도 트릭스터 맞죠?

뭉이쌤 그래. 전형적인 트릭스터라고 볼 수 있지.

연이 다른 일화들이 더 있는데 제가 많이 간추렸어요.

뭉이쌤 그래, 트릭스터 이야기는 다양한 일화들로 구성되는 경우가 많지.

세라 카라샤쉬에 대한 내용을 맨 뒤에 배치한 건 연이의 감각?

연이 네. 알다르 코세가 단순한 술수에 넘어가는 게 재미있었어요. 왠지 다정하게 다가오기도 했고요.

뀨 아재 알면서 속아준 건지도 몰라.

로테 이모 설마! 상대를 모르고 얕잡아 본 거겠죠. 카라샤쉬가 그걸 노린 거고요.

동이 로테 승, 뀨 1패!

로테 이모 뀨 씨, 수염 자라나면 찾아오세요. 그때 도전 받아줄게요.

뀨 아재 넵, 카라샤쉬님.

엄지 하하. 이야기 속 인물에 우리를 연결시키는 게 재미있네요.

뭉이쌤 그래. 이야기 속 인물과의 연결을 통해 자기 넓히기가 가능하지. 트릭스터처럼 독특한 인물일 경우 확장이 더 효과적으로 이루어질 수 있어. 그동안 몰랐던 나의 새로운 모습을 찾는 식으로 말이지. 좀 어려울까?

엄지 조금은 알겠어요. 알다르 코세가 부자를 골탕 먹일 때 통쾌하면서 힘이 났거든요.

퉁이 저는 원래 몸으로 밀어붙이는 스타일을 좋아하는데, 알다르 코세가 머리를 써서 문제를 해결하는 걸 보면서 느낀 게 많아요.

뭉이쌤 그래. 그렇게 감각을 넓혀나가는 거야.

로테 이모 그럼 이번엔 제가 다른 트릭스터 인물 이야기를 하나 해볼게요.

로테 이모

내가 한때 튀르키예에서 살았었거든요. 튀르키예 사람들이라면 다 아는 이야기 주인공이 있답니다. 바로 대머리 소년 켈올란이에요. 꾀가 아주 많고 남을 골탕 먹이는 데 선수지요. 튀르키예에는 켈올란을 주인공으로 한 동화책이나 애니메이션도 많답니다. 켈올란 이야기는 종류가 무척 다양한데, 몇 가지만 뽑아서 해볼게요.

대머리 소년 켈올란

*

튀르키예 민담

옛날 한 마을에 부부가 살았는데, 다 늙도록 자식이 없었어요. 부부는 예쁜 아이를 하나 갖는 게 평생 소원이었지요. 어느 날 마을 축제를 마친 뒤 부부는 자식을 청하는 기도를 밤새도록 드렸어요. 그때 남편이 이렇게 말했답니다.

"하느님, 제발 저희에게 자식을 내려주세요. 그러면 저는 죽어도 좋습니다. 눈먼 아이도 좋고 대머리 아이라도 좋습니다."

그러고 나서 얼마 되지 않아 정말 아내가 아이를 임신했어요. 하늘이 소원을 들어준 거지요. 하지만 남편은 병이 들어서 아기 얼굴도 못 보고 세상을 떠났답니다. 아주 예쁘고 빛나는 아기를 말이에요. 하지만 아이는 머리털이 하나도 없었답니다. 엄마는 아이 이름을 켈올란으로 지었어요.

켈올란은 잘생긴 소년으로 자라났어요. 하지만 여전히 머리카락은 없었답니다. 매끈한 머리가 햇빛에 반짝반짝. 머리카락이 없는 대신 머리는 아주 잘 돌아갔어요. 동작도 누구보다 민첩했답니다.

수수께끼 시합이든 술래잡기든 켈올란을 이길 사람은 없었지요.

그래서인지, 친구 가운데 유독 켈올란을 괴롭히는 아이가 있었어요. 이름은 에르다나예요. 켈올란을 아버지 없는 대머리라고 놀리고, 놀이라는 핑계로 폭력을 쓰곤 했답니다. 어느 날 등 뛰어넘기 놀이를 할 때 에르다나는 일부러 무거운 몸으로 켈올란의 등을 콱 찍어 눌렀어요. 켈올란이 넘어지면서 비명을 지르니까,

"실수! 근데 너 너무 힘없는 거 아냐? 하하하."

대놓고 놀리는데 그냥 넘어갈 켈올란이 아니지요.

"이봐, 너희들 저기 나무 밑에서 낮잠 자는 씨름꾼 모자에 깃털을 꽂을 수 있어? 그 정도는 돼야 힘이 있다고 할 만하지."

그 씨름꾼이 아주 무서운 사람이거든요. 다들 겁을 내죠. 에르다나가 말했어요.

"켈올란, 네가 먼저 시범을 보여봐. 그러면 나도 하겠어."

"그 정도는 우습지!"

켈올란은 거위 깃털을 들고 씨름꾼에게 다가갔어요. 켈올란이 모자에 깃털을 꽂으려고 할 때 씨름꾼이 눈을 번쩍 뜨고 켈올란의 팔을 움켜쥐면서,

"너 지금 뭐 하는 거냐?"

그러자 켈올란이 활짝 웃으면서,

"이 깃털 좀 보세요. 이게 날아와서 아저씨 눈을 찌르려고 하지 뭐예요. 그래서 제가 이걸 잡았어요. 멋진 얼굴에 티끌 하나라도 묻으면 안 되잖아요."

말이 청산유수예요. 씨름꾼이 들어보니까 그게 또 귀여운 거예요. 그는 켈올란을 번쩍 들어 어르면서 나중에 콩과 사탕을 주겠다고 했어요. 켈올란이 웃으면서,

"좋아요! 이 거위 깃털은 아저씨 모자에 꽂을게요. 또 아저씨를 귀찮게 하면 안 되니까요."

모자에 깃털이 있으면 멋지잖아요? 씨름꾼은 켈올란이 하는 대로 놔뒀어요. 덕분에 켈올란은 임무를 완수할 수 있었답니다. 그걸 멀리서 보니까 둘이 옥신각신하다가 아이가 어른을 제압하는 것처럼 보였지요.

켈올란이 성공하고 돌아오자 할 수 없이 에르다나가 나섰어요. 얘가 까마귀 깃털을 들고서 다가가니까 씨름꾼이 커다란 눈을 부릅! 에르다나는 에라 모르겠다 하면서 무작정 깃털을 들이밀었어요. 그게 될 리 없지요. 씨름꾼이 얘를 번쩍 들어 올렸다가 쿵! 어찌나 아픈지 내장이 다 터질 정도였대요. 그 뒤로 감히 켈올란을 무시하는 아이는 없었답니다.

어느 날 켈올란은 집에 있는 당나귀를 내다 팔게 됐어요. 켈올란이 막 시장으로 들어가려 하는데 한 사람이 다가오더니,

"당나귀를 팔려고 나왔구나. 내가 특급 정보를 하나 알려주마. 꼬리하고 귀를 자르면 훨씬 좋은 값을 받을 수 있단다."

그러자 켈올란은 그 말대로 당나귀의 꼬리와 귀를 자르고서 시장으로 들어갔어요. 그랬더니 사람들이 손가락질하면서 비웃는 거예요. 귀도 없고 꼬리도 없는 당나귀를 사려는 사람은 아무도

없었답니다. 순진한 시골 소년이 어른의 장난질에 보기 좋게 당한 거예요. 그 사람이 킬킬대면서,

"덕분에 즐거웠다. 남의 말은 함부로 믿는 게 아니야. 하하하."

이렇게 훈계까지 하는 거예요. 상대가 켈올란인데 말이지요. 그는 대머리 소년이 몰래 자기 집까지 따라오고 있다는 걸 전혀 눈치채지 못했답니다. 멀쩡한 소 한 마리가 없어진 것도요. 그걸 발견한 건 다음 날 아침이었어요. 보니까 소가 있던 자리에 귀 없는 당나귀가 매여 있었지요.

"뭐야 이거! 그 대머리 녀석이 한 짓이군. 그래 봤자 내 손바닥 안이지."

소 주인은 곧바로 켈올란을 잡으러 나섰어요. 대머리 소년을 찾는 건 어렵지 않았답니다. 얘가 머리를 반짝이면서 들판을 활보하고 있었거든요. 소년은 손에 다람쥐를 들고 있었어요.

"이 녀석! 여기서 뭐 하는 거냐? 내 소 어쨌어?"

"당나귀 대신 끌어다가 우리 집에 매놨죠."

"소가 훨씬 비싼 거 몰라? 당장 너희 집으로 가자 이놈아!"

그런데 얘가 이상한 행동을 하는 거예요. 다람쥐를 땅으로 내려놓으면서,

"얘야, 집으로 가서 어머니에게 닭고기 밥 두 그릇 준비해 놓으라고 해. 손님 모셔 간다고."

그러고서 손을 놓으니까 다람쥐가 쪼르르 달려가서 사라졌지요. 소 주인이 머리를 갸웃. 다람쥐에게 명령을 하다니 무슨 엉터

리 수작인가 싶었지요. 그런데 이게 무슨 일인가요? 대머리 소년 집으로 가보니까 다람쥐가 거기 와 있는 거예요. 켈올란의 어머니가 밥상을 내오면서,

"손님이 오신다고 해서 닭고기 밥을 준비했답니다."

그때 켈올란이 다람쥐를 쓰다듬으면서,

"얘야, 수고했어!"

소 주인 눈이 휘둥그레. 그게 참 신기한 다람쥐지 뭐예요.

"이봐, 그 다람쥐 나에게 팔지 않을래?"

"안 팔아요. 얘 훈련시키느라고 투자한 게 얼만데요."

"우리 소 그냥 너 줄게."

"싫어요."

"자 여기, 소 한 마리 값 더 주마."

"알겠어요. 그러죠 뭐."

소 주인은 켈올란에게 다람쥐를 넘겨받고서 말했어요.

"얘야, 집으로 가서 아내에게 곧바로 쇠고기 밥을 차려놓으라고 전하렴."

그러고서 손을 놓으니까 다람쥐가 쪼르르 달려서 사라졌지요. 그 사람은 닭고기 밥도 안 먹고 급히 집으로 향했어요. 큰 수가 난 것처럼 신이 나서 말이죠. 하지만 집에 와보니까 쇠고기 밥은커녕 국물도 없었답니다.

"뭐야? 다람쥐 안 왔어? 내가 쇠고기 밥 차리라고 시켰는데."

"다람쥐? 다람쥐에게 뭘 시켰다고요?"

아내가 완전히 미친 사람 취급을 하는 거예요. 다람쥐는 당연히 코빼기도 안 보이고요. 들판으로 달아난 다람쥐가 거기 와 있을 리 없잖아요?

"뭐지? 다람쥐가 그 녀석 말만 듣는 건가?"

그게 자기가 나서서 돈을 주고 사겠다고 한 거잖아요? 그러니 할 말이 없죠. 그 사람은 결국 귀도 없고 꼬리도 없는 당나귀 한 마리를 받고서 소를 두 마리나 뺏겼답니다.

그 다람쥐는 어떻게 된 걸까요? 사실 켈올란이 똑같이 생긴 다람쥐 두 마리를 잡아서 한 마리는 집에 두고 한 마리를 들고서 나갔던 거예요. 엄마에게 손님이 올 테니 닭고기 밥 두 그릇을 준비하라고 말해놓고서 말이죠. 소 주인은 끝내 그 비밀을 알 수가 없었답니다.

또 다른 이야기예요. 대머리 소년 켈올란은 혼자서 여기저기 쏘다니는 걸 좋아했답니다. 어느 날 그는 왕궁 근처를 지나다가 궁에서 창밖을 내다보는 소녀와 눈이 마주쳤어요. 그렇게 아름다운 소녀는 처음이었지요. 켈올란은 그대로 사랑에 빠져버렸어요.

그 소녀는 왕의 딸이었답니다. 켈올란은 그날부터 매일 왕궁을 찾아가서 닫힌 문 앞을 서성였어요. 애가 특이하게 생겼잖아요? 머리가 반짝이는 대머리 소년에 대한 이야기는 곧 왕의 귀에 들어갔지요. 왕이 그를 불러들여서 물었어요.

"너는 어떤 녀석인데 매일 왕궁을 찾아오느냐?"

"저는 켈올란입니다. 공주님과 결혼시켜 주십시오."

감히 자기 딸과 결혼하겠다고 나선 녀석은 처음이에요. 왕은 화가 나서 켈올란을 감옥에 가두게 했어요. 하지만 켈올란은 때가 올 거라고 믿었답니다. 그리고 머지않아 그때가 왔어요. 크고 힘센 이웃 나라 왕이 수수께끼 시합을 걸어왔는데, 아무도 해결할 사람이 없었던 거예요.

옆 나라 왕이 낸 수수께끼는 지팡이에 대한 것이었어요. 양쪽이 완전히 똑같이 생긴 지팡이인데 위와 아래를 정확히 가려내라는 거예요. 왕은 그 수수께끼를 풀어야만 했어요. 자존심이 걸린 일이었거든요. 하지만 문제를 풀 수 있는 사람은 왕궁 안에 아무도 없었답니다. 그때 공주가 말했어요.

"감옥의 대머리 소년에게도 한번 물어보세요."

왕은 내키지 않았지만 켈올란에게 문제를 풀어보라고 했어요. 켈올란이 싱긋 웃더니,

"지팡이를 물에 넣어보세요. 기우는 쪽이 아래입니다. 나무는 위보다 아래가 더 무거운 법이죠."

보니까 딱 정답이지 뭐예요. 그대로 답을 전하니까 옆 나라 왕이 깜짝 놀라면서 새로운 시합을 걸어왔어요. 크기도 모양도 똑같은 말 세 마리를 보내서 어느 쪽이 어미이고, 어느 쪽이 새끼이고, 어느 쪽이 새끼의 새끼인지 알아맞히라는 거예요. 다들 끙끙댈 때 다시 켈올란이 해결사로 나섰답니다.

"깊은 물구덩이 뒤에 말 세 마리를 놓고서 채찍질을 해보세요. 제일 먼저 구덩이를 건너뛰는 게 어미이고, 그다음이 새끼이고,

마지막이 새끼의 새끼입니다. 사람이든 동물이든 위험 앞에서는 어미가 먼저 나서기 마련이죠."

이번에도 정답이에요. 답을 받아든 옆 나라 왕이 시합은 삼세번이라면서 전갈을 보내왔어요.

"너희 나라에서 가장 크고 가장 수염이 많고 가장 지혜로운 자를 보내라. 내가 직접 문제를 내겠다."

이번에도 답을 못 찾고 있을 때 다시 켈올란이 나섰어요.

"공주님과 결혼시켜 준다고 약속하시면 가서 문제를 해결하고 왕을 잡아 오겠습니다."

수염은커녕 머리카락도 없는 녀석이 그렇게 나오니까 무슨 속셈인가 싶지요. 하지만 다른 방법이 없어서 그 말을 받아들였어요. 대신 못 해내면 벌을 주고 쫓아낼 생각이었답니다.

켈올란은 낙타와 염소를 데리고 옆 나라로 향했어요. 엉뚱하게 대머리 소년이 오니까 왕이 화를 내면서,

"가장 크고 가장 수염이 많고 가장 지혜로운 자를 보내라고 했는데, 넌 뭐냐!"

"이 낙타가 가장 크고, 염소는 가장 수염이 많죠. 그리고 제가 가장 지혜로운 사람입니다."

그러자 옆 나라 왕이 입맛을 다시고서 바로 문제를 냈어요.

"하늘의 별이 몇 개인지 말해봐라."

"딱 제 염소의 털만큼입니다."

"정말로?"

"못 믿겠으면 직접 헤아려 보시죠."

왕이 그만 말문이 막히죠.

"좋다. 그럼 이 세상의 중심은 어디지?"

"제 낙타가 오른쪽 앞발을 디디고 있는 곳입니다."

"왜 그런지 말해봐."

"제가 재본 바로는 그렇습니다. 아니라는 증거를 대보시죠."

이번에도 왕이 말문이 막혔어요. 헛기침을 한 번 크게 하더니,

"좋다. 과연 똑똑하구나. 내가 상을 내리겠다. 금화를 줄 테니 보자기를 펼쳐라."

켈올란이 보자기를 펼치자 왕은 돈을 주는 시늉을 하면서 짤그랑짤그랑 소리를 냈어요. 다음에는 땡그랑땡그랑. 계속 그렇게 짤그랑짤그랑 땡그랑땡그랑, 짤그랑짤그랑 땡그랑땡그랑.

"됐지? 이만하면 충분할 거다. 가지고 가."

그러자 켈올란이 쾌활하게 웃으면서,

"네, 요긴하게 쓰겠습니다."

켈올란은 보자기 안에 금화가 가득 든 것처럼 네 귀퉁이를 곱게 묶었어요. 그 모습을 보면서 옆 나라 왕은 회심의 미소를 지었지요. 빈 보자기를 가지고 무얼 하겠냐고 생각한 거예요.

켈올란은 보자기를 들고 시장으로 갔어요. 제일 크고 좋은 상점에 들어가더니 귀한 물건을 마음껏 주문하기 시작했지요. 가게 문을 연 뒤로 이렇게 손 큰 손님은 처음이에요. 계산할 때가 되자 켈올란은 보자기를 풀더니 손을 넣었다 뺐다 하면서,

"짤그랑짤그랑 땡그랑땡그랑, 짤그랑짤그랑 땡그랑땡그랑."

그렇게 한참 입으로 돈 소리를 내더니,

"됐죠? 이만하면 충분할 겁니다. 잔돈은 됐어요."

그러면서 물건을 들고 나가는 거예요. 점원들이 붙잡으니까 뿌리치면서,

"어허! 이 나라 임금님이 직접 주신 돈입니다. 그걸 무시하는 거요? 무엄하도다!"

그렇게 버티니까 옥신각신 야단이 났죠. 결국 그들은 왕 앞에 서게 됐어요.

"전하께서 손수 짤그랑짤그랑 땡그랑땡그랑 챙겨주신 돈으로 넉넉히 값을 지불하고 잔돈까지 줬습니다. 그런데 이자들이 돈을 안 받았다지 뭡니까?"

그러자 임금이 할 말이 없어요. 신하들이 다들 고개를 끄덕끄덕. 대머리 소년이 이겼다는 걸 인정하는 거지요.

"켈올란을 풀어주거라. 그는 내가 준 돈을 사용할 권리가 있다. 물건값은 내가 치르겠다."

그래서 켈올란은 옆 나라의 귀한 물건을 잔뜩 차지하게 됐답니다.

이게 끝이 아니예요. 켈올란은 귀한 물건을 돈으로 바꾼 뒤 많은 양의 솜과 끈적한 풀을 샀답니다. 그는 솜을 잔뜩 펼쳐놓은 뒤 온몸에 풀을 바르고 솜 위를 뒹굴기 시작했어요. 한참을 그렇게 하니까 온몸이 솜덩어리가 됐지요. 누가 봐도 사람이 아니라 귀신

이나 괴물이에요. 켈올란이 그 모양을 하고서 왕이 있는 곳으로 가니까 왕이 깜짝 놀라서 벌벌 떨지요. 켈올란이 위엄 있는 목소리로 말했어요.

"염라대왕님의 명으로 너를 잡으러 온 저승사자다. 가자!"

그러면서 팔을 잡으니까 왕이 꼼짝도 못 하고 덜덜 떨면서 따라오는 거예요. 켈올란은 커다란 상자에 왕을 집어넣은 뒤 덜컥 뚜껑을 닫았어요. 그러고서 다른 물건들과 함께 마차에 싣고 전속력으로 고향을 향해 달렸답니다. 켈올란이 옆 나라에서 가져온 물건들을 왕궁에 펼치니까 다들 입이 쩍 벌어졌지요. 켈올란이 마지막 상자를 가리키면서,

"이것은 전하께 드리는 특별 선물입니다."

상자를 여니까 안에서 옆 나라 왕이 벌벌 떨고 있었지요. 그는 자기가 저승에 잡혀 와서 염라대왕 앞에 있는 걸로 착각하고는 대성통곡을 하면서 울었어요. 그 모습을 보니까 왕이 가슴이 확 트였답니다. 옆 나라 왕을 무릎 꿇리는 게 오랜 소원이었거든요. 켈올란이 왕에게 말했어요.

"이제 약속을 지키실 시간입니다. 공주님과의 결혼식을 올려주세요."

그때 공주가 다가와서 켈올란의 손을 꼭 잡았어요. 왕이 허락하고 말고 할 것도 없었지요. 바로 성대한 결혼식이 거행되었답니다. 죽은 줄 알았다 살아난 옆 나라 왕을 특별 하객으로 두고서요.

이야기에 대한 이야기

연이 퉁이 엄지 세라 뀨 아재 로테 이모 뭉이쌤 동이

퉁이 멋지다, 켈올란!

로테 이모 켈올란을 어떻게 해보려다가 낭패한 사람이 한 트럭은 된단다. 사람뿐만 아니라 거인도.

뀨 아재 대머리의 힘!

연이 다람쥐를 이용해서 소 주인을 속이는 거 대박이었어요.

엄지 하늘의 별이 염소 털만큼이라는 말도요. 즉석에서 답을 찾은 거잖아요.

뭉이쌤 원래 트릭스터가 그렇게 답을 찾고 문제를 해결하는 스타일이지.

동이 순발력 짱!

세라 나는 낙타가 앞발을 디딘 곳이 세상의 중심이라고 말한 거. 자기가 세상의 중심을 디디면서 다닌다는 뜻이잖아?

퉁이 오오, 그렇게 생각하니까 정말 멋진데요!

뭉이쌤 자기가 있는 곳이 세상의 중심이라고 여기는 것도 트릭스터의 큰 특징이야. 실제로 그가 움직일 때마다 세상이 척척 바뀌니 세상의 주인공이라고 할 만하지.

뀨 아재 혁명가!

동이 내가 또 다른 혁명가 친구를 데려와 볼까? 먼 데서 만난 친구로.

동이

남아메리카 대륙의 길쭉한 나라 칠레에서 만난 친구를 소개할게. 이름부터 가 남다른 친구지. 페드로 데 우리데말라스. 멋지지 않아? 원래 남미 사람들이 화끈한 기분파거든. 산다는 건 현재를 즐기는 일. 함께 즐겨보자구!

페드로 데 우리데말라스

*

칠레 민담

예전에 페드로 데 우리데말라스라는 사내가 있었지. 아주 멋진 친구야. '공수래공수거'라는 말 들어봤나 몰라. 빈손으로 왔다가 빈손으로 가는 게 삶이라는 말씀. 이 친구가 그런 식이야. 없으면 만들어내고, 있으면 다 써버리고. 남들 보기에는 그저 놈팡이에 거지지 뭐. 하지만 페드로는 남들이 뭐라든 신경을 안 써. 딴은 그래. 공연히 그런 데 에너지를 낭비할 이유가 없잖아?

이 친구가 사는 마을에 큰 농장을 가진 부자가 있었거든. 가게도 여러 개였지. 어느 날 이 부자가 가게 문을 열어보니까 페드로 데 우리데말라스가 가게 한가운데 떡하니 앉아서 자루에 밀가루를 착착 채우고 있지 뭐냐. 주인이 들어가니까 이 친구가 힐끗 돌아보더니 어떻게 한다? 하던 일을 태연히 계속한다! 완전히 자기 물건 주워 담는 식이야. 그런 거 있잖아? 내 거는 내 거고 네 것도 내 거다. 하하.

그 부자가 품격을 중시하는 사람이거든. 부자는 현행범에게 신사다운 태도로 말을 건넸어.

"여보시오. 지금 뭐 하시는 건가요?"

그러자 페드로 데 우리데말라스가 쳐다보지도 않고서,

"남의 일에 참견하는 사람에게 관심 없습니다."

부자는 어이가 없지. 말문이 콱 막혀 그 광경을 잠자코 지켜보니까 이 친구가 자루를 가득 채우더니 어깨에 턱 짊어지고 가게를 나서는 거라. 주인은 눈곱만치도 신경 안 쓰고 말이지. 부자가 다시 목청을 가다듬고 점잖게 말했어.

"좋아요, 친구. 근데 토르티야 빵을 만들면 나한테도 한 개 주시구려."

그게 완전히 비꼬는 말이지. 그러니까 페드로가 부자를 힐끗 쳐다보더니,

"거지에게 줄 건 없소. 필요하면 직접 만들든가."

이렇게 툭 던지고 뚜벅뚜벅 걸어서 사라지더라는 거야. 부자를 졸지에 거지로 만든 사나이, 누구? 페드로 데 우리데말라스!

한번은 어찌어찌하다가 페드로 손에 금덩어리 두 개가 들어왔지 뭐냐. 이 친구가 그걸 은화로 바꾸니까 천다섯 개쯤 돼. 햇빛에 반짝반짝.

'이렇게 빛나고 아름다운 건 다 함께 누려야지!'

페드로는 가느다란 송곳으로 은화에 하나씩 구멍을 냈어. 그러고는 어떻게? 가느다란 실을 묶어서 나무에 착착 매다는 거지. 천다섯 개의 은화가 나뭇가지에 매달려서 반짝반짝 뱅그르르. 그야말

로 장관이지 뭐. 그래 놓고는 이 친구가 나무 둥치에 등을 기대고서 꿀잠을 쿨쿨. 한 신사가 지나다가 그 모습을 보고 입이 쩌억.

'이 나무 뭐지? 이런 건 듣도 보도 못했어!'

신사는 조심스레 페드로 데 우리데말라스를 흔들어 깨웠어.

"여보세요. 이 나무 당신 건가요? 나무 이름이 뭐죠?"

"이거, 은나무!"

"이 나무 모종 하나 팔지 않겠소? 금화 백 닢 드리리다."

"일없어요. 모종 따윈 없습니다."

"그럼 나무를 통째로 나에게 파시오. 금화 천 닢 드리리다."

페드로는 대꾸도 안 하고서 눈을 스르르. 잘 자는데 왜 자꾸 방해하냐는 식이지. 신사는 안달이 나서 자꾸 금액을 올렸어.

"좋아요. 금화 만 닢 드리리다!"

페드로가 눈을 뜨면서,

"아이고, 귀찮아 못 살겠네. 그럽시다!"

신사가 신이 나서 속으로 으하하하하. 이 사람이 현금 부자였던가 봐. 가방을 털어서 금화 만 닢을 턱 지불한 거라. 그걸 받아들고 유유히 사라진 사람, 누구? 페드로 데 우리데말라스! 그 돈을 먹고 마시면서 즐기는 데 순식간에 다 써버린 사람 누구? 페드로 데 우리데말라스!

아, 그런데 이 친구가 그걸 조금은 남겨뒀던가 봐. 종잣돈으로 말이지. 어디서 잘생긴 노새 하나를 구하더니 엉뚱한 짓을 하는 거라. 가지고 있는 은화들을 몽땅 노새 똥구멍에 쑤셔 넣지 뭐냐.

그 노새가 주인을 아주 제대로 만났지. 세상에 돈 똥을 누는 노새가 또 어디 있겠느냐 말야. 똥을 눌 때마다 은화가 한 개씩 두 개씩 뚝뚝.

"제발 그 노새를 저에게 파십시오. 예? 선생님!"

너도나도 나서서 매달리니까 값이 자꾸만 올라가지. 그게 이동식 은화 화수분이잖아? 가치가 은나무 이상이지 뭐. 가격이 구름을 뚫고 올라가서 달까지 닿을 정도가 되니까,

"아이고, 귀찮아 못 살겠네. 그럽시다!"

그렇게 노새를 넘기고 유유히 사라진 사나이, 누구? 페드로 데 우리데말라스! 그 노새를 산 사람은 백날천날 노새 똥만 파헤치다가 질식해 쓰러졌다던가. 하하.

하지만 천하의 풍운아 페드로 데 우리데말라스라도 피할 수 없는 게 있지. 늙는 거. 그리고 죽는 거. 나이가 든 페드로는 대장간을 하나 차리자고 마음먹었어. 이 친구가 손재주가 꽤 좋거든. 쇠를 불에 달궈서 꽝꽝 때리는 거, 재미있잖아? 근데 가진 돈이 하나도 없는 거라. 생기는 대로 써버렸으니까 그렇지 뭐.

'그간 사람은 많이 우려먹었고, 어디 돈 많은 악마 없나?'

페드로가 생각난 건 바로바로 해버리는 친구거든. 공중을 바라보면서 큰 소리로,

"거기 악마 하나 없수? 나 좀 봅시다!"

이게 대체 어떤 놈인지 궁금하잖아? 악마가 찾아올 수밖에. 그러자 이 친구가 자기랑 거래를 하자네.

"좋은 대장간 하나만 열어주시오. 그럼 내 영혼을 당신에게 맡기지."

악마가 오래 살았지만 스스로 제 영혼을 맡기겠다는 녀석은 처음이야. 다들 하느님에게 매달리는 판인데 말이지. 거절할 이유가 없잖아? 단숨에 최고의 대장간이 짜자잔! 이름하여 악마의 대장간. 페드로가 거기서 온갖 신기한 물건들을 다 만들어내는데, 어떤 것들인지는 상상에 맡기겠음.

근데 그때 하늘나라의 관리자 성 베드로가 열쇠 꾸러미를 잃어버렸지 뭐야. 그게 보통 열쇠일 리가 없지. 어디서 구할 수도 만들 수도 없는 희귀 아이템이야. 하느님이 고민하더니,

"베드로야, 페드로 데 우리데말라스에게 부탁해 보거라. 그라면 가능할 게야."

페드로 이 친구 명성이 하늘나라에까지 퍼졌었나 봐. 실제로 그까짓 일은 별로 힘들지도 않아. 페드로가 뚝딱뚝딱 열쇠를 만들어서 주니까 베드로 얼굴이 활짝. 베드로가 열쇠를 가져가니까 하느님이 방긋. 근데 또 하느님이 받기만 하고 가만있을 수 없잖아? 직접 페드로를 찾아와서 얼마면 되겠냐고 하니까,

"돈은 필요 없습니다요. 그저 자그마한 소원 세 가지만 들어주시면 됩니다."

"어떤 소원인지 말해보거라."

"첫째, 정원의 무화과나무에 사시사철 열매가 열리게 해주십시오. 둘째, 아무라도 무화과나무에 올라가면 붙어버리게 만들 능력

을 주십시오. 셋째, 제가 어떤 자리든 앉으면 아무도 일으키지 못하게 해주십시오."

들어보니까 소소한 소원들이지 뭐야. 하느님이 근엄한 목소리로,

"네 소원이 이루어졌노라!"

아니나 다를까, 금세 무화과나무에 싱싱한 열매가 달리기 시작했지. 페드로가 무화과깨나 좋아했나 봐. 어제도 먹고 오늘도 먹고. 먹고 또 먹고. 그래 굶을 일은 없어졌지. 하지만 흘러가는 세월은 어쩔 수 없어서 결국 죽을 때가 된 거라. 그때 악마가 쑥 찾아오더니,

"나에게 맡긴 영혼을 거둬 갈 때가 됐다. 가자!"

"알았소. 만들던 거 잠깐 마무리하고 갈 테니 무화과나 먹고 계시구려."

보니까 무화과 열매가 탐스럽거든. 악마가 열매를 따려고 나무에 올라가니까,

"붙어라."

악마가 그대로 나무에 딱 붙어버리지 뭐. 몸을 움직이면 움직일수록 더 찰싹. 하느님의 권능이 그렇게 무섭다고. 악마는 몇 날 며칠을 나무에 붙어서 버둥대다가 제발 자기를 내려달라고 울면서 사정했어.

"영혼을 맡긴다는 계약을 취소한다면."

"응, 알았어. 당장 해지할게. 나와 페드로 데 우리데말라스와의 계약은 해지됐노라."

“떨어져라.”

그러니까 나무에서 뚝 떨어지지. 계약이 이미 해지됐잖아? 악마는 투덜투덜거리면서 빈손으로 터덜터덜.

하지만 악마를 쫓아냈다고 죽음이 사라지는 건 아니지. 죽음을 앞둔 페드로가 사람들에게 말했어.

“내가 죽으면 관에 망치와 집게를 넣어주시오.”

다들 페드로에게 몇 번씩 골탕 먹었지만 그 정도 유언도 안 들어주면 사람 된 도리가 아니지. 소소한 소원이잖아. 그래서 페드로 데 우리데말라스는 한 손에 집게, 한 손에 망치를 들고 관 속에 들어가게 된 거야. 그다음 할 일은? 그걸 들고 하늘나라를 찾아가는 거.

페드로가 하늘나라에 도착해서 보니까 문이 굳게 닫혀 있었지. 예상한 대로야. 페드로가 망치로 문을 쾅쾅! 성 베드로가 그 소리를 듣고서,

“누구시오?”

“페드로 데 우리데말라스요.”

“여기는 당신이 올 데가 아니오. 평생 남을 속이고 골탕 먹였잖소? 지옥으로 가시오.”

“알겠소.”

그러면서 이 친구가 순순히 지옥으로 가는 거라. 지옥에 도착하니 악마들이 우르르 덤벼들지. 그러자 페드로가 망치와 집게를 교차해 들고서 십자가를 떡! 악마들이 혼비백산이지 뭐. 십자가도

십자가지만 망치에 맞으면 뼈도 못 추리겠거든.

"너 오지 마. 꺼져버려!"

그러자 페드로가 다시 하늘나라로 가서 문을 쾅쾅.

"페드로 데 우리데말라스요. 지옥에서 쫓겨나서 어쩔 수 없이 다시 왔습니다."

그러자 성 베드로가 문을 빼꼼 열고서,

"악마들이 당신을 쫓아냈다고? 대체 왜?"

그때 페드로가 문틈 사이를 집게로 비집고서 안으로 손을 쑥. 그다음에는 발을 쏙. 이어서 팔, 다리, 머리, 그리고 몸통. 결국 온몸이 안으로 쏘옥. 베드로가 당황해서 안절부절못하고 성모 마리아도 놀라서 두 눈이 동글. 근데 마리아님이 인자하시잖아?

"일단 좀 앉으세요."

그러자 페드로가 성 베드로의 의자에 척. 그걸로 게임 끝이지. 하느님이 약속했으니까 말야. 뭐라고? 페드로 데 우리데말라스가 자리에 앉으면 아무도 일으킬 수 없다고! 그래 페드로가 지금도 하늘나라에서 하느님 곁에 앉아 있다는 거야. 베드로나 페드로나 한 끝 차이 아니겠어? 이상.

이야기에 대한 이야기

연이 통이 엄지 세라 뀨 아재 로테 이모 뭉이쌤 동이

퉁이 재미있다. 트릭스터의 매력 완전 실감!

연이 하느님도 그렇지만 성 베드로와 성모 마리아님이 등장하시다니 깜짝 놀랐어요.

뀨 아재 남미 사람들의 유머 감각.

로테 이모 하느님 입장에서 보면 베드로나 페드로나 다 소중한 백성이었을 거예요.

뭉이쌤 서로 다르니까 더 귀하겠죠. 다양한 개성을 가진 사람들이 어울려서 움직이는 재미난 세상, 그게 조물주의 뜻 아니겠어요?

엄지 페드로가 하늘나라 열쇠를 만들잖아요? 그게 하늘 문을 여는 열쇠였을까요?

퉁이 엄지야, 소름 돋았어. 그걸 그렇게 연결할 줄이야.

세라 난 페드로가 현재의 일상에 충실했다는 점이 마음에 와닿았어. 나 같으면 크고 추상적인 소원을 빌었을 것 같은데 말야.

뭉이쌤 내가 한번 자리에 앉으면 아무도 일으킬 수 없도록 해달라고 하잖아요? 자기중심이 그만큼 강한 사람이라고 볼 수 있어요. 그런 사람을 흔들 수는 없는 법이죠.

동이 오오, 역시 쌤이라서 뭔가를 아시는 듯. 그 친구가 정말로 단단해. 나랑은 또 다르다구.

뀨 아재 소득 재분배 실현자.

세라 그런가요? 부자의 돈을 받아내서 마음껏 썼으니 소비 활성화에 소득 재분배 맞네요.

연이 와, 내 것도 내 것, 네 것도 내 것이라고 말했지만 내 것이 곧 모두의 것인 사람이었군요.

퉁이 하늘나라에 들 만한 자격이 있었네.

동이 그냥 하늘나라가 아니라니까! 하느님 옆자리라구. 하하.

뭉이쌤 이 이야기를 전승해 온 남미 사람들은 페드로처럼 사는 게 하느님 뜻에 맞는 방식이라고 여겼을 수 있지.

뀨 아재 베드로보다 페드로?

퉁이 하하. 이제 뀨 아재도 이야기 하나 하셔야죠. 동이에게 질 수는 없잖아요?

뀨 아재 이기고 지는 건 관심 없지만, 그래도 하나 해볼까?

꾸 아재

남미의 나라들이 스페인과 관계가 깊잖아? 언어도 그렇고 말야. 페드로의 나라 칠레도 스페인어를 쓸걸. 그러다 보니 기질도 서로 통하는 데가 있는 것 같아. 스페인 하면 열정의 나라 아니겠어? 제대로 된 트릭스터 이야기가 없으면 말이 안 되지. 여럿 있는데 내가 첫손에 꼽는 친구는 후안이야. 페드로의 큰아저씨쯤 되려나? 이 친구 공식 호칭이 바보 후안이야. 근데 한편으로 천재적이라는 거. 천재 바보, 이거 괜찮지 않아?

천재 바보 후안

*

스페인 민담

옛날에 바보 후안이 살았어. 이웃들은 물론이고 가족들에게도 바보였지. 세상 제일가는 바보. 다들 애를 놀리는 게 취미야.

"바보 후안! 쇠고기 한번 먹여주라."

"쇠고기? 쇠로 만든 고기?"

"멍청이! 쇠로 어떻게 고기를 만드냐? 소를 잡아야 쇠고기지."

그러자 후안이 자기 집에 하나밖에 없는 황소를 떡 잡은 거라. 고기 양이 대체 얼마야. 온 동네 사람들 잔뜩 불러도 다 먹을 수가 없지 뭐. 아버지가 머리끝까지 화가 나서,

"바보 멍청이! 그 소로 네 몫은 끝이다."

"그럼 소가죽 내 거!"

후안은 가죽을 팔겠다고 도시로 향했어. 도시는 어디? 마드리드! 가족들은 당연히 조금도 기대를 안 해. 사기나 당할 거라고 생각하지. 그러든 말든 후안은 태연해. 콧노래를 부르면서 휘적휘적. 마침 무더운 여름이었거든. 후안은 나무 그늘 밑에 누워서 가

죽을 덮었어. 더운데 왜? 더위가 못 들어오게 막아야 하니까! 근데 까마귀 하나가 날아와 앉더니 가죽을 막 쪼는 거라. 새도 후안을 사람 취급 안 했나 봐. 그러다가 바보 손에 턱 잡혔지 뭐. 바보!

후안은 무슨 수라도 난 것처럼 까마귀를 들고 식당에 들어갔어.

"한 명?"

"아뇨, 둘!"

그러니까 주인이 음식을 안 내오는 거라. 후안이 왜 음식을 안 주냐고 하니까,

"둘이라고 했잖아? 아직 한 명 안 왔잖아요?"

"여기 한 명 안 보여요? 이 까마귀. 이래 봬도 얘가 족집게 점쟁이라고요."

까마귀가 점을 친다니 신기하잖아? 주인이 한번 해보라고 야단이지. 후안이 까마귀를 머리에서 꼬리까지 한 번 쫙 쓰다듬으니까 까마귀가 까옥까옥! 후안이 고개를 끄덕끄덕.

"뭡니까? 까마귀가 뭐래요?"

"현관 구석에 동전이 두 닢 있다는군요."

주인이 가서 보니까 실제로 동전 두 닢이 있지 뭐야. 후안이 한 번 더 까마귀를 쓰다듬으니까 까마귀가 까악까악!

"계단 첫 층계 구석에 동전 두 닢!"

이번에도 영락없지 뭐. 다시 까마귀를 쓰다듬으니까 이번에는 꾸억꾸억!

"마지막 층계 구석에 두 닢!"

주인이 거기서 또 동전을 찾더니 후안을 붙잡고 난리를 치는 거라. 까마귀를 자기에게 팔라고 말이지. 후안이 안 판다고 하니까 값이 자꾸 올라가지 뭐. 결국 후안은 못 이기는 척 은화 500개를 받고서 까마귀를 넘겼어. 주인이 대충 봐도 후안이 아주 어리숙하거든. 애가 현관과 계단 구석에 미리 동전을 숨겨놨다고는 생각도 못 하지. 자기가 속았다는 걸 깨닫는 데 몇 달 걸렸다던가. 그간은 뭐 했냐고? 까마귀 울음소리 해독하려고 날밤 새웠지 뭐.

까마귀를 팔고 집으로 돌아온 후안은 보여줄 게 있다면서 마을 사람들을 불러 모았어. 그가 주머니를 쏟으니까 은화가 촬촬촬. 사람들이 다들 눈이 둥그레져서,

"아니, 이 돈이 다 어디서 난 거야?"

"마드리드에서 벌었죠. 황소 가죽으로요."

그러자 사람들이 다들 집으로 가서 황소를 잡아 가죽을 벗기는 거라. 그걸 판다고 마드리드까지 열심히 발품을 팔았지. 결과는? 소값은커녕 여비도 못 건졌지 뭐. 사람들이 다들 화가 잔뜩 나서 식식대며 후안에게 몰려가더니 욕을 하고 난리야. 거기서 멈추면 다행인데, 벽에 온통 똥 범벅을 해놨지 뭐냐. 온 동네 똥을 다 모아다가 말이지. 후안이 실컷 자고서 다음 날 나와 이걸 보더니,

"귀한 걸 잔뜩 모아다 줬네. 갖다가 팔아야지!"

그러고는 자루에 똥을 가득 모아 짊어지고 또 마드리드로 가는 거야. 근데 도중에 애가 여관에 자루를 맡기고 어디를 다녀왔는데, 그 집 돼지들이 자루를 뜯고 똥을 깨끗이 먹어치웠지 뭐냐.

"아니, 그 귀한 걸 다 먹어치웠네. 돈 주고도 못 사는 건데!"

얘가 펄펄 뛰면서 난리를 치는 거라. 주인이 그 속에 산삼이나 송로버섯 같은 거라도 들었었나 하지. 자기네 돼지가 한 일이니까 할 수 없이 돈을 물어주더래. 이번에도 은화가 수백 개.

후안이 그걸 가지고 와서 마을 사람들 앞에 쫙 쏟으니까 다들 난리법석이지. 그다음은 뭐? 손톱만 한 똥까지 서로 가지려고 싸움까지 나더래. 그렇게 다들 똥자루를 짊어지고 마드리드로 가는데 땀이 뻘뻘, 냄새가 펄펄. 겨우 도착해서 자루를 펼쳐놓고는,

"똥 사시오, 똥이요! 막 퍼온 신선한 똥입니다요!"

다들 단체로 체포돼서 몰매만 맞았지 뭐. 도시 미관 침해죄에 유해 화학물질 유포죄라나 뭐라나.

그게 후안이 똥을 퍼다가 팔라고 시킨 게 아니잖아? 근데 다들 후안 탓을 하면서 이를 바득바득 가는 거라. 그들은 마을로 돌아오자마자 후안의 집을 찾아가서 불을 질렀어. 옛날 집이니까 아주 잘 타지 뭐. 집이 잿더미로 변하는 데 걸린 시간이 한 시간? 두 시간? 근데 후안이 그 잿더미를 바라보더니,

"흠, 이거 돈 되겠는데!"

자루에 재를 가득 담고서 마드리드로 가는 거라. 얘가 이제 밑천이 좀 있잖아? 보석 가게에서 보석을 몇 개 사서 자루에 넣더니 큰길가 벤치에 앉아서 꾸벅꾸벅. 한 신사가 지나다 보니까 웬 어리숙한 녀석 옆에 놓인 자루에서 뭐가 반짝. 다가가서 보니까 그게 보석이지 뭐야. 그때 후안이 눈을 뜨더니 흠칫 놀라면서,

"어이쿠! 자루가 열렸었네. 얘는 왜 삐져나온 거야?"

그러면서 보석을 길바닥에 탁 던지는 거라. 신사가 보니까 이 멍청이가 그게 보석인 줄 모르는 게 분명하지 뭐. 오죽하면 그걸 재 속에 넣었겠냐고.

"이봐, 그 자루를 나에게 팔지 않겠나?"

"안 돼요. 여기 우리 집이 통째로 들어 있다고요."

신사가 또 재빨리 머리를 굴리지. 집이 탄 잔해를 모을 때 보석들이 섞여 들어간 거라고 생각하고서,

"자루에 돌멩이들 많아?"

"많죠. 무거워 죽겠어요."

그러자 신사가 자루를 자기에게 팔라고 이리저리 구슬리기 시작이야. 후안은 안 판다고 버티지. 그러다 보니 값이 자꾸 오르지 뭐. 이번에도 은화가 수백 개. 신사가 돈을 지불하고서 자루를 낚아채 가지고 집에 가서 쏟아보니까 웬걸, 재 속에 보석은 두어 개뿐이고 돌멩이만 잔뜩이더래.

후안은 다시 마을로 돌아와서 은화 수백 닢을 촬촬촬.

"우리 집이 통째로 자루에 들어 있다고 하니까 돈을 그냥 막 주더라고요."

그러자 사람들이 너나없이 자기 집에 불을 지른 뒤 자루에 재를 채워서 마드리드로 달려가는 거라. 젖 먹던 힘까지 다 내서 앞서거니 뒤서거니 그런 야단이 없어. 그래 봤자 돈은커녕 국물도 없지 뭐. 재수 없는 사람 하나는 후안에게 자루를 샀던 신사에게 걸

려서 봉변을 당했다던가.

화가 잔뜩 난 사람들은 마을로 돌아와 후안을 자루에 집어넣고서 꽉 묶었어. 그걸 들어다가 강물에 집어 던질 참이지. 근데 이 사람들이 강으로 가는 길에 자루를 길바닥에 놓고서 한잔 걸치러 들어갔지 뭐냐. 바보들! 그때 자루 안에서 후안이 이렇게 소리를 친 거야.

"제발 나를 꺼내줘요. 난 공주와 절대로 결혼하지 않아요. 예쁜 거 돈 많은 거 다 싫어요. 나는 자유롭게 살다 떠날 거라고요."

어느 목동이 양떼를 몰고 가다가 그 소리를 들었지 뭐냐. 그 뒤의 일은 뻔하지 뭐. 후안을 꺼내주고서 자기가 그 안으로 쏙. 후안은 자루를 잘 묶어준 뒤 양떼를 몰고서 스사삭. 사람들은 자루를 떠메고 가서 강물에다 풍덩. 으아아아악, 꼴깍!

마을 사람들이 멍청이를 제대로 처리하고 와서 한창 술판을 벌이고 있는데 누가 휘파람을 불면서 양떼를 몰고 오지 뭐냐. 누군 누구겠어, 조금 전에 자기들이 처리한 멍청이지. 사람들이 눈이 둥그레져서 쳐다보니까 후안이 싱글벙글하면서,

"덕분에 양떼를 벌었지 뭐예요. 강물 속에 양들이 바글대더라고요. 더 깊이 던졌으면 더 많이 건져오는 건데. 하여튼 고마워요."

사람들이 그 말을 듣고 강물에 가서 보니까 진짜로 파란 강물 속에 양들이 바글대고 있지 뭐야. 양떼구름 알지? 사람들이 그 양을 건지겠다고 풍덩, 또 풍덩. 더 많이 건지겠다고 깊은 곳으로 첨벙, 또 첨벙. 꼴깍, 또 꼴깍. 거품이 뽀글, 또 뽀글. 끝.

이야기에 대한 이야기

연이 퉁이 엄지 세라 꺄 아재 로테 이모 뭉이쌤 노고할망 동이

연이 아재, 이건 조금 무섭네요. 사람들이 잔뜩 죽은 거잖아요?

꺄 아재 재미있잖니? 이야기는 이야기일 뿐.

퉁이 자루에 대신 들어가는 내용이 꾀보 하인 막동이 이야기랑 비슷해서 신기해요.

로테 이모 사실은 비슷한 내용이 켈올란 이야기에도 있어.

뭉이쌤 그 내용이 트릭스터 이야기의 시그니처 비슷하게 세상에 널리 퍼져 있지요.

연이 신기하다. 양떼구름하고 연결돼서 실감 났어요.

세라 막동이 이야기에서는 용왕못 용궁이었지. 그것도 그럴듯했어.

꺄 아재 옛이야기의 과학!

퉁이 제 생각에 후안은 진짜로 천재 바보예요. 사람들이 바보로 취급하니까 방법이 통한 거잖아요?

동이 허허실실. 페드로 데 우리데말라스 못지않아.

엄지 그나저나 마을 사람들이 못됐어요. 조롱하고 괴롭히고. 그러다 벌 받은 거예요.

세라 그건 그래. 후안이 그들을 속였다기보다는 그들이 스스로 속은 거였어. 자만심과 욕심으로. 현실에도 그런 사람들 많지.

뭉이쌤 이야기는 현실의 축소판이죠. 교묘하게 변형한 형태로 현실을 담아내는 거예요. 이 경우는 해학과 풍자라고 볼 수 있어요.

통이 학교에서 풍자에 대해 배웠는데 이 이야기를 보니까 실감이 나요.

연이 저는 후안의 태도에 많이 놀랐어요. 사람들이 똥칠을 하거나 집을 불태워도 태연하게 길을 찾아나가잖아요? 대단해요.

뀨 아재 가히 바보의 진수라 할 만하지.

세라 제가 사람들의 부당한 공격에 예민한 편인데, 이런 바보다움은 배워야 할 것 같아요.

로테 이모 세라 씨한테 인정받다니 후안이 꽤 대단한 사내로군요. 그런 사람 소개해 줄까요?

세라 네? 함께 살고 싶진 않아요. 하하.

뭉이쌤 거리를 두고 관찰하는 것과 함께 부대끼는 건 다른 문제죠. 트릭스터와 사는 건 나도 자신이 없답니다. 노고할망님이나 뀨 씨 정도 돼야 가능할 거예요. 아하, 뀨 씨는 당사자인가?

뀨 아재 그래서 제가 혼자 사는 거 아니겠습니까. 하하.

노고할망 흠, 이 청년 내가 거두어야 하나? 나이는 숫자 아니겠수?

통이 아이구, 어르신들. 여기까지만요. 어린 사람들 어지러워요! 이제 제가 이야기 하나 할게요. 해학적인 걸로요.

퉁이

인도에서 유학 온 대학생 누나가 해준 이야기예요. 그 누나 이름이 파드마 바티차크라바르티인데 아주 유쾌한 이야기꾼이었어요. 부모님이 부자가 되라고 지어주신 이름이래요. 이야기 주인공 이름도 재미있어요. 딜라이라마입니다. 티베트의 현자 달라이라마와 혼동하면 안 돼요. 실존 인물인지는 잘 모르겠습니다. 이야기는 이야기일 뿐이겠죠?

괴짜 현자 딜라이라마

✷

인도 민담

옛날 인도에 딜라이라마라는 현자가 살았습니다. 근데 좀 괴짜였어요. 남들과 다르게 생각하고 엉뚱하게 행동하니까 괴짜죠.

그때 나라의 왕이 크리슈나였어요. 어느 날 크리슈나 왕은 아주 특별한 꿈을 꿨습니다. 다이아몬드와 금으로 장식된 거대한 궁전에서 지내는 꿈이었어요. 그렇게 아름답고 화려한 궁전은 처음이었죠. 잠에서 깬 왕이 신하들에게 꿈에서 본 풍경을 생생히 이야기했습니다. 문제는 그다음이에요.

"이건 새 궁전을 지으라는 신의 계시다. 꿈속에서 본 그대로 궁전을 짓도록 해라."

이렇게 명령한 거예요. 다들 그건 불가능하다고 해도 왕은 들은 척도 안 했습니다. 신하들은 고민 끝에 딜라이라마를 찾아가서 이 문제를 상의했어요.

"그거 어려운 일도 아닌데 뭘."

딜라이라마는 어부 한 명을 왕궁으로 보냈어요. 어부가 너무나 억울한 일을 당했다고 호소하니까 왕이 불러들여서 대체 무슨 일이냐고 물었습니다.

"지난밤에 강도가 들어와서 집을 때려 부수고 물건을 다 훔쳐 갔습니다. 강도를 잡아 처벌해 주세요."

"그런 놈은 당연히 잡아서 처벌해야지. 근데 강도가 누군지는 알고?"

"네, 제 앞에 계신 크리슈나 왕이십니다."

왕이 기가 막혀서 화를 벌컥 내면서,

"이게 무슨 엉뚱한 수작이냐? 내가 언제 강도질을 했다는 거야?"

"사실입니다. 지난밤 꿈에 임금님이 강도질하시는 걸 두 눈으로 똑똑히 봤어요. 빼앗아 간 물건을 돌려주십시오."

그 말을 듣고 나니까 크리슈나 왕이 말문이 딱 막혀요. 한참 입맛만 다시다가,

"누구냐? 너를 여기로 보낸 게? 딜라이라마 맞지?"

어부가 고개를 끄덕끄덕. 왕이 신하들을 돌아다보면서,

"왕궁에 대한 일은 없던 것으로 하겠다. 꿈은 꿈일 뿐 현실은 아니니까."

그러자 다들 마음을 놓으면서 만세를 외쳤어요. 역시 딜라이라마야, 하면서요.

그런데 어느 날 진짜로 딜라이라마 집에 도둑이 들었어요. 도둑은 주인이 있는 방으로 다가가서 귀를 대고 동정을 살폈습니다.

그때 주인이 아내에게 말했어요.

"여보, 요즘 도둑이 설친다던데 내가 말한 대로 금덩어리 잘 뒀지요?"

"네, 우물 속에 잘 집어넣었어요."

"잘했어요. 거기 금이 있으리라고는 누구도 생각 못 할 거야."

도둑은 그 말을 듣고 회심의 미소를 지었습니다. 불이 꺼지고 사방이 고요해지자 도둑은 우물로 가서 물을 퍼내기 시작했죠. 어둠 속에서 밤새 끙끙대면서요. 겨우 물을 다 퍼내고 내려가서 더듬어보니까 커다란 덩어리가 손에 잡혔습니다. 그걸 밖으로 꺼내느라고 끙끙. 집까지 안고 가느라고 끙끙. 하지만 날이 밝은 뒤 살펴보니까 그건 금이 아니라 평범한 돌덩이였습니다. 완전히 속은 거예요.

딜라이라마가 아침에 일어나서 우물가에 가더니,

"밤새 금을 열심히 퍼냈군. 이 물이 금이거든. 그럼 밭에 금을 뿌리러 가볼까?"

날이 가물어서 우물물을 퍼다 써야 했던 거예요. 딜라이라마가 그 일을 손 하나 까딱 안 하고서 간단히 해결하더래요.

"그 친구가 밤새 희망에 부풀었을 테니, 품삯은 그걸로 충분하겠지."

이런 사람이 딜라이라마예요.

그때 도둑이 아주 많았나 봐요. 금과 은 같은 귀한 물건을 취급하는 가게들에 밤마다 도둑이 들어서 물건을 훔쳐 가는 바람에 온

통 난리가 났어요. 쥐도 새도 모르게 물건을 털어 가는데 귀신이 곡할 노릇이었습니다. 상인들은 왕을 찾아가서 도둑을 꼭 잡아달라고 호소했어요. 크리슈나 왕은 곧장 병사들을 보내서 지키게 했지만, 아무 소용이 없었죠. 상인들은 도저히 안 되겠다 싶어서 딜라이라마를 찾아갔습니다. 딜라이라마가 사정을 듣더니,

"굳이 지킬 필요가 없습니다. 마음대로 가져가게 두세요."

그러자 상인들이 무슨 소리인가 하죠. 하지만 다음 이야기를 듣고는 다들 고개를 끄덕였습니다.

그날 밤, 가게에 지키는 사람들이 없으니까 도둑이 완전히 신이 났어요. '내 세상이다!' 하면서 귀한 물건을 마구 가져가는 거죠. 그리고 다음 날 새벽, 모든 사람들에게 한 명도 빠짐없이 왕궁에 모이라는 명령이 내려졌어요. 사람들이 무슨 일인가 싶어 모여들었습니다. 왕이 그중 한 사람을 딱 지목하면서,

"저기 저 녀석, 옷과 손이 빨간 자를 체포하라."

군사들이 달려드니까 그 사람이 꼼짝 못 하고 잡혔습니다. 그 사람이 도둑인데, 발뺌도 못 해요. 어찌 된 일인지는 아시겠죠? 딜라이라마가 상인들에게 집 안 곳곳에 빨간 물감을 발라놓게 한 거예요. 지워지지 않는 초강력 물감으로요. 물건을 훔치다 보니까 묻을 수밖에요. 딜라이라마가 어려운 문제를 또 한 번 이렇게 간단히 해결했답니다.

딜라이라마의 명성이 퍼지니까 어느 날 이웃 나라에서 한 학자가 찾아왔어요. 누가 더 지혜로운지 겨루자는 거죠. 학자는 딜라

이라마 앞에서 보란 듯이 자신의 지식을 과시하기 시작했습니다. 옛날 말로 된 어렵고 긴 시를 한참 동안 줄줄 외우더니,

"화답해 보시오."

그러자 딜라이라마가 학자를 그윽하게 쳐다보면서 엄숙한 목소리로,

"메까또까 또까메까."

딱 이렇게 한마디를 던졌습니다. 학자가 당황하기 시작했죠. 그 뜻을 알 수가 없는 거예요. 딜라이라마가 더 엄숙한 목소리로,

"메까또까 또까메까!"

이렇게 소리치고 눈을 부릅뜨니까 학자는 그대로 도망쳐 버렸습니다. 세상의 모든 시를 다 안다고 생각했는데 도무지 그 뜻을 풀 수가 없었던 거예요. 크리슈나 왕이 딜라이라마를 불러서,

"그게 대체 어떤 뜻을 가진 말이오?"

그러자 딜라이라마가 뭐라는가 하면,

"네, 아주 심오한 말이죠. 메까는 양이고 또까는 고리니까 바로 양 고리입니다. 백성들이 살아가는 데 아주 중요한 물건이지요."

그게 책에 있는 말이 아니라 일반 백성들이 쓰는 생활 언어였던 거예요. 그것도 모르면서 잔뜩 잘난 척을 해댔으니 학자가 당할 만하지요. 왕도 깨달은 게 있었나 봐요. 하루 종일 "메까또까 또까메까 메까또까 또까메까 메까또까 또까메까" 이렇게 혼자 중얼거리면서 고개를 끄덕였다고 해요.

학자와의 시합이 그게 다가 아니에요. 다른 나라에서 또 다른

사람이 찾아왔는데 진짜로 대단한 학자였습니다. 무려 열다섯 나라의 말을 막힘없이 술술 구사하니까 다들 깜짝 놀라죠. 그 학자가 크리슈나 왕에게 말했어요.

"내가 하는 열다섯 가지 언어 가운데 어느 것이 모국어인지 맞혀보십시오."

왕은 아무리 애써도 그걸 알아낼 방법이 없었습니다. 신하들도 마찬가지였죠.

"이 나라에 현자가 많다더니 헛소문이었군요."

학자가 거드름을 피우니까 왕이 화가 나죠. 왕은 자존심을 꺾고 딜라이라마를 불러서 도와달라고 청했습니다. 다른 나라 사람에게 자존심이 꺾이는 것보다는 나으니까요.

학자는 딜라이라마 앞에서 열다섯 나라 말을 술술 풀어냈어요. 전혀 막힘이 없었죠. 열다섯 가지 언어가 다 나서서, '내가 모국어야!' 하고 말하는 듯했습니다. 딜라이라마는 말없이 그걸 다 듣더니 학자에게 다가갔어요. 그러더니 손을 내밀어서 쿡! 손에는 뾰족한 바늘이 들려 있었습니다.

"아야야! 지금 뭐 하는 거야?"

학자가 놀라서 소리치니까 딜라이라마가 왕을 향해서 말했답니다.

"지금 이 사람이 뱉은 말이 모국어입니다."

그러자 학자는 얼굴이 하얘졌어요. 왕이 딜라이라마를 향해서 미소와 함께 엄지척!

또 있어요. 크리슈나 왕이 가지를 진짜로 좋아했대요. 나라의 가지라는 가지를 다 긁어모아서 그걸로 카레를 만들어 먹는 거예요. 왕은 종종 사람들을 불러 가지 카레를 나눠주면서,

"세상에 이것보다 훌륭한 요리는 없을걸. 영광으로 아시오."

그렇게 뻐겼습니다. 딜라이라마의 아내가 그 말을 전해 듣고서 말했어요.

"가지 카레는 내가 더 잘 만들 수 있는데. 가지만 있다면요."

"그래요? 가지야 가져오면 그만이지 뭐."

"관둬요. 그러다 들키면 사형이에요."

하지만 그만둘 딜라이라마가 아니죠. 맛있는 가지 카레가 눈앞에 있는데 말예요. 딜라이라마는 왕궁에서 가지를 슬쩍해서 아내에게 갖다줬습니다. 아내가 그걸로 카레를 만들었는데 진짜로 왕궁에서 먹던 것보다 몇 배나 맛있는 거예요. 딜라이라마가 잠자고 있는 아이를 깨우더니,

"애야, 이렇게 비가 주룩주룩 쏟아지는 밤에는 가지 카레를 먹어야 해."

세 식구가 옹기종기 앉아서 맛있는 가지 카레를 냠냠 짭짭. 바깥 하늘엔 별이 총총.

그런데 딜라이라마가 가지를 슬쩍하는 걸 본 사람이 있었지 뭐예요. 그럴 수밖에 없는 게 딜라이라마가 주변의 보는 눈을 신경도 안 쓰고 당당하게 가지를 가져온 거예요. 왕은 딜라이라마가 그걸 순순히 인정할 리 없다고 생각하고 그의 어린 자식을 함께

불러들였습니다. 그러고서 아이에게 물었어요.

"얘야, 너 지난밤에 가지 카레 먹었지?"

아이가 거짓말을 못 하잖아요?

"네. 엄마랑 아빠랑 잔뜩 먹었어요."

크리슈나 왕이 딜라이라마를 바라보면서 회심의 미소를 지었어요. 드디어 걸려든 거죠.

"그래, 카레가 맛있더냐?"

"네. 비가 주룩주룩 쏟아지는 밤에 먹으니까 더 맛있었어요."

그러자 왕은 눈이 동그래졌습니다. 지난밤엔 비가 한 방울도 안 내렸으니까요. 그때 딜라이라마가 나서면서,

"얘가 만날 가지 카레 먹고 싶다고 노래를 하더니 밤새 꿈을 꿨나 봅니다. 혼자만 드시지 말고 다들 마음껏 먹게 해주세요."

그러니까 왕이 말문이 막혀서 아무 말도 못 했다는 거예요. 그래서 가지를 나눠줬는지는 모르겠어요.

왕이 늘 딜라이라마에게 눌리니까, 이쯤 되면 자존심이 상하잖아요? 언제 한번 제대로 혼내줘야겠다고 벼르는데 기회가 잘 오지 않아요. 어느 날 왕은 선물을 주겠다면서 딜라이라마를 궁으로 불렀어요. 그래 놓고서는 병사들에게 명령했습니다.

"아무도 궁으로 들이지 마라."

잠시 후 딜라이라마가 궁에 도착하니까 문지기가 막아섰어요. 딜라이라마가 웃으면서,

"왕께서 나에게 특별 선물을 주신다고 했어요. 절반을 줄 테니

까 문을 열어요."

그러자 문지기가 그러려니 하고서 문을 열어줬어요. 안에 들어간 뒤 방문 앞에서 같은 일이 또 벌어졌습니다. 이번에도 달라이라마는 선물의 반을 주겠다고 했지요.

달라이라마가 왕 앞으로 가니까 왕이 눈을 부릅뜨고 쳐다보면서,

"내가 지금 심기가 불편해서 아무도 들이지 말라고 했는데?"

"선물을 준다고 하셨잖습니까?"

"그래. 준비한 선물이 있지. 여봐라, 달라이라마에게 선물을 지급하라. 곤장 백 대!"

그러자 달라이라마가 난감한 표정을 지으면서,

"아이고, 이걸 어쩌지요? 제가 선물을 왕궁의 문지기와 방을 지키는 병사에게 절반씩 나눠주기로 했답니다. 이거 그 친구들에게 미안해서 어쩌나."

왕의 명령이니까 취소할 수가 없어요. 결국 문지기와 병사가 달라이라마 대신 곤장을 오십 대씩 맞았습니다. 억울해도 소용없죠. 선물에 욕심이 나서 왕의 명령을 어긴 거니까요. 달라이라마는 그렇게 손 하나 안 대고 나라의 기강까지 잡았다고 합니다.

이야기에 대한 이야기

연이

통이

엄지

세라

꾸 아재

로테 이모

뭉이쌤

동이

연이 와, 이 사람은 진짜 현자다. 천재인데?

꾸 아재 달라이라마보다 딜라이라마?

통이 하하, 그건 좀 오버이십니다. 그냥 서로 다를 뿐.

동이 통이 승!

통이 이기고 지는 데 관심 없습니다요.

세라 통이가 이야기의 철학을 제대로 소화하고 있구나. 멋진데?

연이 쌤, 딜라이라마도 트릭스터인가요?

뭉이쌤 흠, 트릭스터다운 모습이 분명히 있기는 해. 도둑을 이용해서 우물물을 푸거나 가지를 슬쩍해서 맛있게 먹고 보기 좋게 모면한 일 같은 거.

통이 메까또까 또까메까, 이것도요!

세라 재미있는 건 그게 단순한 속임수가 아니었다는 거야. 진정한 지식은 어려운 책이 아니라 백성들의 일상생활 속에 있다는 뜻이니까 말이지.

엄지 가지 카레 사건도 교묘한 속임수 이상이었어요. 왕의 꿈 이야기도 그렇고요.

통이 맞아. 안에 날카로운 풍자가 담겨 있어요. 딜라이라마 같은 사람이 정치를 해야 하는데!

뀨 아재 그는 자유인. 자유롭게 살게 두셈.

퉁이 그게 맞을까요?

뭉이쌤 트릭스터 스타일의 사람들은 자유롭게 살면서 활력소 역할을 하는 게 어울리지.

세라 자유인의 길은 쉽지 않은 것 같아요.

로테 이모 나는 이렇게 마음껏 이야기를 나누는 시간이 참 자유롭고 좋아요.

세라 그건 저도 그래요. 그런 의미에서 이야기 하나 해볼게요.

세라

얘들아, 내가 조금 특별한 이야기를 하나 해볼게. 남자가 아닌 여자 트릭스터가 주인공이거든. 결혼도 안 한 처녀인데 아주 맹랑하고 과격해. 내가 감당하기 어려울 정도였지 뭐니. 하지만 누구 말대로 이야기는 이야기니까. 이야기 속에서조차 마음껏 행동하지 못하면 갑갑하잖아? 현실에서 많이 억눌린 여성들은 더 그렇지. 내가 그냥 과격한 대로 막 이야기해 볼게. 아, 이란에서 전해 온 민담이야.

엉뚱한 처녀 기즈러르 허니

*

이란 민담

옛날에 젊은 처녀 셋이 늘 함께 어울리면서 친구로 지냈어. 하나는 재상의 딸이고 하나는 재판관의 딸, 또 하나는 왕의 딸이야. 다들 금수저지 뭐. 시간이 많으니까 매일 모여서 웃고 떠들고 춤추고 노래하고 맛있는 것도 먹고 해. 그런데 그것들도 매일 하니까 지루하잖아? 어느 날 한 처녀가 말했어.

"너희들 기즈러르 허니라고 들어봤니? 평민 딸인데 진짜로 재미있는 애래. 불러와서 함께 놀면 어떨까?"

그러니까 친구들이 더 좋아해. 그들은 몸종을 시켜서 기즈러르 허니를 데려왔어. 아니나 다를까, 얘가 어찌나 활달하고 말을 재미있게 하는지 시간 가는 줄을 몰라. 날 저물 때가 되도록 재잘재잘 꺄르르르. 근데 멀리 산속에서 불빛이 번쩍번쩍 빛나는 거야. 그걸 본 허니가 눈을 반짝반짝 빛내면서,

"저기 번쩍번쩍 빛나는 건 뭐죠? 산속에 누가 산담?"

"응, 거기 도둑 소굴이래. 무서운 도둑이 수십 명이랬어."

"진짜요? 재미있겠다. 내일 가봐야지!"

그러니까 처녀들이 안 된다고 말리지. 거기 가면 도둑들한테 목이 잘린다는 거야.

"그래요? 그렇다면 더 가봐야죠. 재미있잖아."

이게 빈말이 아니야. 다음 날 날이 밝으니까 기즈러르 허니는 진짜로 혼자서 도둑 소굴로 향했어. 살그머니? 아니, 탬버린을 두드리고 콧노래를 부르면서. 도둑 소굴에 다다르자 문을 쿵쿵쿵. 웬 노인이 문을 열더니,

"너는 뭐냐? 여기가 어디인 줄 알고 온 거야?"

"도둑님들 사는 곳 아닌가요? 함께 즐기려고 왔어요. 나도 도둑질해 볼래요."

"무서운 도둑이 마흔 명이야. 너 그러다 목 잘린다."

"이렇게 친절한 할아버지가 계신데요 뭘. 도와주실 거죠?"

기즈러르 허니가 생글 웃으면서 그렇게 말하는데, 너무나 예쁘지 뭐니. 홀려버린 노인이 애를 안으로 들이니까 마치 자기 집인 것처럼 청소도 하고 요리도 하고 아주 바빠.

"할아버지, 여기 와서 나랑 함께 먹어요!"

예쁜 처녀가 해주는 요리가 눈앞에 놓이니까 노인이 입을 헤벌쭉.

"근데 여기 화장실은 어디예요?"

노인이 화장실을 안내하니까 기즈러르 허니가 눈을 동그랗게 뜨면서,

"신기하게 생겼다. 구멍이 뻥 뚫렸어. 할아버지, 이거 어떻게 쓰

는 건지 한번 보여주세요."

그러자 노인이 바지를 내리고서 엉거주춤 쪼그려 앉는 거야. 바지는 왜 내리나 몰라. 그때 기즈러르 허니가 다가오더니 노인을 꾹 눌러버렸지 뭐니. 구멍 아래로 말야. 어어! 첨부덩! 으아아악! 노인이 허우적거리는 동안 기즈러르 허니가 요리를 싹 챙겨가지고 친구들 있는 곳으로 오더니,

"이것 좀 봐. 내가 도둑들 먹는 걸 얻어왔어요!"

세 처녀가 웬일인가 싶어서 눈이 휘둥그레. 음식을 먹어보더니 더 크게 휘둥그레. 도둑들 음식을 뺏어다 먹은 아가씨들은 얘들이 처음일걸.

그때 도둑 소굴에선 온통 난리가 난 상태였어. 도둑들이 돌아왔는데 노인이 안 보이니 웬일인가 싶지. 찾다 찾다 못 찾고 도둑 하나가 화장실에 가서 쪼그리고 앉았는데 밑에서,

"이봐, 안 돼! 내 얼굴로 떨어진단 말야!"

아주 기겁을 하지. 놀라서 자기까지 떨어질 뻔했대. 도둑들이 와서 노인을 끌어올리고 어찌 된 일이냐고 물으니까,

"너희들도 늙어봐. 다리가 부들부들 떨리더니 그만……."

처녀에게 당했다는 말은 절대 안 하는 거야. 너무나 창피하니까 말이지. 속으로만 부들부들.

그런데 다음 날 허니가 거길 또 찾아갔지 뭐니. 친구들이 말리는 걸 뿌리치고 말야. 이번에는 쟁반 하나에 사과 두 개를 들었어. 할아버지가 문을 열어주니까 생글 웃으면서,

"맛있는 음식 잘 먹었어요. 보답으로 사과를 가져왔어요. 제가 깎아드릴게요."

말은 또 어찌나 상냥하게 하는지 몰라. 노인이 전날 일을 싹 다 잊을 정도지. 자기가 혼자 실수로 빠진 거라고 믿는 거야. 기즈러르 허니는 사과를 깎아서 노인에게 주고 이리저리 집 안을 청소하더니 또 음식을 만들기 시작했어. 전날과 다른 새로운 요리로.

"할아버지, 여기 와서 나랑 함께 먹어요."

노인이 다시 헤벌쭉. 그때 기즈러르 허니가 갑자기 생각난 것처럼,

"맞다! 청소하다가 골방에서 이상한 물건을 봤어요. 아주 끔찍하게 생겼더라고요. 그건 어디에 쓰는 거예요?"

그러니까 노인이 처녀 손에 이끌려서 골방으로 가는 거야.

"이건 손 절단기야. 여기 구멍에다 손을 넣고 이 단추를 누르면 철컥 잠기는 거지. 그런 다음 여기 이걸 누르면 순식간에 손이 싹둑!"

"손을 어떻게 넣는데요? 한번 보여주세요."

그러자 할아버지가 구멍에 손을 쑥. 처녀가 단추를 꾸욱. 잠금장치가 철컥!

"와, 이렇게 하는 거구나. 그다음은 여기 이 단추인가요?"

"내가 잘못했어! 용서해 줘! 제발 그것만은!"

"알겠어요. 용서해 드리죠. 그럼 안녕!"

그대로 골방 문을 꾹 닫고 음식을 챙겨서 다시 친구들 있는 데

로 오더니,

“이거 봐. 새로운 음식이야. 어제보다 더 맛있는 거예요.”

어제처럼 네 처녀가 모여 앉아서 음식을 먹으며 재잘재잘 깔깔깔. 도둑 소굴에서는 또 한바탕 난리가 났지 뭐. 도둑들이 겨우 노인을 찾아내서 풀어주니까 머리를 긁적이면서,

“늙으면 다 이렇다니까. 기계를 청소한다는 게 그만…….”

하여튼 허니를 한 번만 더 보게 되면 그냥 두지 않겠다고 이를 부득부득.

근데 다음 날 그 처녀가 또 찾아왔지 뭐니. 생글생글 웃으면서. 노인이 부들거리면서 화를 내니까,

“그게 그렇게 튼튼해요? 할아버지 같은 용사는 금방 빼낼 줄 알았는데. 설마 그 정도 힘도 없으신 건가요?”

“그럴 리가 있냐. 너 가자마자 바로 빠져나왔거든.”

“그러실 줄 알았어요. 그나저나 제가 뭘 가져왔는지 보세요. 어제보다 크고 맛있는 사과예요.”

기즈러르 허니가 첫 번째 사과를 나눠 먹고 두 번째 사과를 깎아주니까 노인이 냉큼 받아먹지. 혼내는 건 조금 있다가 해도 되니까 말야. 근데 어쩌니? 허니가 그 사과에 정신을 잃게 하는 약물을 발라놓은 거야. 노인이 눈이 점점 풀리면서 스르르르. 그러자 허니가 노인을 침대에 눕히더니 챙겨 온 옷으로 갈아입히는 거야. 어떤 옷? 여자 옷! 그다음은 뭐? 메이크업! 얘가 화장술에 완전 천재거든. 공들여서 꾸미니까 노인이 젊고 예쁜 처녀가 됐지

뭐. 그렇게 해놓고서 값나가는 물건들을 잔뜩 챙겨 친구들 있는 데로 쪼르르르.

도둑들이 돌아와서 오늘은 별일이 없나 했더니 이게 웬일이니. 노인은 간데없고 침대에 웬 처녀가 누워 있지 뭐야. 두목이 부하들 다 내보내고서 침대로 다가가서 쪼옥 입맞춤을 하려는 순간 노인이 눈을 번쩍!

"지금 뭐 하는 거요?"

"에구구구구!"

두목이 깜짝 놀라서 엉덩방아를 쿵! 부하들이 들어와서 그 모양을 보고 깔깔깔.

노인은 그제야 자기가 기즈러르 허니라는 처녀에게 세 번이나 당했다는 사실을 실토했어. 도둑들이 다들 대체 뭐냐고 난리지.

"니들이 몰라서 그래. 걔가 얼마나 맹랑한데! 아마 내일 또 올걸."

다음 날 노인과 함께 도둑 세 명이 소굴에 남았어. 아니나 다를까 누가 문을 쿵쿵쿵. 노인이 열어보니까 이게 웬일이니. 예쁜 처녀 네 명이 함께 찾아온 거야. 기즈러르 허니가 안전하다고 꼬여서 세 처녀를 데려온 거지. 거기 도둑 넷이 있는 걸 알기라도 한 것처럼 말야. 맛있는 음식까지 충분히 챙겨서.

"그동안 베풀어 주신 호의에 대한 보답이에요. 우리 다 함께 먹어요."

그러자 노인은 물론이고 다른 도둑들까지 가만히 앉아서 음식을 먹는 거야. 처녀들을 흘긋흘긋 훔쳐보면서 말이지. 그렇게 식사를 마치자 기즈러르 허니가 노인에게 말했어.

"할아버지, 여기 목욕탕 있죠? 땀이 많이 나서 몸을 좀 씻어야겠어요."

"맑은 연못이 하나 있지. 너도 보지 않았니? 웬만한 목욕탕보다 나을걸."

"네, 그럼 우리 모두 거기 가서 목욕할게요. 절대로 훔쳐보기 없기예요! 여기서 가만히 기다려야 해요."

도둑들도 도둑들이지만 함께 온 처녀들이 더 놀라. 이건 또 무슨 일인가 싶지. 기즈러르 허니가 눈을 찡긋. 허니는 처녀들을 데리고 연못으로 가더니 옷을 벗는 척하면서 치마 속에 숨겨 온 오리를 꺼냈어. 연못에 오리를 풀어놓으니까 신이 나서 풍덩풍덩 철썩! 도둑들은 그 소리를 듣고 처녀들이 목욕하는 줄로만 알지. 벌써 문밖으로 나가서 마을로 향하고 있는 것도 모르고 말야. 한참 시간이 지난 뒤에 도둑들이 문을 벌컥 밀면서,

"아직이야? 우리도 씻어야 한다구!"

그러자 첨벙첨벙 헤엄치던 오리가 꽥꽥 푸더덕! 도둑들은 완전 허탕이지 뭐.

그날 저녁에 도둑들이 다 모였는데 낮에 예쁜 처녀들이 왔다가 돌아갔다니까 다들 통탄을 하는 거야. 그때 노인이 뭔가를 생각하더니 무릎을 치면서,

"좋은 생각이 있소. 우리가 마을로 가는 거요. 내가 장사꾼으로

변장해서 수레에 상자를 싣고 가면 다들 속아 넘어갈 거요. 상자에 한 명씩 들어가 있다가 날이 어두워지면 일시에 나가서 공격하는 겁니다."

두목이 생각하니까 꽤나 그럴싸한 거야. 곧바로 작전이 실행됐어. 노인이 장사꾼으로 꾸민 뒤 수레에 상자들을 싣고 마을로 와서 기즈러르 허니 집을 찾는데 뭐 일도 아니지. 얘가 그 지역 유명인사니까 말야.

"이 상자들을 하룻밤만 여기 맡길게요. 사례는 톡톡히 하리다."

기즈러르 허니가 친절한 처녀거든. 허락이 떨어지는 데 1초도 안 걸렸어. 상자를 마당에 내려놓으니까 도둑들이 그 안에서 '옳거니!' 하면서 어두워지기만 기다리는 거야. 어떤 일이 벌어질지도 모르고 말이지. 그래서 벌어진 일이 어떤 일? 알리바바와 40인의 도적에 나오는 그 일! 기즈러르 허니가 온 동네 가마솥에 뜨거운 물을 가득 끓인 뒤 마을 사람들과 함께 김이 펄펄 나는 물을 한꺼번에 상자들 위에 들이부은 거야. 그야말로 비명 천지지. 도둑들이 상자를 열고 나오려 했지만 꿈쩍도 안 하지 뭐니. 속절없이 다 죽어버렸지 뭐. 한마디로 일망타진이야. 사람들을 함부로 죽이고 물건을 빼앗던 도둑들의 최후였지.

똥통에 빠지고 절단기에 손이 끼고 여자로 꾸며졌던 노인은 어떻게 됐을까? 예상외로, 평안하게 잘 살았어. 노인은 어느새 기즈러르 허니에게 반해서 한통속이 돼 있었던 거야. 그는 원래 도둑이 아니고 붙잡혀 갔다가 한패가 된 사람이었대. 그걸 알아내는 것 정도는 기즈러르 허니에게 일도 아니지 뭐. 사람들은 도둑 소굴에 가서 빼앗겼던 보물들을 되찾아와서 잘 살았대.

네 처녀의 우정과 모험은 오래도록 이어졌어. 기즈러르 허니가 또 어떤 일들을 벌이고 친구들을 끌어들였는지는 상상에 맡길게. 아, 노인이 미녀 사총사의 파수꾼 역할을 했다든가? 노인이 기즈러르 허니에게 청혼했다가 보기 좋게 퇴짜맞고 영원한 놀림감이 된 건 그들만의 비밀이야.

이야기에 대한 이야기

연이 통이 엄지 세라 꾸 아재 로테 이모 뭉이쌤 노고할망

통이 기즈러르 허니, 멋지다. 뭐든 다 해낼 사람!

노고할망 노인네가 처녀에게 청혼하다니, 참 주책이야. 하하.

세라 기즈러르 허니에게 청혼하지 않은 남자가 없다는 말이겠죠.

꾸 아재 허니, 나의 허니!

통이 아재, 참으세요.

세라 근데 신기한 게 이야기를 하다 보니까 내 식으로 조금씩 바꾸게 되네. 노인이 함께 잘 살게 됐다는 건 원전대로인데, 그 전에 허니에게 반해서 한통속이 됐다는 건 내 상상이야.

로테 이모 그랬구나. 이상하게 노인에게는 처음부터 정이 갔어요. 나쁜 사람 같지 않은 느낌?

꾸 아재 알고도 속아주기?

세라 글쎄요. 그것까지는…… 그냥 허니의 기운에 눌린 거 아니겠어요?

뭉이쌤 정말 기가 강한 사람이에요. 아랍 여성은 남자에게 순종적일 거라는 편견을 단박에 깨뜨리는 여장부.

엄지 제가 이란에서 온 여성분을 뵌 적이 있는데, 아주 당당하고 도전적이더라고요.

연이 TV에서 아랍 여성이 말하는 걸 들으면서 놀란 적이 있어. 눈빛으로 사람을 압도하더라고.

노고할망 사람은 다 똑같은 법이지. 남자든 여자든, 동양이든 서양이든, 아랍이든 아프리카든. 사람들이 만들어낸 편견들이 너무 많아.

퉁이 그걸 깨는 게 이런 이야기잖아요? 그래서 제가 이야기를 사랑한답니다. 마음속에 기즈러르 허니를 고이 간직하겠어요.

세라 하하. 퉁이도 허니에게 반했구나. 그래도 함부로 청혼은 하지 마.

퉁이 흥, 내 맘이에요! 내 삶은 내 거니까!

뭉이쌤 퉁이가 트릭스터 이야기들을 제대로 내면화하고 있구나. 꼭 허니 같은 사람에게 청혼할 수 있기를 기대할게.

세라 왠지 엄지가 나중에 허니 같은 사람이 될 듯. 여자든 남자든.

엄지 이야기하라는 뜻 맞죠? 하나 할게요.

엄지

캄보디아에서 한국으로 와 살고 계신 아주머니가 해주신 이야기를 들려드릴게요. 아주 긴 이야기였어요. 이 이야기를 천천히 다 해주시는 데 두 시간이나 걸렸답니다. 제가 확 줄여서 이야기해 볼게요.

똑똑한 아이 토늑짜이

*

캄보디아 민담

옛날에 자식이 없던 부부가 보름달 아래 코코넛 열매가 가득 매달린 꿈을 꿨어요. 꿈속 풍경이 정말 아름다웠답니다. 그게 큰사람이 될 아이를 낳을 꿈이거든요. 그런데 점술가 아줌마가 질투를 해서 꿈풀이를 안 좋게 해줬어요. 태어날 아기가 하인이 될 꿈이라고요.

얼마 뒤 부부는 아이를 낳았고, 이름을 토늑짜이라고 지었어요. 아이는 어려서부터 무척 똑똑했답니다. 어느 날 토늑짜이가 부잣집 앞에서 놀고 있는데 주인 할머니가 물건을 날라주면 큰 빵을 주겠다고 했어요. 그래서 토늑짜이가 열심히 일했는데, 할머니는 약속과는 달리 아주 작은 빵을 줬답니다.

"큰 빵을 준다고 했잖아요? 이건 제 손바닥보다 작아요."

그러자 부자집 할아버지가 나서면서,

"쟁반 크기만 하면 되겠냐?"

"네, 좋아요."

그러자 할아버지가 빵을 가져다 쟁반으로 꽉 눌러서 얇게 펴는 거예요. 그러고서는 그걸 툭 던져줬답니다. 낄낄대면서요. 토늑짜이는 그 빵을 받아 오면서 복수를 하겠다고 마음먹었어요. 그래서 자청해서 그 집에 하인으로 들어갔답니다. 몸값은 가난한 부모님께 드리고요.

어느 날 토늑짜이는 주인 할아버지와 함께 길을 가게 됐어요. 주인은 말을 타고 하인은 걸어서 가요. 지친 토늑짜이가 처지니까 주인이 빨리 오라고 자꾸 재촉했답니다. 토늑짜이는 들고 있던 음식을 다 흘리면서 뛰어갔어요. 잠시 뒤 출출해진 주인이 먹을 것을 내놓으라고 하니까,

"자꾸 재촉하시는 바람에 급히 뛰다가 다 흘렸어요."

주인이 짜증을 내면서,

"앞으로는 떨어지는 물건을 다 주워 오도록 해!"

그러고서 또 길을 가는데 말이 똥을 누는 거예요. 토늑짜이는 그걸 그릇에 주워 담으면서 따라갔답니다. 얼마 뒤 주인이 먹을 걸 달라고 손을 내미니까 얘가 그 그릇을 바쳤죠. 주인이 뚜껑을 열고 손을 넣으니까 야릇한 게 물컹. 뭔가 하고 손을 들어보니까 구린내가 물씬. 주인은 화가 나서 소리쳤어요.

"이놈아, 그냥 돌아가! 가서 농장이나 잘 지켜보도록 해."

그래서 토늑짜이가 돌아와 농장을 보고 있는데, 한참 만에 주인이 집에 돌아와 보니 동물들이 농작물을 죄다 밟아대서 온통 엉망이 됐지 뭐예요.

"이놈아, 이게 뭐야! 농장을 잘 지켜보라고 했잖아?"

"시키신 대로 잘 지켜보고 있었는데요? 동물을 쫓으라는 말씀은 안 하셨잖아요?"

그러자 주인이 아무 말도 못 하더래요.

어느 날은 주인 할머니가 음식을 차려놓고서 할아버지를 빨리 불러오라고 했어요. 할아버지가 친구들하고 같이 있는데 토늑짜이가 가서 고래고래 소리를 질렀어요.

"할아버지! 할머니가 빨리 와서 식사하시래요! 빨리요! 지금 당장요!"

그러니까 주인은 얼굴이 벌게지죠. 같이 있던 친구들이 막 웃으면서 놀려대요. 주인이 얼른 밖으로 나오더니,

"이놈아, 조용히 말하면 될 걸 왜 그렇게 소리를 질러대? 친구들 앞에서 창피당했잖아!"

"그렇구나. 몰랐어요."

그러고서 며칠 뒤 할머니가 요리하다가 실수로 불을 냈어요. 할머니가 빨리 할아버지를 불러오라고 하니까 토늑짜이가 할아버지에게 가더니 모깃소리만 한 목소리로 말했어요.

"할아버지, 할아버지. 집에 불났어요."

목소리가 너무 작아서 대체 무슨 소리를 하는 건지 하나도 알아들을 수가 없어요.

"할아버지, 할아버지. 집에 불났어요."

자꾸 자그맣게 말하니까 알아듣질 못해서 짜증만 버럭버럭 내

죠. 그러는 사이에 집은 다 타버리고 말았답니다.

주인 할아버지는 안 되겠다 싶어서 토늑짜이를 왕에게 데려갔어요.

"임금님, 얘 좀 혼내주십시오. 눈도 깜짝 안 하고 사람을 속여먹는데, 도저히 당할 수가 없습니다."

그러자 왕이 토늑짜이에게 말했어요.

"네가 거짓말을 그렇게 잘해? 어디 한번 해봐라."

"지금은 할 수 없어요. 거짓말 책을 집에 두고 왔거든요. 책만 있으면 잘할 수 있어요."

궁금해진 왕은 시종들을 보내 그 책을 가져오게 했어요. 명령대로 시종들이 가서 다짜고짜 거짓말 책을 내놓으라니까 집에 있던 사람들은 다들 영문을 몰라 어리둥절하죠. 그렇게 허탕을 치고 돌아와서 그대로 보고하니까 왕이 화가 나서는,

"이놈아! 왜 새빨간 거짓말을 한 거냐?"

"네? 임금님께서 거짓말을 해보라고 하셨잖아요?"

들어보니까 꼭 맞는 말이지 뭐예요. 토늑짜이에게 감쪽같이 속은 거예요.

왕은 자존심이 잔뜩 상해서 얘를 어떻게든 혼내주려고 마음먹었답니다. 왕은 토늑짜이에게 자기 부하 다섯 명과 함께 강물로 들어가서 알을 하나씩 낳아 오라고 시켰어요. 부하들이 차례로 물에서 나오면서,

"꼬꼬댁 꼬꼬. 알 하나 낳았다."

이러면서 몸속에서 알을 꺼냈답니다. 처음부터 알을 챙겨간 거죠. 왕이 토늑짜이에게,

"이놈아, 너도 빨리 알을 낳아!"

그러자 토늑짜이가 물에서 나오면서,

"꼬끼오! 꼬끼오!"

왕이 빨리 알을 내놓으라고 하니까,

"저는 수컷이라 알이 없어요. 저 사람들은 암컷인가 봐요."

왕은 또 아무 말도 못 하고 속으로만 부글대다가 또 다른 명령을 내렸어요.

"가서 부인들이 지내는 집 아래층을 깨끗이 청소해. 먼지 한 톨 없이!"

그래서 토늑짜이가 청소를 하는데 위층에서 여자들이 자꾸 쿵쿵 뛰는 거예요. 일부러 엉덩방아를 찧으면서요. 그러니 아무리 청소를 해도 자꾸만 먼지가 떨어지죠. 왕이 그렇게 하라고 시킨 거예요. 토늑짜이가 청소를 하다가 위를 바라보면서,

"저놈의 못된 엉덩이들! 꺼져버려!"

부인들은 왕에게 그 일을 일러바쳤어요. 왕이 이번엔 제대로 걸렸다고 생각하고서,

"이놈아, 미천한 네 녀석이 감히 귀한 부인들을 모욕해? 죽어도 할 말 없겠지!"

그러자 토늑짜이가 의아한 표정을 지으면서,

"뭐지? 아, 엉덩이요? 그건 거미가 엉덩이로 자꾸 줄을 뽑아내

길래 혼낸 건데요."

왕이 또 아무 말도 못 해요. 다시 한참 생각하더니,

"좋다! 너 나랑 닭싸움으로 한번 승부를 보자. 나에게 지면 죽는 거야."

"제가 이기면요?"

"그럼 너에게 자유를 주지."

말은 이렇게 했지만 왕은 절대 자기가 질 리가 없다고 생각했어요. 닭싸움은 왕의 취미거든요. 게다가 왕에게는 아주 강력한 닭이 있어서 다른 어떤 닭에게도 진 적이 없어요. 그런데 토늑짜이가 싸움닭으로 주먹보다 작은 병아리 한 마리를 데려온 거예요. 왕이 기가 차서 헛웃음을 터뜨렸죠.

그런데 신기한 일이 벌어졌답니다. 왕의 닭이 뒷걸음을 치는 거예요. 어미에게서 떨어진 병아리가 품속으로 들어오니까 간지러웠던 거예요. 병아리는 자꾸 다가가고 큰 닭은 물러나고. 병아리가 싸움에서 이긴 셈이에요.

왕은 닭싸움을 보면서 자기가 닭이고 토늑짜이가 병아리라는 걸 깨달았어요. 닭이 병아리를 죽이면 말이 안 되잖아요? 왕은 토늑짜이가 자기보다 똑똑하다는 걸 인정하고 자유롭게 살도록 해 주었답니다. 따로 상을 주고 말고 할 것도 없어요. 알아서 잘 살고도 남을 아이니까요.

궁에서 풀려난 똑똑한 토늑짜이는 그 후로도 자유롭고 씩씩하게 잘 살았답니다. 중국에서 캄보디아에 어려운 문제를 냈을 때는 토늑짜이가 멋지게 해결해서 나라를 구하기도 했다고 해요. 아, 캄보디아에서는 지금도 태어난 아이들이 똑똑해지길 바라는 마음으로 이름에 '짜이'를 붙이곤 한답니다.

이야기에 대한 이야기

연이 퉁이 엄지 세라 꾸 아재 뭉이쌤 노고할망 달이

퉁이 토늑짜이 정말 똑똑하다. 귀엽기도 하고 당차기도 하고, 매력적이야.

연이 왕 앞에서 조금도 기가 안 죽는 거 멋져.

엄지 점술가가 꿈 해몽을 가짜로 해주잖아? 근데 진짜로 하인이 되는 게 신기했어.

퉁이 그러네. 말의 힘인가?

뭉이쌤 하인은 토늑짜이의 가짜 모습이잖아? 진짜는 똑똑하고 당찬 아이이고 말야. 이렇게 보면 꿈풀이가 대략 맞는 거 아닐까?

엄지 그러네요. 그 생각은 못 했어요.

세라 직업이나 신분 같은 겉모습보다 한 사람으로서 가지고 있는 자질과 능력이 더 중요하지.

꾸 아재 그게 트릭스터 이야기의 철학.

노고할망 여기 어린 친구들도 나이 많은 사람이나 권력을 가진 사람에게 기죽을 필요 없어. 멀리서 보면 다 똑같은 사람일 뿐이지.

연이 아, 처음에 할머니랑 할아버지가 나오고 이어서 왕이 나오잖아요? 그게 구세대와 권력을 나타내는 걸까요?

퉁이 오오, 날카로웠어! 내가 누나로 모셔야겠는걸.

연이 위아래 따지지 않기!

퉁이 네, 연이 님. 퉁이가 사과드립니다.

엄지 내가 이야기를 압축한다고 했잖아? 사실은 조금 바꾸기도 했어. 원래 이야기 속의 왕은 끝까지 토느짜이를 인정하지 않으려고 하거든. 아무래도 그건 좀 아닌 것 같아서…….

통이 그랬구나. 나쁜 왕이네. 병아리를 괴롭히는 닭이라니!

뀨 아재 예나 지금이나 꼰대가 문제야.

뭉이쌤 얘들아, 내가 꼰대처럼 말하거나 행동하면 그때그때 알려줘. 스스로 깨닫기가 쉽지 않거든.

통이 넵!

뭉이쌤 달이도 계속 듣기만 하지 말고 이야기 하나 해봐. 아, 이렇게 시키는 것도 꼰댄가? 하하.

달이 알겠어요. 저도 어린아이가 꼰대 어른 골탕 먹이는 이야기를 한번 해볼게요.

통이 오, 제대로다. 달이 홧팅!

달이

일본에 있을 때 들은 이야기예요. 주인공은 동자승이랍니다. 이름은 잇큐예요. 옛날에 실제로 살았던 사람이라고 해요. 하지만 이야기는 그냥 재미있게 꾸며져서 흘러온 것 같아요. 근데 또 모르죠. 사실일지도요. 그냥 재미있게 들어주세요.

꾀주머니 동자승 잇큐

*

일본 민담

옛날에 어떤 귀족 집에서 아들을 낳았는데, 이 아이를 아주 훌륭하게 키우고 싶었어요. 그래서 부모는 어린 자식을 절에 맡겼답니다. 아이는 절에서 어른 스님들을 모시며 살게 됐어요. 얘가 동자승이 된 거예요. 이름은 잇큐랍니다.

그런데 큰스님이 좀 음흉했어요. 매일 맛있는 물엿을 그릇에 담아놓고 혼자만 먹었답니다. 동자승들에게는 이렇게 말했어요.

"이건 어른들만 먹는 거다. 아이들이 먹으면 즉사야."

어느 날 큰스님이 외출하자 잇큐는 동자승들을 모아서 함께 물엿을 먹었답니다. 아이들이 걱정하니까 자기가 다 책임진다고 하면서요. 큰스님이 돌아올 때가 되자 잇큐는 귀한 벼루를 뚝 깨뜨려 놓고서 아이들과 함께 배를 움켜쥐고 누웠어요. 곧 큰스님이 들어오더니,

"이게 무슨 일이냐! 벼루는 왜 깨졌고 그릇은 왜 비어 있어? 너희들은 왜 그래?"

그러자 잇큐가 말했어요.

"큰스님, 저희가 놀다가 실수로 벼루를 깼어요. 그래서 죽어버리려고 그릇에 든 걸 먹었답니다. 먼저 갈게요. 안녕히 계세요."

그러자 큰스님이 아무 말도 못 했답니다.

이런 일도 있었어요. 잇큐가 부처님 불상 앞에 놓인 촛불을 훅 불어서 끄니까 스님이 낯을 찡그리면서,

"얘야, 부처님께 입김을 불면 안 돼!"

이렇게 꾸중을 했답니다. 잇큐가 풀이 죽어서 고개를 끄덕끄덕. 다음날 스님들이 다 함께 예불을 드리는데 잇큐만 혼자 불상을 등지고서 앉았어요.

"얘야, 지금 뭐 하는 짓이냐?"

"부처님께 입김이 안 가게 하려고요. 근데 스님들은 왜 다 입김을 불고 계시대요?"

큰스님이 또 말문이 막혀서 아무 말도 못 했답니다.

큰스님에게는 아랫마을에서 자주 놀러 오는 친구가 있었어요. 단카 할아버지라는 사람이에요. 할아버지가 매일 절에 와서 큰스님과 바둑을 두는데, '이거 치워라, 저거 가져와라.' 말이 참 많아요. 잇큐는 불청객 시중을 들기가 정말 싫었답니다. 어느 날 잇큐는 문에 커다랗게 글을 써 붙였어요.

"짐승 가죽을 걸친 사람은 들어올 수 없습니다."

단카 할아버지가 짐승 가죽으로 만든 조끼를 입고 다녔거든요. 할아버지가 이 글을 보더니,

"이게 무슨 소리냐? 절 안에 있는 북도 다 짐승 가죽으로 만든 거야."

"맞아요. 그래서 만날 얻어맞아요! 할아버지가 걸치신 가죽도 맞아야 해요."

그러면서 막대기를 번쩍 쳐드는 거예요. 단카 할아버지는,

"에구, 그래. 내가 졌다!"

그러면서 그대로 돌아갔답니다.

어느 날 동자승들이 청소를 하고 있는데, 웬 아주머니가 바구니를 들고 와서 말했어요.

"내가 맛있는 찹쌀떡을 해 왔다우. 먹으면서 해요."

동자승들이 신이 나서 떡을 꽉 깨물더니 다들 아구구 비명을 질렀답니다. 그게 찹쌀떡이 아니고 떡처럼 생긴 돌멩이였던 거예요. 아주머니가 재주를 한 바퀴 돌더니 여우로 변해서,

"으하하하! 속았지?"

동자승들은 화가 나서 막대기를 들고 여우를 쫓아가기 시작했어요. 여우는 이리저리 도망을 치다가 법당 안으로 들어갔지요. 동자승들이 따라 들어갔지만 여우는 안 보였어요. 근데 동자승들이 불상을 세어보니까 하나가 늘어났지 뭐예요.

"스님, 저기 여우가 있어요. 잡아야 해요."

그러면서 동자승들이 막대기로 불상을 때리려고 하니까 큰스님이 말리면서,

"안 돼. 그러다가 진짜 불상이 부서지면 어떡하니?"

그때 잇큐가 나서서 말했답니다.

"스님, 여우를 구별하는 건 쉬워요. 불경을 읽으면 진짜 불상은 혀를 내밀잖아요?"

그러면서 잇큐는 살짝 눈짓을 했어요. 큰스님은 고개를 끄덕이고서 불경을 외기 시작했지요. 그러자 여우가 변한 불상이 혀를 쏙. 잇큐는 때를 놓치지 않고 그 불상을 쾅 때렸답니다. 제대로 얻어맞은 여우는 본모습으로 변해서 멀리 달아났어요. 어찌나 혼났는지 다시는 장난질 치러 오지 못했대요.

잇큐가 꾀가 참 많고 똑똑하잖아요? 꾀주머니 동자승에 대한 소문은 임금님 귀에까지 들어갔답니다. 임금님은 애를 한번 시험해 보려고 장군을 시켜서 불러들였어요.

"네가 그렇게 똑똑하단 말이지? 그럼 저 병풍 속에 있는 호랑이를 한번 잡아봐라."

그러자 잇큐가 1초도 생각하지 않고 답했답니다.

"네, 장군님을 시켜서 호랑이를 꺼내주시면 제가 잡겠습니다."

그러자 장군이 눈을 부릅뜨면서,

"이놈! 그림 속의 호랑이를 어떻게 꺼낸단 말이냐?"

잇큐가 눈을 찡그리면서,

"그런가요? 아깝다. 호랑이 잡을 수 있었는데."

그러자 임금님은 역시나 하고 감탄하면서 잇큐를 칭찬하고 상을 주었답니다.

꾀주머니 동자승 잇큐는 나중에 큰스님이 됐다고 해요.

이야기에 대한 이야기

연이

퉁이

엄지

세라

뀨 아재

로테 이모

뭉이쌤

달이

이반 달이야, 귀여운 이야기였어. 고마워!

뀨 아재 아이가 당차네. 장군감이야.

달이 장군도 좋지만 저는 잇큐가 누구를 해친 게 아니라서 좋아요.

세라 스님이 어울린다는 말이네. 뀨 아재, 한 방 먹으셨어요.

뀨 아재 이 가죽 잠바가 문제야.

퉁이 이 이야기에도 할아버지가 나오는 게 신기해요. 큰스님도 할아버지였겠죠?

뭉이쌤 그래. 기성세대를 뜻하는 것으로 볼 수 있지. 문제를 해결하는 힘은 역시나 새로운 세대에 있는 법이야. 단카 할아버지가 많이 깨달았을 거다.

연이 큰스님도요. 아이들을 무시하는 나이 든 선생님이 생각나요.

뭉이쌤 앗, 찔리는걸!

로테 이모 아줌마로 변한 여우도 있었잖아요? 나도 좀 찔리네요.

뀨 아재 알아서 자체 고백.

엄지 이번에는 제가 순서를 정해볼게요. 뭉이쌤, 이야기하실 시간입니다.

연이 이번에는 우리나라 이야기로요!

퉁이 길고 재미있는 걸로요!

뭉이쌤 네네, 받들어 모시겠습니다.

지금 세계 각국 트릭스터 대전을 진행 중이잖아? 한국도 빠질 수 없지. 한국에도 유명한 트릭스터 인물들이 있어. 봉이 김선달이 유명하고 정만서와 김복선, 진평구 같은 사람도 널리 알려져 있지. 이제 등장할 인물은 학생들이 부러워할 만한 사람이야. 다들 방학 좋아하지? 이 사람은 늘 방학 중이야. 이름이 방학중이거든. 성이 방씨에 이름은 학중. 경북 영덕 지역에 실제로 살았던 인물로 알려져 있지. 남긴 일화가 무척 많단다. 잘 골라서 엮어볼게.

나는 언제나 방학중

*

한국 민담

옛날 경상도 영해 영덕 지방에 방학중이라는 사람이 살았어. 이 사람이 꾀가 많은 데다 행동이 꽤나 괴상해. 방학중이 추운 겨울에 엉성한 삼베옷을 입고 활보하니까 사람들이 보고서,

"아니, 그렇게 입고 춥지 않소?"

"무슨 소리! 이 구멍으로 찬 바람이 술술 빠져나가는데 추울 리가!"

하여튼 이런 식이야.

어느 날 방학중이 두 다리를 걷고서 막 냇물을 건넌 참이야. 양반 하나가 다가오더니,

"물 깊이가 얼마나 되는고?"

"모르겠구먼요."

"아니, 금방 건너온 물 깊이도 모른단 말인가?"

"아따, 내가 건너온 물은 저리 흘러갔는데 지금 이 물 깊이를 어찌 안단 말이오?"

그러면서 훌훌 사라지더라는 거야.

방학중이 제사를 어떻게 지냈는지 알아? 살아 있는 소를 통째로 올리고 제사를 드렸다지 뭐냐. 눈에 보이는 소를 아무거나 끌어다가 조상님 앞에 세워놓은 뒤 등짝에 수저를 올려놓고는,

"조상님네들, 실컷 잡수십시오."

그러면서 넙죽 절을 올리는 거야. 소는 팔자에 없이 절을 받고서, 움메—

방학중은 돈 한 푼 없어도 여기저기 다니며 음식을 잘도 얻어먹어. 한번은 웬 노인이 곶감을 먹고 있는데 맛있어 보이지 뭐냐.

"아이고 영감님, 이 없이 곶감 드시느라 고생하시네요. 이가 나오게 하는 방법이 있는데!"

"이가 나온다고? 그게 진짜라면 내가 이 곶감을 줌세."

방학중이 곶감을 받아서 맛있게 다 먹더니 주머니에서 참빗을 꺼내서 노인 머리를 솰솰 빗기는 거야.

"이가 나오게 한다더니 갑자기 왜 머리를?"

그러든 말든 방학중은 머리를 쭉쭉 빗기더니,

"어이쿠, 이 나왔다. 어허, 또 나왔네. 이가 참 많습니다요."

그러면서 머리에서 나온 이를 손톱으로 눌러서 톡, 톡. 노인이 기가 막혀서,

"이런 사기꾼 같으니! 너 뭐 하는 놈이야?"

"방학중이에요. 이제나 저제나 늘 방학중."

"아이쿠, 천하잡보 방학중이었구나. 어쩐지!"

그러고는 노인이 웃으면서 가더라는 거야. 방학중이 자기 머리에 있는 이를 잡아줬다고 하면서 여기저기 자랑하고 다녔다나 어쨌다나.

어느 날 방학중이 시장을 지나는데 술집에서 떠드는 소리가 왁자지껄 소란스러워. 보니까 젊은 양반님네가 건달들을 거느리고 걸판지게 노는 중이야. 이걸 또 방학중이 그냥 지나칠 수 없지. 그 양반 앞으로 썩 다가가더니,

"보시오. 자리가 참으로 좋은데 이 방학중이도 껴주지 않겠소?"

그러자 양반이 눈을 반짝이면서,

"오, 네놈이 방학중이란 말이냐? 잘 만났다. 자리에 껴주면 그 대가는?"

"배불리 먹게 해주면 제 코를 싹 베어서 드립죠."

"코를 베어 주겠다고? 그거 괜찮군. 여봐, 다들 들었지?"

코를 안 베면 목이라도 벨 양으로 의기양양이야. 그러든 말든 방학중은 차려놓은 좋은 음식을 차례로 잡잡잡. 이 사람이 또 먹성이 좋거든. 아주 실컷 잘 먹더니,

"아이고, 포식했다."

그러자 양반이 눈을 부릅뜨고서,

"이놈, 이제 빨리 코를 베어 내거라."

"아 예, 그러지요."

방학중은 주머니를 뒤져서 칼을 꺼내더니 한 손으로 코를 잡았어. 그러더니 그대로 코를 홍! 길다란 콧물이 흘러나오니까 그걸

상에다 올려놓더니 칼로 쓱 베어서 양반에게 쑥.

"자, 여기 제 코입니다. 이제 됐죠?"

그러고서 유유히 사라지더라는 거야. 코를 베어 준 게 맞으니까 양반이 아무 말도 못 하지.

경상도 영해 영덕을 휘젓고 다니던 방학중은 어느 날 넓은 세상 구경을 나섰어. 서울이 좋다니까 무작정 서울로 가는 거지. 가지고 가는 거라고는 달랑 제 몸뚱이 하나뿐이야.

방학중이 한창 길을 가는데 어디서 여자 울음소리가 처량하게 울리지 뭐냐. 무슨 일이냐고 물어보니까,

"내 아들이 태어난 지 겨우 5년 만에 세상을 떠났어요. 아이고, 아이고!"

방학중이 고개를 끄덕이더니 조금 있다가 마당 한쪽에 앉아서,

"아이고, 아이고! 너를 어쩐단 말이냐!"

여자보다 더 크게 우는 거야. 여자가 무슨 일이냐니까 옆에 있는 똥을 가리키면서,

"말도 마소! 내가 힘들여서 낳은 똥이 금방 고개를 꺾고 꼬부라졌다오. 애야, 나자마자 가다니 이게 웬일이냐! 아이고, 아이고!"

그러자 여자가 그만 어이가 없어서 헛웃음을 짓더라는 거야. 구슬프게 우는 사람을 웃게 만든 사람 누구? 방학중!

방학중이 계속 길을 가다 보니 날은 저무는데 배에서 꼬르륵꼬르륵. 방학중이 한 주막집에 들어가더니,

"주모, 나중에 갚을 테니 외상으로 국밥 한 그릇만 주구려."

"우리 집은 외상 안 해요. 현찰 아니면 국물도 없어요."

매몰차게 딱 자르고서 들어가는 거야. 그때 방학중이 보니까 우리에 있던 돼지가 풀려나서 마당에 술밥 널어놓은 걸 다 먹어치우지 뭐냐. 방학중이 가만히 지켜보고 있는데 주모가 나오더니,

"아이고, 술밥 다 먹었네! 이봐요! 돼지를 안 쫓고 보기만 하면 어떡해요?"

"허 참! 나는 돼지가 현찰을 내고서 먹는 줄 알았지."

주모가 그만 말문이 막혀서 어버버버. 방학중은 다시 가던 길로 터덜터덜.

방학중은 그럭저럭 서울에 도착했어. 장안에 들어서서 보니 풍경도 낯설고 사람도 낯설고 완전 신기하지 뭐. 근데 배가 너무 고프거든. 뭘 좀 사 먹으려 하는데 왜 그리 비싼지 몰라. 근데 한쪽에서 아주 먹음직스러운 걸 싸게 팔지 뭐야. 두부처럼 네모난 게 말랑말랑 탱글탱글.

'오호, 이게 서울 떡이구나!'

방학중은 그걸 두 덩이 사가지고 길가에 앉아서 먹기 시작했어. 그런데 아무 맛도 없이 찐득하기만 한 거야. 입안이 끈끈. 서울 사람들은 이런 걸 어떻게 먹고 사나 싶지. 그때 어떤 한량이 지나다 그걸 보고서,

"내가 여태껏 살았아도 풀 사 먹는 놈은 처음 봤네."

이러지 뭐냐. 풀 쑨 걸 먹고 있었다니 기가 막히지. 하지만 방학중이 태연하게 계속 씹으면서,

"모르면 가만히나 있던가. 이게 속 쓰린 데에 특효약인 걸 모르는군."

한량이 그 말을 듣고 놀라면서,

"여보쇼, 그게 정말이오?"

"아니면 내가 왜 이렇게 풀을 먹고 있겠소?"

"거참, 나도 속 쓰린 병이 있는데 그걸 몰랐네."

그러면서 풀을 몇 덩이 사서 열심히 먹더라는 거야. 그가 풀을 다 먹을 때쯤 되니까 방학중이 일어나면서,

"참 싱거운 놈 다 있군. 나는 풀이란 걸 모르고 먹었지만 그걸 알고서도 먹는단 말야?"

그러니까 한량이 얼굴이 시뻘게져서 슬그머니 내빼더라는 거야.

방학중이 다시 이곳저곳 구경하며 다니는데, 갑자기 배가 살살 아파오지 뭐냐. 뒤가 급한데 뒷간은 왜 그리 안 보이나 몰라. 고생 끝에 겨우 하나 찾았는데 문이 덜컥 잠겨 있네. 방학중이 주인을 찾아서 뒷간 좀 쓰자니까 사람을 쳐다보지도 않고서,

"일없소. 딴 데 가서 알아보시오. 돈을 내면 또 모를까."

"야, 서울 인심 참 야박하구나. 좋소. 뒷간 빌리는 값으로 한 냥 드리리다."

그러자 그 사람이 돈을 선금으로 내야 한다는 거야. 방학중은 주머니를 톡톡 털어서 한 냥을 주고 뒷간으로 들어갔지. 뒷간 주인이 수지맞았다면서 싱글벙글. 하지만 상대가 누구? 방학중!

방학중이 뒷간에 들어가더니 한 시간이 지나고 두 시간이 지나

도 나오질 않는 거야. 이건 무슨 일인가 싶지. 몇 시간이 지나니까 자기가 똥이 마렵지 뭐냐. 아이들도 와서 오줌 마렵다, 똥 마렵다 아주 성화야.

"이보시오! 이제 빨리 나오시오. 도대체 왜 안 나오는 거요?"

"네? 그게 무슨 소리요? 돈을 주고 세를 냈는데 왜 나갑니까? 여기서 살 거요."

안에서 문을 딱 걸어 잠그고 미동도 안 하는 거야. 주인이 참다 못해서 소리쳤어.

"이보시오, 내가 잘못했소. 한 냥 돌려줄 테니 어서 나오시오."

"일없소. 나는 여기서 살 겁니다."

주인이 계속 사정해도 요지부동이야. 어떻게든 이 사람을 내보내야 하잖아? 한 냥이 두 냥 되고 두 냥이 세 냥 되고 세 냥이 닷 냥 돼. 그 사람이 열 냥을 준다고 하니까 그제야 방학중이 나오더라는 거야. 돈을 받더니만,

"야, 이 좋은 집을 열 냥에 내주네. 싸다 싸!"

서울깍쟁이가 촌사람 우려먹으려다 그렇게 당하더래.

방학중이 그렇게 여기저기 쏘다니다 보니 밤이 됐어. 그때 서울에는 통행금지가 있었거든. 밤에 길에 다니면 순라군한테 잡혀서 곤경을 치르는 거야. 요즘으로 치면 경찰이지.

순라군 무섭다는 이야기는 방학중도 들었거든. 근데 순라군을 피할 틈도 없이 딱 마주쳤지 뭐야. 방학중은 얼른 울타리에 붙어서서 양손을 허수아비처럼 쫙 벌렸어. 순라군이 다가오더니,

"이놈, 너 뭐냐?"

"난 빨래요!"

"뭐? 빨래? 이놈아, 빨래가 어떻게 말을 해?"

"통빨래 모르오? 입은 채로 빨았소."

그러자 순라군이 하도 어이가 없어서 껄껄 웃더니,

"이놈, 웃음값으로 특별히 봐준다. 어서 들어가."

그렇게 모면하더래. 그런데 그래놓고서 얘가 계속 길거리를 쏘다니는 거야. 그러다 다른 순라군한테 또 걸렸지 뭐. 방학중이 얼른 길바닥에 누워서 가만히 있으니까 순라군이 다가와서 몽둥이로 배를 누르면서,

"이놈, 너 뭐 하는 놈이냐?"

"난 시체요!"

"뭐라고? 시체가 어떻게 말을 한단 말이냐?"

"입만 살았소!"

또 그렇게 모면을 하더라는 거야.

그러고서는 다시 또 길거리를 서성이는 거지. 근데 갑자기 똥이 마렵네. 방학중이 길가에 똥을 누고 일어서는 참인데 순라군이 다가오지 뭐냐. 방학중은 얼른 머리에 썼던 방갓을 벗어서 똥 무더기를 덮었어. 순라군이 다가오더니,

"이놈, 지금 뭐 하고 있는 거냐?"

방학중이 울상을 지으면서,

"아이고 선생님, 마침 잘 만났네요. 제 말 좀 들어보세요. 우리

대감님이 기르는 값비싼 새가 도망하지 않았겠어요? 그걸 제가 겨우 쫓아와서 방갓으로 덮어놓은 참이에요. 잠깐 이거 좀 잡고 있어주세요. 제가 얼른 가서 새장을 가져오겠습니다요."

순라군이 엉겁결에 방갓을 잡으니까 방학중이 꾸벅 인사하더니 바람처럼 스사삭. 순라군이 아무리 기다려도 돌아올 리가 없지 뭐. 그때 순라군이 가만 생각하니까 그 새가 욕심이 나는 거라. 아주 비싼 새라는데 뭔지 궁금하기도 하지. 순라꾼은 한 손으로 방갓을 잡고 다른 손을 방갓 속에 밀어 넣어서 슬슬 더듬었어. 그랬더니 뭐가 물커덩!

"이크! 이게 뭐야?"

순라군이 손을 빼보니까 냄새가 진동하는 게 똥이지 뭐. 똥을 턴다고 손을 홱 휘두른 것이 하필이면 육모방망이에 딱!

"아이고, 아야!"

얼마나 아프던지 순라군이 자기도 모르게 손을 입에다 갖다 넣더라는 거야.

방학중이 이렇게 헤집고 다니니까 장안에 소문이 점점 퍼졌지 뭐냐. 경상도 시골에서 대단한 잡보가 올라왔다는 소문이야. 서울에서 유명했던 잡보도 그 소문을 들었어. 촌놈이 자기 구역에서 설치고 다닌다니 참지 못하지. 서울 잡보는 일부러 방학중을 찾아와서 말을 걸었어.

"여보시오, 말 좀 물읍시다."

"무슨 말이요?"

"오늘 아침에 우리 집 빨랫돌이 바람에 날아가서 찾고 있는데, 혹시 못 봤수?"

방학중이 고개를 끄덕이더니,

"오오, 웬 빨랫돌이 거미줄에 걸려 있더니 그게 그거였군."

그러자 서울 잡보가 말문이 막혀서 내뺐다는 거야.

그때 방학중이 생각해 보니까 서울에 온 길에 색시를 구해야겠는 거야. 이리저리 다니다 보니 마음에 드는 여자가 있거든. 방학중이 옆에서 다 들리게끔 혼잣말로,

"서울이 대단한 줄 알았더니 아무것도 아니군. 이런 건 집이라고 할 수도 없어."

여자가 그 말을 들으니까 궁금증이 나잖아?

"그러시는 당신네 집은 어떤데요?"

"우리 집 좋지요. 집 안에 연못이 있고 벽에 청룡 황룡이 굽이쳤다오. 곳간에는 독마다 곡식이 하나씩 들었어요."

이 여자가 방학중 대단하다는 소문을 들었거든. 이 말까지 들으니까 마음이 동하지. 여자는 서울 살림 집어치우고 방학중을 따라나섰어. 그래서 함께 영해 영덕으로 왔는데 방학중이 제일 작고 허름한 집으로 들어가지 뭐냐.

"임자, 어여 들어와. 여기가 우리 집이여."

"아니, 집 안에 연못이 있고 청룡 황룡이 굽이를 쳤다더니?"

"들어가 보면 알어."

여자가 방에 들어가 보니까 천장에서 물이 새서 방바닥에 물이

흥건한 거야. 벽에는 물이 흘러서 알록달록 무늬가 져 있고 말이지.

"바닥에는 연못이 출렁대고 벽에는 청룡 황룡이 구비구비로다. 아아, 좋다!"

여자가 기가 막혀 말을 못 하니까 방학중이 문득 생각난 것처럼,

"그래, 곳간도 보여줘야지. 따라와 보오."

여자가 따라가서 보니까 곳간에 독은 여러 갠데 다들 텅텅 비어 있지 뭐냐.

"곡식이 하나씩 들어 있다더니?"

"어허, 눈을 어디 뒀담? 독 안을 잘 들여다보라구. 곡식이 한 톨씩 들어 있잖수? 하나씩."

여자가 보니까 이 사람이 빈털터리지 뭐야. 하지만 거기까지 왔는데 서울로 돌아갈 수도 없잖아? 거기서 그냥 방학중하고 사는데, 하루는 비가 오니까 천장에서 비가 뚝뚝. 방 한가운데 강물처럼 물이 고이니까 둘이 위아래로 떨어져 눕는 거야. 여자가 성화가 나서,

"아이고, 내가 어쩌다 달콤한 말에 속아서 여기를 왔나 몰라. 긴긴 세월 어떻게 산담? 내가 미쳤지!"

방학중이 그 말을 듣고서 뭐라고 하는고 하니,

"아이구, 저걸 그냥! 내가 나룻배만 있었어도 노를 저어 건너가서 한 대 쥐어박는 건데……."

방에다 배를 띄우겠다는 거야. 그 말에 아내도 웃을 수밖에. 강물을 펄쩍 뛰어넘어서 한 대 제대로 쥐어박았다던가? 하하.

이야기에 대한 이야기

연이

퉁이

엄지

세라

뀨 아재

로테 이모

뭉이쌤

노고할망

달이

동이

퉁이 쌤, 방학중 진짜 재미있는 사람이네요.

뀨 아재 어제도 오늘도 나는 방학중.

세라 뭐랄까, 한국적인 느낌이 나는 것 같아요. 따지고 보면 사기꾼이지만 왠지 밉지 않은 느낌?

로테 이모 토속적이고 서민적인 색채가 있어서 그런 듯해요.

세라 이런 사람과 살려면 속깨나 터졌을 것 같아요.

동이 그래도 알콩달콩 재미있지 않을까나? 생활 감각은 조금 부족하지만.

로테 이모 그게 문제지. 가족에게는 민폐예요.

뭉이쌤 나 혼자 자유인으로 산다는 것과 누군가의 가족이 된다는 건 확실히 다른 일이죠. 하지만 죽이 잘 맞는 사람을 만나면 뭔가 재미있고 창조적인 일을 할 수 있을지도 몰라요.

퉁이 방학중 정도면 개그맨이나 유튜버로 인기 짱일 거예요.

연이 그러네. 개성 하나는 확실하니까.

노고할망 인생이라는 건 따로 또 같이야. 서로 다름을 인정하면서 함께 어울리면 즐거운 일 아닐까?

엄지 다들 개성 없이 똑같은 거보다는 확실히 그 편이 나아요.

로테 이모 주변에 민폐만 끼치지 않는다면요.

뀨 아재 로테 이모님이라면 방학중 정도는 확 휘어잡을 것 같은데요.

로테 이모 그런가요? 하긴 내 안에 꼬마 재봉사도 있고 켈올란도 있으니까. 하하.

연이 트릭스터들을 한자리에 다 모아놓으면 정말 재미있겠어요.

퉁이 그러게. 한번 해볼까?

달이 여러분! 아주아주 즐거운 시간이었어요. 재미있는 이야기 감사합니다.

뭉이쌤 이제 끝내야 된다는 말이구나. 알겠어요. 다들 안녕!

일동 안녕!

storytelling time
나도 이야기꾼!

기본 스토리텔링

이번 스테이지에서 만난 이야기 중 가장 마음에 드는 것을 골라서 다음과 같은 단계로 스토리텔링 활동을 해보자.

step 1: 책에 쓰인 그대로 이야기를 소리 내어 읽는다.

step 2: 책에 쓰인 그대로 이야기를 소리 내어 읽되, 가상의 청자에게 말해주듯이 읽는다.

step 3: 청자에게 이야기를 전달하되, 틈틈이 책을 참고한다.

step 4: 청자에게 이야기를 전달하되, 책을 참고하지 않는다.

step 5: 청자에게 이야기를 전달하되, 표현과 내용을 조금씩 자신의 방식대로 바꿔본다.

step 6: 완전히 내 것이 된 이야기를 구연 환경과 청자의 성향에 맞춰 내용과 표현을 자유자재로 조절하며 전달한다.

이야기별 재창작 스토리텔링

다음은 이번 스테이지에서 만난 이야기들에 대한 활동거리이다. 이 중 하나 이상을 골라 스토리텔링 활동을 해보자.

<풍운아 나나보조>

① **인물 비교 탐구하기:** 마우이 이야기를 찾아보고 나나보조와 마우이의 비슷한 점과 다른 점을 찾아보자. 각자 누가 더 마음에 드는지 이야기해 봐도 좋다.

<알단의 아들 알다르 코세>

② **인물의 행위 평가하기:** 알다르 코세가 부자들을 속인 데 대해 이를 옹호하는 입장이나 비판하는 입장에서 의견을 발표해 보자. 서로 토론을 진행해도 좋다.

③ **주인공 성별 바꿔보기:** 알다르 코세가 남자가 아닌 여자였다고 가정하고 여러 일화 중 하나를 재구성해서 이야기해 보자.

<대머리 소년 켈올란>

④ **캐리커처 그리기:** 캐릭터 특성을 잘 살려서 대머리 소년 켈올란의 얼굴 캐리커처를 그려보자.

<페드로 데 우리데말라스>

⑤ 랩 가사 쓰기: 페드로 데 우리데말라스를 화자로 한 랩 가사를 써보자. 그의 인생철학이 반영될 수 있도록 하며, 성 베드로도 등장시킨다.

<천재 바보 후안>

⑥ 자기 경험 연결하기: 바보처럼 생각했던 사람의 새로운 모습을 발견하고 깜짝 놀랐던 경험을 이야기해 보자.

<괴짜 현자 딜라이라마>

⑦ 참된 지혜에 대해 말하기: 딜라이라마의 행적을 바탕으로 삼아서 참된 삶의 지혜란 어떤 것일지에 대해 말해보자. 다른 인물과 대비시켜서 말해도 좋다.

<엉뚱한 처녀 기즈러르 허니>

⑧ 인물과 대화하기: 기즈러르 허니에게 궁금한 사항을 묻고 허니가 이에 대해 답하는 내용을 대화록 형태로 구성해 보자.

⑨ 배경 바꿔서 이야기 만들기: 허니와 세 처녀가 21세기 대한민국에서 산다고 가정하고 그들이 벌였을 만한 일을 자유롭게 이야기해 보자.

<똑똑한 아이 토늑짜이>

⑩ 인물이 되어 일기 쓰기: 토늑짜이가 되어서 부자 할아버지에게 안 좋은 일을 당했던 날의 가상 일기를 작성해 보자.

<꾀주머니 동자승 잇큐>

⑪ 인물의 뒷모습 상상하기: 잇큐가 큰스님이 되고 난 뒤 동자승들과 어떤 일이 있었을지 상상해서 이야기해 보자.

<나는 언제나 방학중>

⑫ 뒷이야기 만들기: 방학중에게 속아서 시집온 여자가 꾀를 써서 방학중을 크게 골탕 먹이는 내용의 뒷이야기를 만들어보자.

이야기 연계 스토리텔링

1. 이 스테이지에 있는 열 가지 이야기의 등장인물 중 가장 인상적으로 여겨지는 한 명을 고르고 이유를 말해보자. 주인공이 아닌 인물을 골라서 독특한 이유를 제시해도 좋다.

2. 이 스테이지에 등장하는 여러 트릭스터들이 대전을 벌여서 우승자를 가리는 내용의 RPG 게임 세계관과 캐릭터, 스토리를 구성해 보자. 모두가 다 우승이 가능한 형태로 설정하도록 한다.

3. 이 외에 이야기들을 흥미롭게 연계할 수 있는 여러 가지 방법을 찾아보고 이를 토대로 다양한 스토리텔링 활동을 해보자.

✳

집중 탐구! 이야기의 비밀 코드

민담형 캐릭터 트릭스터의 이해

소설형 인물과 민담형 인물

트릭스터라는 특별한 캐릭터

트릭스터 이야기의 문학적 효과

소설형 인물과 민담형 인물

학자들은 문학의 장르 또는 갈래를 크게 세 가지나 네 가지로 나누어 이해합니다. 기본적인 세 장르는 서정과 서사, 극이며 여기에 교술 장르를 추가하기도 해요. 시(詩)로 대표되는 서정 문학은 미적 이미지와 응축된 정서를 축으로 삼으며, 희곡과 시나리오 등 극문학은 갈등의 대화적·행동적 재현을 추구합니다. 수필이나 전기 등 교술 문학은 경험과 느낌의 사실적 반영을 특징으로 하지요. 그리고 서사 문학은 잘 짜인 허구적 스토리를 축으로 해서 미적 상상의 세계를 펼쳐냅니다.

서사 문학의 커다란 두 줄기로 설화와 소설이 손꼽힙니다. 소설은 설화보다 뒤에 생겨났지만 큰 인기를 누리면서 근대 서사 문학의 대표처럼 자리 잡게 됐지요. 소설은 설화보다 길고 복잡하며 묘사가 상세한 것이 특징입니다. 유의할 점은 설화를 단순히 길게 늘인다고 해서 소설이 되는 건 아니라는 사실입니다. 설화와 소설은 문학적 코드에 질적 차이가 있지요.

설화와 소설의 특징적 차이를 '인물'에서 찾을 수 있습니다. 설화의 꽃은 바로 민담인데, 이 민담의 주인공과 소설의 주인공 사이에는 큰 거리가 있어요. 인물형이 서로 다르다고 해도 좋을 정도입니다. '소설형 인물'과 '민담형 인물', 이렇게 말이지요.

소설의 전형적 주인공, 곧 소설형 인물은 사색과 고뇌가 두드러집니다. 무엇을 하나 하려면 고민하고 신경 쓸 일이 참 많아요. 처지와 조건을 이리저리 따지고 주변 사람들의 시선과 평가를 신중히 고려합니다. 그러다 보니 쉽사리 나서서 행동하지 못하는 경우가 많지요. 머리가 복잡하고 몸이 무거운 사람. 이것이 소설형 인물의 특징적인 면모입니다. 근대 리얼리즘 소설에 이런 주인공들이 무척 많아요. 현실에서도 이런 사람들을 많이 볼 수 있지요.

민담의 주인공들은 이와 다릅니다. 일단 움직여서 부딪치는 쪽이에요. 남이 아닌 자신의 욕망과 판단에 따라서요. 가볍고 쿨한 행동파입니다. 단순하고 무모해 보이지만, 바라는 일을 척척 이뤄내곤 하지요. 그들은 실패해도 바로 털고 일어나거든요. 소설형 인물과는 또 다른 매력을 지닌 원형적 인간형입니다.

사실 근대 이전의 고전소설에는 민담형 인물들이 많았어요. 전우치 같은 인물이 대표적입니다. 그리고 여러분이 좋아하는 판타지 소설에서도 거침없고 직선적인 인물들을 자주 볼 수 있게 됐지요. 이게 다 민담형 인물이 가진 특별한 매력 때문 아닐까요?

민담형 인물의 구체적 사례가 궁금한가요? 바로 이 책에 실린 이야기들의 주인공 대부분이 전형적인 민담형 인물입니다. 그들이 어떻게 생각하고 행동하는지 살펴보고 궁금한 점에 대해 가상의 대화도 나눠보세요. 즐겁고도 뜻깊은 시간이 될 것입니다.

트릭스터라는 특별한 캐릭터

민담형 인물의 극점에 있는 캐릭터로 '트릭스터(trickster)'를 들 만합니다. 어쩌면 여러분도 들어본 적이 있을지 몰라요. 요즘 꽤 핫하거든요. 말 속에 '트릭(trick)'이 들어 있잖아요? 트릭스터는 말 그대로 풀이하면 '잘 속이는 사람'이라는 뜻입니다. 한 단어로 하면 '속임수꾼'이나 '사기꾼' 정도가 될 수 있겠네요. 표준국어대사전을 찾아보니 트릭스터가 "도덕과 관습을 무시하고 사회 질서를 어지럽히는 신화 속의 인물이나 동물 따위를 이르는 말"로 풀이되어 있더군요. 이 설명대로라면 트릭스터는 아무래도 나쁜 인물처럼 느껴져요.

하지만 트릭스터는 단순한 사기꾼 이상입니다. 특별한 문학적 의의를 지니는 개성적이고도 원형적인 캐릭터예요. 영어사전의 뜻풀이에는 이런 면모가 나름 반영돼 있더군요. 아래는 영어사전에서 찾아본 'trickster'의 뜻풀이입니다.

1. 사기꾼
2. (민화·신화에 나오는) 장난꾸러기 요정, 트릭스터
3. 마술사
4. 창조적이면서 파괴적인 성격을 가진 양의적(兩意的) 존재
5. 책략가

1번은 글자 그대로의 풀이이고, 2번에서 5번까지가 문학적 풀이에 해당합니다. 원뜻은 사기꾼인데 요정이나 마술사, 책략가 등으로 다양하게 표현된 점이 특이하지 않나요? 트릭스터가 만만치 않은 존재임을 알 수 있게 합니다. 4번 풀이를 보면 '창조적이고 파괴적인 성격의 양면적 존재'라고 해요. 창조자인 동시에 파괴자라니, 흥미롭지 않나요? 앞뒤가 안 맞아 보이지만, 트릭스터의 특징을 잘 말해주는 풀이입니다.

트릭스터는 무엇을 파괴할까요? 그 핵심은 일반적 통념이나 윤리 규범입니다. 좀 더 넓혀서 말하면, 세상의 모든 고정관념이라고 할 수 있어요. 트릭스터는 그걸 보란 듯이 무시하고 깨뜨립니다. 오로지 자기 방식으로 생각하고 행동하지요. 그러다 보니 그들의 모습은 낯설고 새롭습니다. 다른 말로 표현하면 '창조적'이지요. 파괴함으로써 창조하는 존재, 그것이 트릭스터입니다. 아니, 그들에게는 파괴나 창조 같은 관념이 없다는 게 더 맞을 거예요. 그냥 제 식으로 행동할 따름이지요. "인생 뭐 있나? 그냥 부딪치는 거지 뭐." 이런 식으로요.

세상은 나 혼자 사는 곳이 아니고 타인과 어울려서 지내야 하잖아요? 민담은 개인의 욕망과 행복을 중시하지만, 그렇다고 타인과의 관계를 무시하진 않습니다. 대다수 민담의 주인공은 다른 사람들과의 어울림 속에서 자신의 삶을 주체적으로 펼쳐나갑니다. "누구누구와 함께 오래오래 잘 살았다."라는 결말을 맺는 경우가 많지요. 그런데 트릭스터는 좀 달라요. 자기 중심성이 아주 높은 쪽입니다. '내가 세상의 주인공'이라는 수준을 넘어서 '세상에 오직 나 하나뿐'이라는 식으로 행동하곤 합니다. '천상천하 유아독존(天上天下 唯我獨尊)'이라는 말 들어봤나 몰라요? 세상천지에 오직 나 자신이 홀로 귀하다는 말이에요. 그것이 트릭스터의 철학이자 행동 방식입니다.

너무 이기적이고 독단적이지 않냐고 생각할 수 있겠어요. 그럴 만합니다. 하지만 인간은 집단의 일원이기에 앞서 독립된 개인이잖아요? 한 명의 단독자로서 독자적 삶의 방식을 한껏 펼쳐내는 인물. 그것이 트릭스터라고 생각하면 됩니다.

트릭스터 이야기의 문학적 효과

이 책에는 세계 각국에서 전해온 다양한 트릭스터에 대한 이야기가 실려 있습니다. 특히 스테이지 2와 3에서 전형적인 트릭스터들과 만나볼 수 있지요. 그들에게서 어떤 느낌을 받았을지 궁금합니다. 흥미롭거나 놀라웠나요? 아니면 이해가 안 되고 화가 났나요? 인물에 따라 차이가 있겠지만, 불편함이나 거부감을 느낀 독자들도 있을 거예요.

앞서 설명했듯이, 트릭스터는 일반적인 규범이나 행동 양식을 따르지 않고 정면으로 무시하곤 합니다. 당하는 입장에서는 당황스럽고 화가 날 만한 면모지요. 이야기 속에서 트릭스터들은 흔히 경계나 공격의 대상이 되곤 합니다. 특히 '잃을 게 많은 사람'이 공격자로 나서곤 해요. 트릭스터를 어떻게든 꺾어 누르려 하지요. 돈이나 권력 같은 걸 이용해서요. 하지만 되치기를 당해서 망하는 게 정해진 순서입니다. 트릭스터는 '잃을 게 없는 사람'이거든요. 그러니 그를 이기는 건 쉽지 않지요.

문제는 평범하고 선량한 사람도 트릭스터에게 당하는 경우가 있다는 점입니다. 트릭스터는 상대를 가리지 않고 누구라도 쳐내는 경향이 있어요. 심하다 싶을 정도로 응징하는 경우도 있고요. 이런 모습을 보다 보면 독자들도 불편함을 느끼게 됩니다. "저건 좀 너무하지 않나?" 하는 생각이 들게 되는 거지요.

하지만 너무하다 싶을 정도로 거침없이 행동을 밀어붙이는 바로 그것이 트릭스터다운 면모이며, 그로부터 특별한 문학적 효과가 발생합니다. 트릭스터가 '창조적이면서 파괴적인 양면적 존재'라고 했잖아요? 기존의 굳은 틀을 깨는 일은 어중간한 타협 없이 끝까지 제대로 밀어붙이는 모습을 통해서 효과적으로 성취됩니다. 충격에 가까운 놀라움 속에서 그간 익숙하게 여겼던 것들이 와르르 깨지는 것이지요.

만약에 이야기 속에서 트릭스터들이 하는 행동들이 현실 속의 일이라면 십중팔구 범죄가 되겠지요. 하지만 그건 어디까지나 허구적 이야기라는 상상의 공간 속 일입니다. 그러니 극단까지 거침없이 밀고 나갈 수 있지요. 그 극단의 형상은 우리에게 틀을 넘어선 과감한 행동 방식에 대한 미적 경험을 제공합니다. 상상적 시뮬레이션을 행하는 가운데 우리의 생각과 감각이 자연스럽게 넓어지고 유연해지는 것이지요. 간접 체험을 통한 인지의 확장은 문학의 본래적 특성이자 기능입니다. 트릭스터 이야기는 그런 문학적 기능을 아주 효과적으로 수행합니다. 가볍고 유쾌하면서도 놀라운 형태로 말이지요. 여러분이 이 책에서 여러 트릭스터들을 만나면서 어떤 해방감이나 자유를 느꼈다면, 이야기를 제대로 누린 것이라고 할 만합니다.

오늘날 문화·예술의 조류를 보면 만화(웹툰)와 애니메이션, 게임, 영화와 드라마, 예능 등 거의 모든 영역에서 트릭스터형 인물이 큰 역할을 하고 있음을 보게 됩니다. 사례가 워낙 많아서 따로 언급할 필요가 없을 정도예요. 여러분이 좋아하는 캐릭터 중에도 트릭스터 성향의 인물이 분명 있을 겁니다. 한번 스스로 찾아보세요. 이 책에서 만난 인물들을 참고해서요. 그리고 잘 분석해 보세요. 이 책 속의 '이야기에 대한 이야기'를 참고해서요. 인간과 삶에 대한 감각을 혁신하는 뜻깊은 과정이 될 것입니다.

참고한 책들

(자료에 있는 내용을 참고하되 내용과 표현을 새롭게 재서술했음을 밝힙니다.)

얼간이 에멜리야: 알렉산드르 아파나세프 편저, 서미석 옮김, 《러시아민화집》, 현대지성사, 2000. / 신동흔 외, 《러시아·중앙아시아 설화》, 다문화 구비문학대계 15, 북코리아, 2022.

세상에서 제일 큰 참깨나무: 《한국구비문학대계》에 수록된 여러 자료들 / 임석재전집 6, 《한국구전설화 6 충청남북도 편》, 평민사, 2003.

게으름뱅이 아흐마드: 김능우 편저, 《세계민담전집 16 이란 편》, 황금가지, 2008.

괴짜 요리사 그레텔: 그림 형제 지음, 김경연 옮김, 《그림 형제 민담집》, 현암사, 2012. / 그림 형제 지음, 김열규 옮김, 《그림 형제 동화전집》 1-2, 현대지성사, 1998. / Brüder Grimm(Autor), Heinz Rölleke(Herausgeber), *Kinder- und Hausmärchen*, 1-3, Stuttgart: Philipp Reclam jun. GmbH & Co., 1980.

미망인 할머니의 생계 대책: 김능우 편저, 《세계민담전집 13 아랍 편》, 황금가지, 2008.

케이트 아줌마의 트림 가루: 안젤라 카터 편저, 서미석 옮김, 《여자는 힘이 세다》, 민음사, 1999.

말괄량이 깨오: 신동흔 외, 《태국·미얀마 설화》, 다문화 구비문학대계 3, 북코리아, 2022.

웅얼웅얼 거위알: 페테르 아스비에른센·에르겐 모에 편저, 이남주 옮김, 《노르웨이 옛이야기》, 오롯, 2018.

천방지축 코요테: 리처드 어도스·알폰소 오르티스 편저, 김주관 옮김, 《북아메리카 원주민 트릭스터 이야기》, 한길사, 2014.

토끼의 종: 홍명희 편역, 《아프리카의 민담: 중부 아프리카 편》, 아딘크라, 2018.

장화 신은 고양이: 샤를 페로 외 지음, 원유경·설태수 옮김, 《고전동화집》, 현대문학, 2011.

꾀 많은 빨간 여우: 데 체렌소드놈 편저, 이안나 옮김, 《몽골의 설화》, 문학과지성사, 2007.

용감한 꼬마 재봉사: 그림 형제 지음, 김경연 옮김, 《그림 형제 민담집》, 현암사, 2012. / 그림 형제 지음, 김열규 옮김, 《그림 형제 동화전집》 1-2, 현대지성사, 1998. / Brüder Grimm(Autor), Heinz Rölleke(Herausgeber), *Kinder- und Hausmärchen*, 1-3, Stuttgart: Philipp Reclam jun. GmbH & Co., 1980.

꾀보 하인 막동이: 《한국구비문학대계》에 수록된 여러 자료들 / 신동흔 엮음, 《세계민담전집 01 한국 편》, 황금가지, 2003.

바실리사 바실리예브나: 알렉산드르 아파나세프 편저, 서미석 옮김, 《러시아민화집》, 현대지성사, 2000.

내 이름은 몰리 후피: 조지프 제이콥스 지음, 서미석 옮김, 《영국 옛이야기》, 현대지성사, 2005.

풍운아 나나보조: 리처드 어도스·알폰소 오르티스 편저, 김주관 옮김, 《북아메리카 원주민 트릭스터 이야기》,

한길사, 2014.

알단의 아들 알다르 코세: 안상훈 엮어 옮김, 《카자흐 민담》, 민속원, 2018. / 신동흔 외, 《카자흐스탄 설화》, 다문화 구비문학대계 14, 북코리아, 2022.

대머리 소년 켈올란: 하티제 쾨르올르 튀르퀴쥬, 김기창, 조민경, 휼리아 타시프나르 엮어 옮김, 《터키 민담 켈올란 이야기》, 민속원, 2017.

페드로 데 우리데말라스: Richard Marsh, *A World of Tricksters*, Dublin: Legendary Books, 2020. / 존 비어호스트 지음, 서울대학교 라틴아메리카연구소 옮김, 《라틴아메리카의 신화, 전설, 민담》, 서울대학교출판문화원, 2018.

천재 바보 후안: 나송주 엮음, 《세계민담전집 05 스페인 편》, 황금가지, 2003.

괴짜 현자 딜라이라마: 신동흔 외, 《인도·네팔 설화》, 다문화 구비문학대계 13, 북코리아, 2022.

엉뚱한 처녀 기즈러르 허니: 김영연 편저, 《세계민담전집 16 이란 편》, 황금가지, 2008.

똑똑한 아이 토늑짜이: 신동흔 외, 《캄보디아 설화 2》, 다문화 구비문학대계 2, 북코리아, 2022.

꾀주머니 동자승 잇큐: 신동흔 외, 《일본 설화 1》, 다문화 구비문학대계 12, 북코리아, 2022.

나는 언제나 방학중: 《한국구비문학대계》에 수록된 여러 자료들 / 조동일, 《인물전설의 의미와 기능》, 영남대학교출판부, 1990. / 임재해 외, 《천하잡보 방학중의 해학과 풍자》, 민속원, 2014.

세계설화를 읽다 7

얼간이 에멜리야의 마법 명령어

1판 1쇄 발행일 2025년 5월 26일

지은이 신동흔
그린이 강혜진

발행인 김학원
발행처 (주)휴머니스트출판그룹
출판등록 제313-2007-000007호(2007년 1월 5일)
주소 (03991) 서울시 마포구 동교로23길 76(연남동)
전화 02-335-4422 **팩스** 02-334-3427
저자·독자 서비스 humanist@humanistbooks.com
홈페이지 www.humanistbooks.com
유튜브 youtube.com/user/humanistma
페이스북 facebook.com/hmcv2001 **인스타그램** @humanist_insta

편집책임 문성환 **편집** 윤무재 **디자인** 기하늘
용지 화인페이퍼 **인쇄** 청아디앤피 **제본** 민성사

ISBN 979-11-7087-332-7 44800
979-11-7087-109-5 (세트)